# 예순, 하프타임

출간이 진행되는 동안에
소천하신 어머님께 이 책을 바칩니다.

때로는 치열하게 때로는 유쾌하게

# 예순, 하프타임

초판 1쇄 인쇄일 2017년 09월 07일
초판 1쇄 발행일 2017년 09월 20일

**지은이** 최동순
**펴낸이** 양옥매
**디자인** 박무선 송다희

**펴낸곳** 도서출판 책과나무
**출판등록** 제2012-000376
**주소** 서울특별시 마포구 방울내로 79 이노빌딩 302호
**대표전화** 02.372.1537 **팩스** 02.372.1538
**이메일** booknamu2007@naver.com
**홈페이지** www.booknamu.com
ISBN 979-11-5776-471-6(03810)

이 도서의 국립중앙도서관 출판시도서목록(CIP)은 서지정보유통지원 시스템 홈페이지(http://seoji.nl.go.kr)와 국가자료공동목록시스템 (http://www.nl.go.kr/kolisnet)에서 이용하실 수 있습니다.
(CIP제어번호 : CIP2017022703)

# 예순, 하프타임

최동순 지음

책과나무

때로는 치열하게

때로는 유쾌하게

## 예순, 하프타임

올해로 회갑을 맞는다. 내 인생의 하프타임이 온 것이다. 나의 하프타임은 전반전이 끝나고 후반전이 시작되기 전의 휴게시간을 뜻하지 않는다. 단지 시간의 길이로서의 인터미션이 아닌 것이다. (시간의 길이로는 벌써 사분의 삼이 지나갔다.) 그동안의 내 삶이 대부분 생존과 결부되어 준비하고 일하는 시간이었다면, 이제부터는 하고 싶은 일을 하며 또 다른 의미 있는 일을 통해 인생의 후반전을 살아가야 한다. 그렇기에 지금이 하프타임인 셈이다.

이 책은 내 삶의 전반전을 돌아보며 지나온 흔적을 확인하고 추억하는 거울이다. 기억만으로 과거를 회상하기에는 한계가 있기에 우리는 기록을 남긴다. 성인이 되고 보니 그동안 형성된 삶의 철학이 기록으로 남아있어서 다행이다. 아쉬운 점은 내 어릴 적 기록이 없다는 점이다. 그렇다고 기억을 더듬어 억지로 어린 시절을 기록하고 싶지는 않다. 까마득히 먼 일을 부정확하게 기록하는 일은 안 하느니 못하기 때문이다.

나의 삶을 중요한 몇 개의 카테고리로 묶어서 정리하였다. 여기 쓴 글들이 내 삶의 전부였다 해도 지나치지 않다. 이 책을 통하여 나를 돌아보고, 다른 사람들과 나의 삶을 나누고 싶다. 나처럼 평범한 사람들이 동질감을 느끼며 잠시 삶의 희로애락을 나누는 놀이터가 되기를 기대한다.

# | 프롤로그 |

오랜만에 9시쯤 잠이 들었다. 깨어나 보니 10시 반이다. 다시 잠을 청해 보지만 도무지 잠은 오지 않고 정신이 점점 더 맑아진다. 창문에 걸린 유난히 밝은 별 하나가 나를 뚫어져라 내려다보고 있다. 뭔가에 사로잡힌 듯 멍하니 별을 바라보다가 다시 눈을 감는다. 온갖 상념이 스쳐간다. 별을 보다 눈을 감고 생각하기를 반복하는 불면의 밤에 시계 초침은 바지런히 아침이 오기를 재촉한다. 어머니가 계신 요양원(형님네가 운영)에서 어머니 곁에 누워 맞은 2015년 설 전날 밤의 일이다.

긴긴 생각 끝에 다다른 것은 내 삶에 대한 성찰이었다. 마치 미괄식 문장의 마지막 문단 같았다. 내년이면 어느새 예순이다. 얼추 인생의 사분의 삼을 살았다. 요양원에서 마주치는 어르신들을 보면서 인간이 언제까지 혼자 힘으로 무슨 일을 할 수 있을까를 생각해 본다. 어떤 보장도 없다. 이구동성 100세 시대라고 외치지만 지력이 떨어지고 몸이 귀찮아지면 아무것도 할 수 없겠다는 생각에 정신이 번쩍 든다. 더 늦기 전에 뭔가를 해야겠다.

조용히 나의 내면을 들여다본다. 아직도 내 안에 꿈틀대는 크고 작은 욕망들이 있음을 발견하고 안도의 한숨을 쉰다. 욕망이 있다는 것은 아직 하고 싶은 뭔가가 있다는 증거다. 그렇다면 무엇을 할 것인가? 명예나 권력은 물론 재물도 남길 게 없거니와 남겨서는 안 된다고 마음먹었기에 이것들을 대신할 의미 있는 무언가를 찾기 시작했다.

기나긴 고통의 밤이 지나고 새벽이 다가왔음을 직감할 무렵 마침내 나는 '유레카'를 외쳤다. 그동안 어렴풋이 마음먹고 있던 일이 드디어 내 마음에 붙들린 것이다. 마침 이태만 있으면 육십갑자 한 순배를 돌아 회갑을 맞게 되니 타이밍도 괜찮다. 세월이 좋아져서 '인생은 육십부터' 시대가 되었고, 잔치는 사라진 지 오래다. 그렇다고 남들과 같은 패턴으로 자축하기는 왠지 싫다.

책을 쓰기로 마음먹었다. 나 자신을 돌아보며 다른 사람들과 내 삶을 나눌 수 있는 일로 제격이다. 공부하며 살아온 지난날과도 제법 잘 어울릴 것 같다. 그렇다면 어떤 책을 쓸 것인가? 새로 글을 쓰면 자꾸 과거에 대한 기억이 희미해져 당시의 정확한 내 생각을 표현하기가 쉽지 않을 것 같다. 그래서 가급적 그동안 글로 남겨놓은 삶의 흔적들을 정리하기로 했다. 그것들을 분야별로 분류한 다음 오래된 것부터 시간대별로 정리하였다. 부연설명이 필요한 경우에는 적당히 첨언하였다. 뜬 눈으로 지샌 그날 밤이 아직도 생생하다. 어느새 2년이 지나 드디어 때가 왔다.

2017년 9월

최 동 순

CONTENTS

## 1부 교수 생활

### 01 주간칼럼



### 02 교내 기고문



### 03 아직도 못다 한 말

## 2부 축구 생활

### 01 축구 생각



### 02 축구 지상강좌



### 03 이래 저래 축구다



## 3부 병영 생활

# 4부 나의 삶, 나의 생각

## 01 나의 생각



## 02 나의 삶

1부

# 교수생활

체전 중 경기를 앞두고. 항상 설렌다! _2006.9.20

연구실 문을 열고 들어서면 에어파스 냄새가 진동한다. 의자, 테이블, 창틀에는 땀에 젖은 운동복들이 빼곡히 널려있다. 해마다 체전 때가 되면 어김없이 볼 수 있는 내 연구실 풍경이다. 주간 · 야간을 망라하여 선수로 뛰는 별난 교수의 '사냥 후 흔적'이다. 3~4일간 집에도 안 가고 연구실에서 쪽잠을 잔다. 꽤나 피곤하고 힘든 일과지만 학생들과 함께 달리며 희로애락을 나눌 수 있음에 그저 행복했다. 그만한 체력과 운동능력이 있음에 감사하면서 즐겼다. 초임교수 시절부터 퇴임할 때까지 그렇게 지냈다.

스터디그룹 학생들과, 교정에서 _1994.4.9

스터디그룹 MT, 변산에서 _1994.5.6

스터디그룹 야간기차여행, 여수 _1994.10.22

스터디 룸의 문을 열고 들어서면 학생들은 긴장한 기색이 역력하다. 성에 차지 않는 학생들의 향학열을 끊임없이 채찍질하며 독려했던 기억이 생생하다. 스터디 그룹을 만들어 함께 토론하고 공부했다. 때로는 밤기차를 타고 여행을 가기도 하고, 방학 때는 농촌 일손 돕기를 하며 밤하늘의 별을 헤던 추억은 내 교수 생활의 백미다.

통기타 동아리 지도교수를 하며 얻은 아름다운 기억 또한 잊을 수 없다. 기타소리에 맞춰 함께 노래하며 쌓은 추억더미도 다른 것 못지않게 크다. 정기발표회와 작은 음악회를 여는가 하면 인근 대학

통기타 동아리 정기연주회. 아내도 먼 길을 달려왔다. _1992.11.2

과의 교류 연주도 시도했다. MT를 가서 모닥불을 피우고 야영을 하며 밤낚시를 즐기던 그림 같은 장면도 내겐 소중하다.

내 삶의 한가운데에는 교수 생활이 자리 잡고 있다. 소위 '지방' 대학이라는 지극히 평범한 환경에서의 생활이었지만 때로는 치열하게, 때로는 유쾌하게 후회 없이 살았다. 힘든 때도 있었지만 아름다운 기억이 더 많다. 명분은 안중에 없었고, 젊은이들과 동고동락했던 나의 지난날이 소중하기만 하다. 그 가운데 기록으로 남아있는 기억을 정리하였다.

졸업여행, 상주해수욕장에서 학생들과 해변축구 _1998. 가을

후배교수 개인전에서, 동료교수들과 _2003.11

인도네시아 바탐 농사해변. 교수여행팀을 만들어 방학 때 해외여행을 자주 다녔다.
_2004.7.2

졸업작품전을 마치고. 이제 한숨 돌릴 수 있다! _2004.10.21

즐거운 한때, 호주 블루마운틴 _2005.4

MT에서는 재롱을 부린다. _2006.3.24

종강하는 날. 종강은 언제나 아쉬움을 남기고, 괜히 엄숙해진다. _2006.12

몇몇 학생들과 배 타고 섬으로, 선유도에서 _2007.1.21

금융반 학생들과, 모악산 눈길 산행 _2009.1

신입생 오리엔테이션. 기대감이 밀려온다! _2009.3.3

산업체 견학, 영광 수력원자력 _2009.11.16

• 01 •

# 주간칼럼

재임 기간 중 학과장을 제외한 나의 유일한 보직은 대학언론사(학보사+방송국) 주간主幹이다. 주요 보직은 아니었지만 나는 그 일이 참으로 보람 있었다. 행정의 책임자 역할을 하는 여타의 보직과는 달리 언론사 일을 관장하는 것은 내 적성에도 잘 맞았고, 그 일 자체가 상당히 의미 있는 일이었다.

인간의 생각은 말과 글로 표현되기에 말과 글을 보면 그 사람과 조직의 생각을 읽을 수 있다. 이를 담당한 대학의 기관이 바로 대학언론사다. 4년간 나는 참으로 신나게 일했으며, 수고와 희생을 기꺼이 감내했다. 그로부터 얻는 희열도 있었다. 이 또한 행복한 추억이다.

여기에 소개된 글들은 대학언론사 주간 재임기간 중 학보에 연재한 〈주간칼럼〉 중에서 발췌한 것들이다. 교수로서의 내 생각을 읽을 수 있다.

# 시스템적 사고

길을 가다보면 땅을 파고 묻는 작업을 하는 것을 흔히 볼 수 있다. 상수도를 묻는다고 파고, 하수도를 묻는다고 판다. 가스관을 묻는다고 파고, 통신선로를 묻는다고 판다. 지하도를 만든다고 파고, 가로수를 심는다고 또 판다. 그러고도 모자라 예산이 남았다고 사업실적도 남길 겸해서 또 파헤친다.

이런 행태에 대하여 이구동성으로 불합리성을 지적하기도 하고, 매스컴에서도 문제제기를 하지만 그 일은 계속되고 있다. 이것은 분명 우리의 사고방식에 문제가 있기 때문이다. 단순히 일을 하는 순서의 문제나 의식 탓으로만 돌리기에는 왠지 개운치가 않다.

1940년대 후반 일본의 근로자들은 열심히 일하지 않으면서도 많은 급여를 받기를 원했다. 이때 많은 경영자들은 근로자들의 정신이 병들었다고 비난했다. 그러나 과학기술자협회는 이를 '시스템' 탓이라고 지적했다. 작업방법을 개선하고, 시스템을 개선해야만 근로자들의 동기를 유발할 수 있다는 주장이었다.

그들은 미국이 낳은 세계적인 품질관리 이론의 대가인 데밍 W. Edwards Deming 박사를 초청하여 그의 이론을 배우기 시작했다. 먼저 최고경영자들이 교육을 받고 새로운 경영시스템에 눈을 뜨기 시작했다. 과학적인 품질관리 기법이 하나둘 도입되기 시작했다. 그때부터 '경영의 품질이 제품의 품질을 낳는다'는 사실을 깨닫기 시작하였으며, 조직적인 활동에 돌입하였다. 그 결과 일본은 오늘날 타의 추종을 불허하는 품질 일등국으로 발돋움하게 되었다.

사회적 병리현상이 발생할 때마다 우리는 대개 '현상'에 집착한다. 그래서 결과를 갖고 도덕성과 효율을 평가하려 한다. 이러한 사고방식으로는 사회를 근본적으로 변화시키지 못한다. 물론 부분적인 변화를 기대할 수 있지만 어떤 경우에는 오히려 결과를 미화시키기 위한 더 큰 오류를 야기할 수도 있다. 그러나 시스템적 사고는 현상이 아니라 문제의 본질에 집착하여 그 일을 구성하고 있는 시스템을 개선함으로써 동일한 현상이 재발하지 않도록 한다.

시장바닥 같던 은행창구가 번호표 하나로 질서를 획득하게 되었으며, 업무실명제가 도입되면서 담당자의 근무자세가 달라졌고 고객만족도가 엄청나게 향상되었다. 은행을 찾는 고객에게 질서유지를 목 놓아 호소하는 것보다, 직장인의 근무기강을 백번 강조하는 것보다 간단한 제도를 개선하고 시스템을 변화시키는 것이 훨씬 더 효과적이다.

더구나 지식정보화 시대에 살고 있는 우리에게는 사물이나 현상을 보고 결과만 탓하면서 의식이 개혁되기를 기대하기에 앞서 시스템적 사고로 판단하고, 시스템적 차원에서 문제를 해결하려는 노력이 요청된다. _2000년 11월

## 과학과 우상

인간의 유전인자를 구조적으로 설명하는 게놈지도가 발표되어 세계가 놀라고 있다. 미국의 어떤 연구소에서는 조만간 인간복제 작업에 착수하겠다고 선언하는가 하면, 과학자들은 질병을 완전히 해결하고 수명을 크게 연장할 수 있게 되었다며 흥분하고 있다. 그러나 다른 한편에선 인간복제나 수명연장에 따르는 끔찍한 결과들을 예상하며 두려워한다.

우리는 과학 속에 살고 있다. 그리고 과학을 공부하고 또 그것을 믿는다. 그러나 과학이 갖는 한계성과 과학으로 포장된 검증되지 않은 사실에 대해서는 냉정해야 한다. 왜냐하면 과학에 대한 무분별한 수용과 섣부른 판단이 인류에게 가져올 부정적인 결과들은 그 파장이 너무나 크기 때문이다.

꽤 오래 전에 얼굴을 내민 바이오리듬Biorhythm이라는 이론이 아직도 대단한 과학적 근거가 있는 양 널리 퍼져 있으며, 이를 이용한 갖가지 상술이 자행되고 있다. 이 이론에 따르면 우리 몸에는 신체리듬Physical Rhythm, 감성리듬Emotional Rhythm, 지성리듬Intellectual Rhythm이 있는데 이들은 각각 일정한 주기를 가진다고 한다. 따라서 각 리듬이 고조돼 있을 때는 작업의 수행도가 높아지고, 리듬이 저조할 때는 수행도가 떨어질 뿐 아니라 사고의 위험도 높다는 것이다.

그런데 이를 접한 의학계에서는 바이오리듬의 정당성을 인정하지 않는다. '적어도 의학교과서나 학술잡지 등에서 바이오리듬 이론이 언급되는 일은 없다'며 '의학적으로 인정된 Biological Rhythm과 Bio-Rhythm은 반드시 구분해야 한다'고 주장한다.

개인차는 있으나 때가 되면 잠이 오고 일정시간 수면한 뒤에는 잠에서 깨어나는 수면리듬, 심장의 박동리듬, 여성의 월경주기 등 생물학적 주기리듬Circadian Rhythm은 분명히 존재할 뿐더러 이미 입증된 사실로 받아들인다. 그러나 다른 일체의 변수들을 무시한 채 일정한 시간간격을 두고 인체의 리듬이 반복된다는 바이오리듬은 설득력을 가질 만한 과학적 근거가 빈약하다는 것이다. 그도 그럴 것이 실제로 바이오리듬에서 사용하는 입력변수는 단 하나 '생년월일' 뿐이다. 우주에 존재하는 그 어떤 시스템보다도 복잡하고 미묘한 메커니즘을 갖고 있는 인체를 어떻게 생년월일 하나로 설명할 수 있단 말인가? 더구나 인체는 물리법칙에 의해서만 작동하는 기계가 아니라 생명체가 아닌가?

바이오리듬뿐이 아니다. 단지 널리 인식되었던 터라 예로 들었을 뿐이다. 지금도 과학을 빙자한 정체불명의 비과학非科學들이 활개를 치고 있다. 현대인들은 교육수준이 엄청나게 높아졌는데도 이를 무분별하게 받아들이는 경우가 허다하다. 보편적인 상식과 원리를 뿌리째 부정하는 논리는 결코 과학일 수 없다.

어느새 우리는 과학을 우상시하는 시대에 살고 있다. 그러나 과학은 우상으로 신봉되어서는 안 된다. 과학은 분명히 매우 유용한 것이지만 그것이 잘 사용될 때만 인류에게 유익을 준다. 과학을 수용하는 태도는 교육수준에 달려 있는 게 아니라 철학의 문제인 것이다. 우리는 흔히 철학의 부재를 말한다. 자기 철학이 없는 삶은 허약하기 이를 데 없다.

철학은 믿음에서 나온다. 분명한 믿음이 없이는 과학을 남발해서도, 무분별하게 수용해서도 곤란하다. 그러다간 창조질서는 파괴되고, 우상이 되어버린 과학 앞에서 우린 영락없이 초라한 모습으로 죽어가게 될 것이다. 과학만능 시대에 살고 있는 우리에게 과학과 비과학을 분별하는 지혜와 과학을 선하게 사용하는 인류애적 양심이 요청된다. _2001년 4월

## 우리에게 희망이 있다

나는 해마다 신입생들에게 이런 얘기를 들려준다. "대학은 들어갈 때는 분명히 서열이 있지만 일단 들어가면 전혀 서열이 없다. 어느 누구도 수능점수를 물어보지 않으며, 고등학교 성적을 재차 추궁하지도 않는다. 입시철에는 소수점 이하까지 따져가며 그토록 첨예하게 문제가 됐던 점수가 전혀 문제의 대상이 되지 않는 것이다. 대학은 참으로 묘미가 있는 곳이다. 지금까지의 수동적인 자세를 떨쳐버리고 새롭게 인생을 설계할 수 있는 기회다. 누군가는 대학이 지상에서 가장 아름다운 곳이라 했다. 그렇다. 마음만 먹으면 무엇이든 할 수 있는 곳이 대학이다. 앞으로 하고 싶은 일을 목표로

정해놓고 원하는 공부를 마음껏 할 수 있으며, 자유로운 교우관계나 이성교제도 가능하다. 나아가서 직업관이나 인생관을 설정하는 것까지 모두가 대학에서 할 수 있는 것들이다. 이건 결코 과중한 숙제가 아니라 당연하고 가능한 일이다."

이러한 나의 논리를 뒷받침하기 위해 몇 가지 사례를 소개하곤 한다. 내가 강의 나가던 곳에 고등학교 때까지는 전혀 주목받지 못하던 뇌성마비 중증인 학생이 대학에 와서는 인생의 새로운 목표를 정하고 어머니 등에 업혀 다니면서도 최선을 다하여 학과에서 수석을 하더니 언젠가 일간지에 대기업에서 주최한 전국 대학생 소프트웨어 개발 경진대회에서 입상하여 특채로 입사했다는 기사, 대부분의 참가자들이 입시철에는 이름만 대도 학부모들이 기절할(?) 명문대 출신인 전국 일반인 영어경시대회에서 거의 최하위권 지방대학 출신이 우승한 일, 전국 대학생 논문대회에서는 신입생 모집조차 극심한 어려움을 겪고 있는 지역의 대학생들이 몇 년을 연속해서 우승하는 일 등을 간절한 소망을 품고 들려준다.

최근에 발표된 보도들이 나의 이러한 신념을 더욱 확실하게 해주어 다행이다. 더구나 그것들은 나의 신념을 매우 체계적으로 뒷받침해줄 만한 논거論據가 된다. 2월 23일에 이어 4월 24일 한 일간지의 보도에 의하면 대학수학능력시험 성적보다 내신 성적이 좋은 학생이 대학에서 공부를 더 잘하는 것으로 조사되었다. 또 농어촌출신이 도시출신보다 입학성적에서는 뒤졌으나 더 나은 학점을 취득한 것으로 드러났다. 공교롭게도 입학성적은 대도시, 중소도시, 농어촌 출신 순으로 좋았지만 대학성적은 농어촌, 중소도시, 대도시 순으로 완전히 정반대인 것으로 나타나 묘한 대조를 이루었다.

그러나 생각해보면 그것은 당연한 일인지도 모른다. 적어도 내 생각으로는 그렇다. 환경이 여의치 못한 가운데 특정 대학을 똑같이 입학한 학생은 좋은 환경을 가진 대도시 학생에 비해 입학 당시 약간의 점수 차는 날지언정 아직도 계발의 여지가 충분히 남아 있지 않겠는가? 한편 모자람이 없는 환경에서 가정교사다 학원이다 족집게 과외다 해 가면서 지력을 소진하여 특정 대학에 입학한 학생은 그 학생이 갖고 있는 능력을 거의 모두 사용했다 해도 지나친 말이 아닐 게다. 그래서인지 우리 주변에 크게 성공한 대부분의 사람들도 시골 출신이 아닌가 하는 생각도 든다.

다행히도(?) 우리 대학 대부분의 학생들은 지역의 특성상 농촌 출신이거나 아니면 어려운 중소도시의 서민계층 자녀들이다. 고등학교 시절 두각을 나타낸 학생도 많지 않다. 수능성적이 뛰어난 학생도 거의 없다. 나는 이들에게 희망이 있다고 본다. 이들은 성실할 확률이 높다. 또한 아직도 발휘되지 못한 잠재능력과 에너지가 꿈틀대고 있으며, 이걸 계발하기 위해 우리 대학에 왔다. 교직원들은 이들을 잘 지도하고, 학생들은 뜻을 세워 열정을 불사른다면 우리 대학의 미래는 밝을 것이라고 믿는다. 우리에게 희망이 있다.
_2001년 5월

## 피드백 인생

정보화 사회가 되면서 사용빈도가 부쩍 늘어난 말 중에 대표적인 것을 든다면 '피드백feedback'을 꼽을 수 있다. 피드백은 출력정보를 입력 측에 반환하는 조작을 일컫는 말이다. 오래 전부터 사용되어 온 말이지만 정보 활용의 중요성과 새로운 정보의 생성이 강조되면서 우리에게 더욱 친근한 용어가 되었다.

그런데 원래 피드백이란 말의 어원을 짐작해 보면 재미있다. '먹이를 주다', '음식을 먹이다'라는 뜻의 feed와 '뒤'를 뜻하는 back이라는 단어가 합성되어 '먹이를 되돌려주다'라는 뜻을 가지게 된 것이다. 그것은 생태계의 생명원리이기도 하다. 동물은 기본적으로 식물을 먹는다. 식물은 동물이 식물을 먹고 배설한 배설물을 먹는다. 그리고 또 동물은 자기 배설물을 먹고 자란 식물을 먹는다. 서로 끊임없이 '먹이를 되돌려주는' 것이다. 경우에 따라서는 식물 내에서도 먹고 먹히는 상황이 자연스럽게 발생하며, 동물끼리도 약육강식의 원리에 따라 먹이연쇄가 일어난다. 이러한 현상이 다름 아닌 피드백이다.

캐나다의 어느 사슴목장에서 이리떼가 자주 나타나 사슴을 물어 죽이는 일이 발생하자 어떤 멍청한(?) 생물학자가 대안을 제시하였다. 이리떼를 모조리 없애 버리기로 한 것이다. 그랬더니 어처구니 없는 일이 일어났다. 사슴의 건강상태가 차츰 나빠지더니 오랜 시간이 지난 후에는 사슴이 멸종되기에 이르렀다. 이리떼가 줄어든

만큼 사슴의 개체 수가 증가하는 대신 한정된 초목이 고갈되어 영양 실조에 걸린 허약한 사슴이 늘어나게 되었고, 급기야는 사슴의 개체 수도 줄어들었기 때문이다.

또 어떤 배스bass(농어) 서식지에 불가사리의 개체 수가 늘어나서 배스를 보호할 목적으로 불가사리를 모두 없애 버렸더니 마침내 배스의 체중이 정지되어 전체적인 수확이 줄어들었다는 보고도 있다. 왜냐하면 불가사리가 해 주던 적어摘魚가 되지 않아서 배스의 개체 수가 기하급수적으로 늘어나게 되고 성장이 멈추어버린 것이다.

생물학에서는 먹이연쇄의 한 단계를 거치는 데 에너지가 대략 십분의 일씩 감소한다고 한다. 그러고 보면 이리나 불가사리 같은 포식자와 사슴이나 배스 같은 피포식자 사이에는 일정한 에너지 감소율을 유지하면서 절묘한 먹이연쇄의 규칙에 따라 끊임없이 피드백이 일어나는 것이다. 도덕적으로 포식자는 악한 존재이고 피포식자는 무고한 피해자지만, 그것은 생태계를 원활하게 순환시키는 기막힌 원리인 셈이다.

인간에게 먹이연쇄는 없다. 누구나 생존의 권리가 있으며, 그 권리를 침해한 자는 처벌을 받게 된다. 그러나 개인의 삶에 생태계의 먹이연쇄와 피드백 원리를 적용해 보면 어떨까? 인생에 있어서도 불필요한 것은 십분의 일씩 줄여 가면서 오늘의 삶의 결과를 내일에 피드백 시킴으로써 보다 나은 내일을 기약할 수 있을 것이다.
_2001년 6월

# 현대인의 허무

유난히도 무더웠던 여름이 끝나가고 있다. 올여름도 예외 없이 전국의 고속도로와 국도에는 차량이 장사진을 이루고, 강과 산, 계곡에는 수많은 휴가인파가 몰려들어 일대 혼잡을 연출했다. 휴가의 형태도 각양각색이다. 가족단위로 하는 알뜰휴가, 계모임에서 하는 먹기 위주의 휴가, 동아리에서 하는 단합대회 겸 휴가, 거기에다 종교단체에서 하는 각종 수련회까지 아무튼 한 달여간 계속되는 여름 휴가철의 모습은 가히 장관이다.

사는 형편이 좀 나아지면서 굳이 여름휴가철이 아니더라도 요즘에는 계절과 장소, 거리에 관계없이 언제, 어디라도 마음만 먹으면 고생을 마다않고 달려가 포식을 하며 세파에 찌든 몸과 마음을 쉴 수 있는 풍요를 누리게 되었다.

이제는 해외여행도 보편화되어 한두 번 해외를 다녀오지 않은 사람이 없을 정도다. 휴가철에는 항공권을 구하기가 하늘의 별 따기 만큼이나 어려운데도 표를 구하느라 난리다. 공항은 북새통을 이루고, 유명 관광지마다 한국사람 없는 곳이 없다.

해외여행이 보편화되고 인터넷 기술이 급속히 발전하면서 세계화와 개방의 물결이 거세게 일어 문화나 사회 현상도 예전과는 많이 달라졌다. 젊은이들 중에는 머리염색을 하지 않은 이가 드물고, 여자들은 폭염에도 불구하고 다리에 꽉 붙는 '쫄바지'를 입는다. 그렇지 않으면 시대에 뒤떨어진 고루한 사람으로 취급받는다. 또 얼마

전까지는 앞이 삐쭉 올라간, 사이즈가 엄청 큰 구두나 운동화가 유행하더니 요새는 다시 복고풍으로 실밥이 보이는 캐주얼화가 유행이란다. 그것도 대부분 양말을 신지 않고 신는 걸 보면 위생이나 쾌적함보다는 유행을 쫓아서 하는 행동임이 틀림없다.

또 한 가지 이상한 현상은 언어의 변화에 있다. 언제부턴가 듣기에 매우 부자연스런 표현이 일상화되었다. 가령, '소비자 분들께서', '노인 분들께서', '고객 분들께서' 하는 식의 표현은 참으로 듣기 거북하다. 게다가 방송에서도 '시청자 분들께서', '청취자 분들께서', '참가자 분들께서' 등 왠지 자연스럽지 않은 말들이 난무하고 있다. 다수를 일컫기 위해서 '들'을 붙였다면 그에 대한 경어敬語로는 '께서'라는 어미語尾만으로 충분하지 않은가? 굳이 문법적인 원리를 따지자는 게 아니라 말이란 듣기에 자연스럽고 예의에 어긋나지 않으면 충분하지 않은가? 그뿐만이 아니다. '넥타이가 참 아름다우십니다', '전화가 오셨더라구요' 이 정도면 상대방에 대한 예의를 갖추려다가 오히려 피차 민망해지고 만다. 옛말에 과공비례過恭非禮란 말이 있다. 문자 그대로 '지나치게 공손하면 예의가 아니다'라는 뜻이다.

이처럼 남이 하는 건 다 해야 하고, 유행은 잽싸게 따라가야 하고, 심지어 남들이 사용하는 어색한 말까지 흉내를 내 보아도 현대인의 마음은 공허하기만 하다. 그도 그럴 것이 이러한 흉내 내기에는 진정한 의미의 '내'가 들어있지 않기 때문이리라. 스트레스는 더해만 가고, 방황하는 사람들이 늘어가고, 오늘도 '군중 속의 고독'

을 느껴야 하는 현대인에게 만족보다는 허무가 엄습해 오고 있는 것이다.

이제는 다소 고독할지라도 나만의 라이프스타일을 개발하고, 용기 있게 그것을 실천할 때가 되었다. 군중 속에 머무는 시간을 줄여서 자신의 시간을 늘리고, 사색하는 일과 그것을 일상생활에 적용하는 일이 균형을 이룰 때 겉만 화려한 허무가 사라지고 조용한 삶의 기쁨이 천천히 그리고 조금씩 다가올 것이다. _2001년 9월

## 신용사회를 기다리며

몇 해 전에 어떤 가수가 초점 잃은 시선으로 불렀던 '세상은 요지경'이란 대중가요가 있었다. 쉽게 웃어넘길 수 있는 노래였지만 많은 사람들은 시대상을 말해주는 의미 있는 현상으로 해석했다. 이게 벌써 꽤 오래전의 노래이고 보면, 요새는 더 요지경속일 가능성이 크다. 우리는 그렇지 않기를 바라지만 날이 갈수록 요지경 현상은 도를 더해 가는 듯하다.

요즘 홍수처럼 밀려드는 광고전단을 보면 이해가 안 가는 것들이 많다. 제품의 내용으로 보나 브랜드로 보나 도저히 이해할 수 없는 낮은 가격을 제시하고 있다. 거리 곳곳에 붙어있는 플래카드나 포스터에는 '가격파괴'니 '왕창세일'이니 '땡 처분'이니 하는 파격적인

표현들이 난무한다. 생산원가나 유통과정 등을 고려해서 대략 계산해 봐도 도대체 이해가 안 간다. 짐작컨대 이들은 가짜이거나 아니면 뭔가 비정상적인 경로를 거친 물건들임에 틀림없다.

그뿐인가? 아주 오래된 고질병이지만 약국에서 판매하는 모든 약품은 표시가격대로 판매되지 않고 있다. 자존심도 상하고, 우롱 당하는 느낌이 들어서 화도 난다. 아니, 받지도 않을 가격을 뭐 하러 붙여놓고 고객을 우롱하는가? 아예 적정가격을 매겨서 정찰제로 판매하면 소비자의 부담도 줄고 기분도 상하지 않을 텐데. 판매하는 사람도 떳떳하고, 제약회사의 신용도 보장될 텐데. 약국에서는 '유통구조 때문에 우리도 어쩔 수 없다'며 변명을 한다.

한 술 더 뜨는 곳이 있다. 상품의 고급화와 정찰제를 표방하는 백화점들도 예외가 아니다. 상품별로 시기의 차이가 있을 뿐 앞 다투어 연중 바겐세일을 하고 있고, 입구에서는 시장바닥을 방불케 하는 선전과 호객행위가 일상화되었다. 정품 브랜드를 취급하는 코너 옆에서는 기획 상품을 빙자한 가짜들이 헐값에 판매되고 있다. 왜 백화점인가?

최근 들어서는 또 다른 형태의 영업이 보편화되어 가고 있다. 카드회사나 이동통신회사에서 보내는 요금 고지서에는 한 보따리의 보너스와 상품권이 동봉되어 온다. 무료 사진 촬영권, 구두티켓, 운동경기 할인권, 포장이사 할인티켓 등 종류도 가지각색이다. 하지만 이들 대부분은 실제로 별 필요가 없는 조잡한 것들이고, 그 혜택을 얻기 위해서는 불요불급不要不急한 소비가 발생한다. 그런가 하면 어느 카드는 주유 시 일정 금액을 할인해 주기도 하고, 어떤 정유회사는 일정 금액을 적립시켜 주기도 한다.

이런 영업전략 속에는 함정이 있다. 가뜩이나 경제도 어려운데 웬 선심을 그렇게 쓴단 말인가? 실은 제품가격 속에 그런 원가를 다 포함시켜 놓고 모든 소비자가 이런 혜택을 다 챙기지 못한다는 허점을 노리는 것이다. 다시 말하면 모든 소비자에게 원가를 부담시키고, 혜택은 소수의 소비자에게만 돌아가게 함으로써 차액을 얻는 얄팍한 상술인 셈이다. 만일 그렇지 않다면 그 회사들은 다 망해야 한다.

이제는 생각을 바꾸어야 한다. 생산자는 소비자가 믿을 만한 제품과 가격을 제시하고, 그 대가를 정당하게 받아야 한다. 고객서비스를 하려면 조잡한 사은품을 주기보다 가격을 내려주는 것이 가장 확실하고, 낭비도 줄일 수 있다. 구호만 외치는 고객만족이 아니라 진정한 고객만족을 생각할 때다. 소비자는 무리한 가격을 기대할 게 아니라 자기의 경제수준에 맞는 소비행위를 하면 된다. 그렇게 할 때 정상적인 생산과 유통, 그리고 건전한 소비풍토가 정착될 것이며 경제의 거품이 사라질 것이다. 투명한 유통과 참된 고객만족, 그리고 건전한 소비는 신용사회로 가는 핵심이다. 신용사회의 도래를 소망한다. _2001년 11월

## 진정한 부자

얼마 전부터 엄청난 반향을 불러일으키며 아직까지 스테디셀러 대열에 올라있는『부자 아빠, 가난한 아빠』라는 책이 있다. 어떤 교수는 학생들에게 이 책을 읽고 독후감을 제출하는 과제를 내주었다고도 한다. 하지만 나는 개인적으로 이 책을 좋아하지 않는다. 언젠가 서점에 죽치고 앉아서 대충 살펴본 이 책의 스토리가 나에게는 감동적이지도, 새로운 지식과 정보를 제공하지도 못했기 때문이다.

주인공은 자신의 아버지가 명문대학을 졸업하고, 성적도 우수하며, 좋은 직장에 다니지만 큰돈을 벌지 못했으며, 늘 돈에 쫓기면서 살고 있으므로 '가난한 아빠'라고 단정 짓고 있다. 당연히 '부자 아빠'는 좋은 대학이나 학업성적, 보람 있는 직장 등과는 관계없이 돈을 많이 버는 아빠라는 것이다. 철저히 자본주의 논리를 기저에 깔고 있는 얘기다.

물론 경제논리로는 틀리지 않다. 문제는 독자들 모두가 똑똑하지는 않으며, 인생관이 뚜렷한 성인들만은 아니라는 데 있다. 그렇잖아도 물질주의의 폐해 때문에 도처에서 비극이 일어나고 있으며, 자라나는 세대들에 대한 염려와 걱정이 점증漸增되고 있는 터에 자칫 반쪽의 진리를 전부인 양 여과 없이 받아들일 가능성을 우려하는 것이다. 그런데도 지금 세상은 이렇게 노골적으로 '황금만능'을 강조하는 이 책에 박수를 보내고 지대한 관심을 보이고 있다. 우려가 현실로 나타난 것이다.

그 여파는 주고받는 인사말 속에도 나타나기 시작했다. 요즘은 '부자 되세요'라는 인사말을 종종 들을 수 있으며, 지난 설에 가장 히트한(?) 덕담도 '부자 되세요'였다 한다.

자본주의 사회에 사는 대다수의 사람들은 조금이라도 풍요롭고 편리하게 살기를 갈망하며 부자 되기를 꿈꾼다. 문제는 부자가 되는 것이 행복의 전부일 수 없으며, 본질이어서는 곤란하다. 또 한 가지 간과할 수 없는 것은 통계적으로도 중학교를 나온 사람보다 대학을 졸업한 사람이 더 많은 돈을 벌고 있으며, 더 행복하게 산다는 사실이다. 요컨대 공부를 많이 할수록 확률적으로 돈을 더 많이 벌 가능성이 클 뿐 아니라 행복한 삶을 살 가능성도 크다.

지미 카터 전 미국 대통령은 '부자란 꼭 돈 많은 사람만을 뜻하지 않는다. 최소한의 주거공간을 소유하고, 고등교육을 받고 적절한 의료혜택을 누리는 사람, 자신을 사회의 주인이라고 생각하는 사람, 자신이 누리는 혜택을 자기보다 가난한 사람들과 기꺼이 나누는 사람이다'라고 했다. 진정한 부자는 돈이 많은 사람이 아니라 시간의 소중함을 알고, 그 흐름을 읽으며, 자신의 삶 속에 반영하여 부지런히 노력하고, 얻은 결과를 다른 사람과 나누는 사람이라고 이해할 수 있다. 성서에 나타난 예수님의 산상수훈山上垂訓에서도 8복 가운데 첫 번째 복의 비결은 '마음이 가난한 것'이다. 마음이 가난한 자에게는 천국을 소유하는 복이 있다고 했다.

세상은 빠르게 변하고 있다. 끊임없이 배우고 공부하지 않으면 부자도, 행복한 삶도 결코 보장받을 수 없을 것이다. 뿐만 아니라 공부하고 일한 만큼 소유하고, 소유한 만큼 누리는 소탈한 행복이 진정한 부자가 누리는 복일 것이다. _2002년 4월

## 성공인, 자유인

근래 들어 '돈비족Don't Be 族'이 늘고 있다 한다. 미래의 성공을 위해 오늘을 투자하기보다 지금 당장을 즐기자는 남자들을 일컫는 말이다. 그야말로 'Don't worry! Be happy!'인 것이다. 돈비 족은 미래의 안정된 삶을 보장받기 위해 일에 매진하던 산업사회의 남성들과는 달리 미래가 불안할지언정 오늘을 즐기며 자신을 적극적으로 표현하며 살기를 원한다.

이들은 '남자는 점잖고 무게가 있어야 한다'는 전통적인 남성관으로부터 자유로운 것도 특징이다. 미용실에서 머리를 말거나, 목욕탕에서 마사지 팩을 하는가 하면, 피부 관리에도 각별한 주의를 기울인다. 이런 현상을 놓칠세라 요사이 화장품회사는 남성화장품 개발에 박차를 가하고 있는가 하면, 여의도와 신촌 일대에는 남성전용의 미용실과 피부 관리실이 성업 중이라 한다. 돈비 족은 틈만 나면 수영장, 사격장, 스키장 등을 오가고, 가죽점퍼를 입고 모터사이클을 즐기는 터프함과 재즈 바에서 감미로운 음악을 연주하는 부드러움을 함께 갖기를 원한다. 돈비족의 출현은 패션계에도 큰 변

화를 몰고 와 전통적인 여성의 색상인 분홍, 연두, 하늘색 등의 옷이 남성들 사이에서 인기를 끌고 있다 한다.

이러한 현상은 주 5일제근무 분위기와 맞물려 일은 최소로 하고 여가를 최대한 즐기려는 경향으로 이어지면서 레저산업의 가속화를 부추기고 있다. 이젠 성공을 위해 앞만 보고 뛰는 직장인보다는 여가를 최대한 즐기면서 사는 남성이 멋있게 그려지는 시대가 된 것이다. 여성들도 그런 남자를 이상형으로 생각하고 보조를 맞추기 위한 준비를 서두르고 있다 한다. 광고에도 이러한 사회현상을 반영하는 문구들이 속속 등장하고 있다.

요즘 남자들은 한마디로 자유인으로 살고 싶어 한다. 자유를 싫어하거나 자유인을 나쁘다고 할 사람은 아무도 없다. 그러나 세상에서 자유만 누리면서 살 수는 없는 법이다. 인간에게는 자유에 대한 의지 못지않게 성취욕도 내재되어 있다. 심리학자 매슬로우A. H. Maslow는 인간의 욕구를 5단계로 설명하면서 하위의 본능적인 욕구들이 충족되면 상위의 더 고상한 욕구를 추구하게 되고, 마침내는 내면의 자아를 실현하기 위한 노력을 기울이게 된다고 주장했다. 결국 인간의 가장 고귀한 욕구는 자아실현의 욕구라는 것이다.

그런 측면에서 돈비 족이 추구하는 욕구는 멋지고 화려할지는 몰라도 그다지 상위의 욕구는 아닌 듯싶다. 또한 성공하지 못한 자유인은 진정으로 자유하지는 못할 것이다. 돈비족의 출현을 보면서 '자유인'과 '성공인'을 생각한다. _2002년 5월

# 신용사회를 기다리며 2

사람은 누구나 '남'처럼 살기보다는 '나'처럼 살기를 원한다. 또 '남'대로 살기보다는 '나'대로 살기를 바란다. 그것은 인간의 독립성과 개인의 존엄성을 훼손당하지 않으려는 인간의 바람이다.

그러나 사회의 구성원으로 살아가는 우리는 한없이 자유로울 수는 없다. 최소한 도덕적 규범을 지켜야 하고, 강제성을 띠는 법도 지켜야 한다. 경제, 무역, 행정, 경영, 스포츠에서는 물론 우리의 일상적인 삶의 과정 속에도 정해진 룰이 있고 그것은 지켜져야 한다.

그런데 인간만이 갖고 있는, 다른 동물이 갖지 못한 가장 강력한 표현수단인 '말'은 참으로 묘한 데가 있다. 말은 눈에 보이지도 않고, 남지도 않으며, 시간이 흘러가 버리면 정확한 재현再現이 거의 불가능하다. 심지어는 금방 한 말도 다시 하면 그 표현이나 뉘앙스가 달라진다. 그래서 인간세상은 온통 말잔치다. 말도 많고, 말 때문에 탈도 많다. 작금의 정치를 보고 있노라면 도대체 왜 말을 하는지 모를 정도로 혼란스럽다. 그렇게 쏟아내는 엄청난 말 속에서 진실을 찾아보기 힘들다. 온통 궤변 투성이다. 그리고는 아무도 책임지지 않는다.

그것은 정치판뿐만이 아니다. 어디에서도 진실한 말을 찾아보기 힘들다. 말로 한 약속이 잘 지켜지지 않는다. 어떤 경우에는 약속 자체를 아예 없던 걸로 한다. 나와 상관없을 땐 아주 쉽게 말하고, 입장이 바뀌면 교묘하게 말을 뒤집어 합리화한다.

말은 인간에게 부여된 최고의 축복이며 혜택이다. 축복이나 혜택을 아무나 누릴 수는 없다. 바르게 사용하고, 말에 대해서 책임을 질 의무가 있다. '말'은 그것이 '지켜지지 않는 약속의 도구'이거나 '책임과는 무관한 입술의 움직임'이라면 축복이 아니라 결국 분쟁과 불행의 도구가 될 것이다.

말은 약속이다. 약속은 소중하다. 약속은 지켜야 약속이다. 지키지 않으면 약속이 아니다. 물론 지킬 수 없는 경우도 있다. 때때로 불가항력적인 일들이 우리 앞을 가로막는다. 그렇다면 지키지 못한 약속에는 해명이 필요하다. 지키지도 않고 해명도 없다면 이건 말이 아니고 약속이 아니다.

말, 그리고 말로 한 약속도 책임져야 한다. 책임을 회피한 인간의 모습을 상상해 보라. 초라하고, 의기소침하고, 스스로 떳떳하지 못한, 그래서 '나'처럼, '나'대로 살아갈 수 없는 부자유가 뻔히 보인다.

요즘 이구동성으로 우리 사회를 불신사회라고 한다. 그 근본을 파헤쳐 보면 말과 약속이 지켜지지 않기 때문이다. 말과 약속은 신용의 바탕이다. 왜냐하면 인간은 말로 자기의 생각을 표현하고, 말로 약속을 하며, 약속에 의해 살아가기 때문이다. 말로 한 약속이 지켜지고, 약속은 책임으로 이어져서 신용으로 편만한 세상이 되기를 손꼽아 기다린다. _2002년 10월

## 대학문화가 아쉽다

진입로를 들어서는 자동차 위로 낙엽이 떨어진다. 캠퍼스를 이전한 지 4년이 넘어선 지금 교정에 심긴 나무들도 유목을 지나 많이 자라 있다. 아직은 웅장함이나 화려한 위용을 보여주진 못하지만 그 나름의 운치가 있어 계절을 느끼기에 모자람이 없다.

대학은 아름다운 곳이다. 여기에 꿈이 있고, 젊음이 있다. 학문이 있고, 낭만이 있다. 이 모든 것을 아우르는 것을 우리는 대학문화라 한다. 우리가 '문화'라 함은 '인류의 이상을 실현시켜 나가는 정신활동'이요, '세상이 깨어 살기 좋아짐'이요, '권력보다는 문덕文德으로써 세상을 변화시킴'일진대 그 중에서도 가장 근사한 문화를 든다면 그것은 '대학문화'이리라.

우리나라에서 대학문화의 전성기는 1970년대가 아니었나 싶다. 캠퍼스는 자유와 젊음을 상징하는 청바지와 통기타의 물결로 넘실대고, 각자의 취향에 맞는 서클(지금의 동아리)활동에 여념이 없었다. 그 낭만의 중심에서 빼 놓을 수 없는 것이 대학축제였다. 축제가 가까워오면 캠퍼스는 온통 술렁거려 그야말로 흥분의 도가니였다. 각자 참여할 프로그램을 찾아 나서고, 축제에 손잡고 갈 파트너를 구하기 위해 미팅이 줄을 이었다. 일상적으로 이루어지는 많은 문화활동 중에서는 토론문화가 주류를 이루었다. 별것도 아닌 주제를 놓고도 갑론을박하며 하루해를 다 보내는 어리석음(?)이 보편화돼 있었다. 인생의 고민을 안고 아파하면서 밤을 지새우는 일도 흔히 있었다. 대학생들은 그렇게 어른이 되어 갔다.

요즘 대학사회를 보면서 옛날을 그리워하는 것은 인지상정일까? 대학에서 대학문화가 사라지고 있다. 동아리는 고사枯死 직전에 있다. 동방(동아리방)은 파리를 날리고 있다. 총학생회나 학과의 임원도 하겠다는 사람이 없다. 다들 개인적인 일로 분주하기 때문으로 보인다. 그런데 그렇게 바쁘게 산 결과 별로 좋아진 것 같지는 않다. 도서관은 토익이나 토플 같은 영어공부방, 아니면 고시나 공무원 시험 준비를 하는 고시원, 그도 아니면 기술자격증을 취득하기 위한 기술학원 같은 냄새가 난다. 그나마 이런 학생이 많은 대학은 미래가 있다.

그뿐인가? 간헐적으로 있는 초청강연회나 문화행사에는 썰렁하다 못해 그것의 지속 여부를 고민해야 하는 한심한 지경이다. 축제나 졸업작품전 같은 대학문화의 핵심에도 상황은 변하지 않는다. 축제 프로그램 중에서도 학우들이 정성껏 준비한 프로그램은 안중에도 없고, 알아듣기도 힘든(?) 인기가수의 공연시간에만 깜짝 성시盛市를 이룬다. 아무리 생각해도 이건 자존심 상하는 일이다.

게다가 대학문을 벗어나면 기성세대를 방불케 하는 유흥과 퇴폐가 그들의 몫이다. 대학생들의 경제적 여건이 좋아지면서, 또 상대를 가리지 않는 상업주의의 범람이 젊은이들을 그냥 내버려두지 않는다. 게임방, 비디오방, 독서실을 빙자한 퇴폐만화방, 거기에 각종 주점과 오락실까지 그야말로 환락의 모든 것이 망라되어 있다. 참 대단하다.

그렇다고 옛날의 대학문화를 몽땅 찬양하고, 요즘의 대학문화를 매도할 생각은 없다. 왜냐하면 어차피 세태는 변해가고, 문화는 세태를 반영하는 것이기에 말이다. 하지만 반성이 필요하다. 대학문화를 생각할 때다. 대학문화 회복에 관심과 투자가 필요하다. 자존심을 되찾아야 한다. 다른 사람이 우리의 자존심을 지켜주지 않는다. 대학을 대학답게 하는 것은 외부의 환경이나 제도가 아니라 바로 우리 자신의 몫이다. _2002년 11월

## 교육개방을 우려한다

정부는 3월 27일 세계무역기구(WTO) 서비스 협상과 관련하여 교육부문 양허안亮許案(개방계획서)을 제출키로 공식 결정하였다. 교육부총리와 경제부총리, 통상교섭본부장이 이달 말 제출예정인 첫 양허안에 교육부문 개방계획을 포함시키기로 결의한 것이다. 전문대학 이상의 고등교육과 성인교육이 개방대상이다.

교육개방에 대한 논의는 여러 교육 관련단체와 시민단체, 그리고 민주 · 한나라당 양당 의원들 간에도 찬반의견이 팽팽하다. 주무부처인 교육인적자원부는 개방과 반대, 유보를 저울질하다가 급기야 개방 쪽의 손을 들어주었다. 양허안讓許案이란 시장개방을 대외적으로 천명하는 것으로, 이 안이 WTO에 접수되면 외국인도 국내에

대학이나 학원을 설립할 수 있게 된다.

여기서 우리는 몇 가지 점을 깊이 우려한다. 첫째, 교육문제가 재정경제부와 통상교섭본부의 경제논리에 밀려 어쩔 수 없이 결정된 듯한 느낌을 지울 수 없다. 교육부는 그동안 '교육시장의 개방이 국내 교육에 미치는 영향이 크다'는 이유로 시간을 갖고 더 검토하자는 입장이었으나 다른 나라와의 무역협상에서 불리할 것을 우려하여 양허안 제출에 합의한 것으로 알려졌다. 그러나 대세에 밀려 교육시장을 개방할 수는 없다. 국가의 체면을 세우기 위한 것이어서도 안 된다. 교육경쟁력을 향상시켜 줄 것 같아 개방하는 것은 더더욱 안 된다. 아무튼 교육을 다른 무역상품과 같은 '상품'으로 취급함으로써 협상의 대상으로 삼았다는 점에서 크게 우려된다. 교육은 상품이 아니다.

둘째, 현재 국내 대학의 사정이 아사餓死 직전이다. 고등학교 졸업생 수는 점차 줄어들고 있고, 대학의 수나 정원은 아직도 증가하고 있는 판에 교육개방까지 한다면 국내 대학의 고사枯死를 가져올게 불을 보듯 뻔하다. 별로 유쾌하지는 않지만 최근 들어 정부가 모든 분야에서 일관되게 주장하고 있는 시장경제의 자유경쟁 논리가 시대의 대세이며, 경쟁력의 원천이라는 점을 부분적으로 인정한다 하더라도 교육문제를 시장경제 논리로 해결하려는 '용감무쌍'은 받아들이기 거북하다. 왜냐하면 자유경쟁의 토대가 전혀 마련되지 않은 현실을 무시한 채 싸움을 붙여놓는 듯한 인상을 지울 수가 없기 때문이다. 사실은 국내 대학에 대해서도 신입생모집과 관련하여 특단의 조치가 필요한 터이다. 그동안 교육부는 대학 지원자 수의 감소추세도 고려하지 않고 '준칙주의'를 내세워 일정 설립요건만 갖추면 대학설립을 허가해준 책임을 져야 할 때가 되었다.

셋째, 교육의 질적 저하가 염려된다. 일부에서 기대하는 것처럼 교육개방이 교육의 자유경쟁을 유도하여 경쟁력을 높일 것이라는 예측은 지나친 낙관론이다. 사실은 이미 외국대학의 국내진출이 부분적으로 이루어져 왔지만 그곳에서 교육받은 사람들이 어떤 능력을 갖고 있으며, 국가와 사회를 위해 무엇을 했는가? 오히려 유령 대학들이 난립하면서 가짜학위를 남발하는 사회악을 조장한 면도 간과할 수 없다. 국내에 사무실 하나 내놓고는 현지 구경만 한두 번 시켜주고, 해외유학을 한 적이 없는 사람에게 학위를 주는 어처구니없는 사태를 우리는 보아왔다. 어느 목사님의 지적처럼 '태평양 상공의 비행기 안에서 준다' 해서 생긴 '태평양박사'가 아직도 버젓이 존재하고 있는 현실이다. 이런 여러 가지 사실에 비추어볼 때 소위 외국의 명문대학이 국내에 대학을 설립할 가능성은 매우 희박하며, 한다 해도 동일한 수준의 교육과정을 운영하기는 어려울 것으로 보인다. 단지 엄청나게 비싼 등록금으로 교육 '장사'를 할 가능성이 크다. 결국 교육경쟁력의 향상보다는 오히려 교육의 질적 저하가 염려된다.

지금 우리는 국내 대학의 내일을 전혀 예측할 수 없는 불안한 상황에서 교육개방이라는 한파를 맞고 있다. 당국의 현명한 판단과 우리 모두의 지혜를 모아 어려운 위기상황을 슬기롭게 극복해야 할 때다. _2003년 4월

## 현대, 관성의 질주

현대사회가 빠르게 변천하면서 그 특징을 말해주는 새로운 용어들이 하루가 멀다 하고 생겨나고 있다. 그 중에 꾸준히 통용되고 있는 용어로 '루키즘Lookism'이 있다. 오늘날 사람을 평가하는 기준에서 무엇보다도 외모가 중요하므로 외모를 잘 가꿔서 자신의 이미지를 각인시키겠다는 '외모지상주의'를 일컫는 말이다.

이러한 세태를 반영하듯 어떤 조사기관에서 국내 13세~43세 여성 200명을 전화로 면접 조사한 결과, 이들 중 68%가 '용모가 인생의 성패에 크게 작용한다'고 응답했다 한다. 특히 대학생과 직장인 응답자의 80%가 '그렇다'고 응답해 루키즘은 청소년뿐 아니라 성인 계층에까지 확산되어 있음을 알 수 있다. 루키즘은 생각이나 희망사항에 그치지 않고, 상당한 노력과 비용을 지불하고서라도 이를 실현하기 위한 '감행敢行'으로 이어지고 있다.

「타임즈」와 「월 스트리트 저널」은 한국을 '성형수술의 왕국'이라고 보도한 적이 있다. 또 서울 도심에 위치한 성형외과에는 '계契를 들어서라도 성형을 하겠다'는 여성들이 몰리고 있다 한다. 성형의 부위도 눈, 코, 입 등 얼굴은 기본이고 허벅지, 종아리, 팔뚝, 심지어는 배꼽까지 수술을 통하여 인공 미인이 되기 위한 처절한 '전쟁'을 치르고 있다 하니 그 노력이 애처롭다. 어느새 내면의 실력을 키우기보다 손쉽게 외모를 꾸며서 경쟁력을 갖추겠다는 의식이 사회전반에 뿌리를 내렸음을 방증한다.

그런가 하면 강남의 중학생들 사이에도 명품 바람이 일어 수입명품 하나 정도를 소지하지 않으면 축에 끼지도 못한다는 TV보도가 있었다. 실제로 특정 학급을 대상으로 조사하는 자료화면에는 상당수의 학생이 '명품을 하나 이상 소지하고 있다'고 손을 드는 장면을 목도한 바 있다. 국내에서 거래되는 수입명품의 대부분이 가짜라는 사실을 아는지 모르는지 그건 그들에겐 전혀 중요하지 않은 듯하다. 단지 그들의 관심사는 명품의 소지 여부인 것이다. 상품의 선택기준이 필요성과 기능 중심에서 상징적 이미지(브랜드)로 바뀌고 있는 것이다.

이러한 현상들은 세상이 빠르게 변화하는 데다, 치열한 경쟁을 하면서 살아가는 현대인의 불안감을 달래려는 보상심리와 무관하지 않은 것으로 보인다. 현대인의 삶을 나는 한마디로 '관성의 질주'라고 표현한다. 각자 다르긴 하지만 뭔가에 의해서 탄력을 받아 정신없이, 바쁘게, 빨리 빨리, 앞만 보고 달려가고 있고, 그 속도는 점점 더 가속이 되고 있는 것이다. 더구나 그러한 생각의 중심에 '내'가 있지 않고 타인이 들어와 있거나, 때로는 뚜렷한 이유도 없이 그저 남이 하는 대로 흉내를 내기도 한다. 유행에 지나치게 예민한 것이 그 대표적인 예다. 시대의 흐름을 읽고 자연스럽게 적응하는 것과, 유행을 추종하는 것은 전혀 다르다. 왜냐하면 시대의 흐름을 쫓아 적응하는 것은 생산적이고 이타적인 '기여寄與'가 있는 반면에, 그냥 유행을 쫓아가는 것은 '남을 흉내 내기'나 다름없기 때문이다.

아무튼 현대인은 바쁘게, 그리고 정신없이 살아가고 있다. 그런데 이렇듯 '관성의 질주'를 거듭하는 현대인에게 '당신은 행복합니까?'라고 물으면 선뜻 '예'라고 대답할 사람은 얼마나 될까? '관성의 질주'는 멈출 수 없다 하더라도 자신의 내면을 성찰하는 여유가 필요하다. _2003년 5월

## 단순과 창의

"단순하고 우직하게Keep it simple and stupid!" 세계적인 햄버거 메이커 맥도널드의 초기전략이다. 머리글자를 따서 'Kiss원칙'이라 부른다. 뉴햄프셔 출신인 맥도널드 형제Morris & Richard Mcdonald는 애초 영화를 만들 심산으로 캘리포니아로 이주했다가 실패한 뒤 1940년 샌 버나디노로 가서 드라이브 인 카페를 열었다.

적은 인력과 비용으로 이윤을 남기기 위해 이들이 택한 핵심전략이 바로 Kiss원칙이다. 제품을 햄버거와 감자튀김 위주로 단순화시키고, 위생과 서비스 속도를 개선하기 위해 일회용 포크와 나이프를 제공했다. 한 끼를 가볍게 때우는 식사를 '빠르고 간편하게 해결하는 것'에 초점을 맞춘 이러한 전략은 당시 빠르게 확산되던 중산층을 사로잡았다. 그때부터 급속도로 발전을 거듭한 맥도널드는 현재 121개국에 30,000개 이상의 점포를 갖춘 거대기업으로 성장하였다.

이제 Kiss원칙은 기업뿐 아니라 방송이나 저술에도 자주 인용되는 단골메뉴가 되었다. 얼마 전 CNN의 유명한 토크쇼 진행자 래리 킹은 그의 저서 『대화의 법칙』에서 '세계적 지도자들의 연설에는 진부한 표현이나 복잡한 문장, 전문용어들이 없다. 이들이 지킨 공통의 원칙이 바로 맥도널드의 Kiss원칙이다'라고 했다.

지금 세계는 혁신의 돌풍에 휩싸여 있다. 국가, 기업, 학교, 지방자치단체 등은 물론 비영리 종교단체인 교회나 사찰에 이르기까지 모든 조직이 '변화하지 않으면 살아남을 수 없다'는 절박한 인식 속에 혁신의 소용돌이에서 몸부림치고 있다. 기업은 '혁신이야말로 생존의 유일한 수단이며, 경쟁력의 원천'임을 인식하고, 막대한 인력과 비용을 투자하여 경영혁신에 피나는 노력을 경주하고 있다.

국내에서도 광고를 통해 우리에게 익숙한 "나이는 숫자에 불과하다", "청바지와 넥타이는 평등하다" 등 혁신을 암시하는 구호가 일반화된 지 오래다. 지난해 이 광고 문구를 사용하는 기업의 대표로 취임한 50대 신임사장은 이른바 '생각경영'이라는 경영철학을 공표한 바 있다. 월드컵 때 사용했던 구호 'Korea(K) Team(T) Fighting(F)'의 정신을 '아이들Kids의 열정, 신뢰Trust, 신바람Fun'의 경영으로 이어가겠다는 설명을 덧붙였다. 그러기 위해서는 창의, 젊음, 틀을 깨는 사고에 '신뢰'와 '신바람'을 가미해야 한다고 강조하였다. 매주 수요일을 Kids Day로 지정하여 사장부터 모든 직원이 청바지를 입고 출근하며, 업무집중 시간대에는 회의소집이나 엘리베이터의 운행을 중단할 것임을 발표함으로써 신선한 자극을 주었다.

Kiss의 원칙이나 생각경영은 '사고의 혁신이 창의에 이르는 통로이며, 창의가 생산성을 가져 온다'는 시대적 진리를 일깨우는 법칙이다. 고정관념이 얼마나 무서운 것인지를 우리는 잘 안다. 반면에 창의는 엄청난 부가가치를 만드는 원천이 된다. 얼핏 보면 '단순'과 '창의'는 물과 기름의 관계처럼 보이지만, 오히려 쉽게 궁합을 이루는 동족同族인 셈이다. 또한 창의는 복잡하거나 어려운 것이 아니라 '단순'과 천진난만한 '열정' 속에 깃들어 있음을 기업의 경영철학에서 터득해야 할 것이다. 기업의 행위는 언제나 건곤일척乾坤一擲이기 때문이다. _2003년 6월

## 대학의 기본 지키기와 생각 바꾸기

대학의 환경이 극심한 어려움에 처해 있다. 입학자원은 감소하는데 몸집은 이미 감당하기 어려울 만큼 부풀려져 있다. 정부가 제시하는 교육정책은 일관성을 상실한 채 표류하고 있으며, WTO의 출범에서 시작된 교육개방의 파고波高는 시나브로 밀려들어 오고 있다.

그러나 무엇보다도 우려되는 것은 대학교육의 혼란이다. 각 대학은 입학자원이 모자라기에 앞 다투어 학생을 모셔오고(?) 있다. 입학과정에서도 온갖 혜택을 제시하고 있다. 등록을 하고 나면 학생

복지와 서비스에 엄청난 투자와 정성을 다한다. 이런 서비스를 받는 학생 입장에서는 그래도 만족을 느끼지 못하지만, 이를 감당해야 하는 대학 입장에서는 죽을 맛이다. 경영은 점점 어려워지는데 추가투자는 늘어만 가는 현실 앞에 긴장이 고조되고 있다.

그건 어쩔 수 없는 현실이라 치자. 애써 모셔온 학생들은 공부를 하지 않는다. 그렇다고 투자할 만한 가치가 있는 무언가에 몰두하는 것 같지도 않다. 너무 흔한 게 대학생이고, 너무 쉽게 대학에 입학하다 보니 지성인이라는 최소한의 자존심이 없으며, 공부해야 할 이유를 찾지 못하는 것이다. 경제학의 중요한 개념인 '희소가치'의 원리가 그대로 적용된다는 느낌을 지울 수가 없다. 2000년 9월 6일자 「대한교원신문」이 발표한 자료에 의하면 1970년부터 2000년까지 30년 사이에 대학생 수는 11.4배, 대학 수는 2.3배 증가한 것으로 조사되었다. 그러다 보니 철저한 학사관리가 안 되고 있다. 하기에도 한계가 있고, 학생들도 이를 알고 교묘히 이용(?)하고 있다. 한마디로 교육이 엉망이 되고 있는 것이다.

그 결과는 학력저하로 나타나 미래에 대한 우려를 갖게 한다. 우리나라 최고의 대학에 입학한 신입생의 상당수가 중학수준의 기초한자도 읽지 못하는가 하면, 수학修學 성취도 측정시험의 영어와 수학 과목에서 약 20% 정도가 교양과목 수업을 따라가지 못할 낙제수준이었다는 보도도 있었다. 아무리 '공부가 필요에 의해서 취사선택하는 것'이라 하더라도 정도가 지나치다. 이 대학의 어떤 교수는 시험답안을 채점하고 나서 '이런 실력으로 어떻게 대학에 들어왔나 하는 생각이 들 정도'라며 향후 국가경쟁력의 약화를 우려하였다.

하지만 이러한 대학환경의 변화에도 긍정적인 효과가 있다. 지난날 대학이 엄격한 시험절차를 거쳐 학생을 선발하고, 절대 다수의 학생은 대학에 들어가지 못해 몸부림치던 시절 대학은 학생이 느끼기에 그다지 친절하지 못했으며, 학생 서비스에도 소홀했던 것이 사실이다. 자본주의 논리로는 수요-공급의 원칙에 따른 당연한 현상이었다고 할지 모르지만 교육도 하나의 서비스임을 고려하면 매우 잘못된 일이다. 세월이 흘러 환경이 변화함에 따라 불가피하게 생긴 결과라 할지라도 학생을 최우선으로 생각하고, 복지와 서비스에 심혈을 기울이게 된 것은 다행스런 일이다.

그렇다면 문제는 대학이 '반드시 지켜야 할 것'과 '학생에게 베풀어야 할 것' 사이에서 생기는 딜레마다. 아무리 대학의 환경이 어려워도 대학이 지켜야 할 것이 있다. 어떠한 상황에서도 철저하게 학사學事를 관리하고, 부단히 연구하여 학생을 잘 가르치는 일을 최우선으로 해야 한다. 왜냐하면 대학에 들어올 때는 누구나 과거에 경험하지 못한 것을 성취하리라는 큰 기대를 갖고 오며, 대학은 이를 실현시켜 주어야 할 책임이 있기 때문이다. 그러나 한편으로는 학생을 대학의 진정한 고객으로 생각하고 최대한의 친절과 서비스를 제공하는 철저한 서비스정신이 필요하다. 필요하다면 교육과정이나 강의도 과감한 변화를 시도하여 수요자(학생)의 눈높이에 맞추고, 흥미 있는 방법론을 적극 개발해야 할 것이다.

'기본 지키기'와 '생각 바꾸기'를 통해 진정한 의미의 대학경쟁력을 갖추게 되고, 장기적으로는 대학의 생존을 보장받게 될 것이다. '생존'이라는 단어를 써야 하는 현실이 안타깝기만 하다. _2003년 10월

## 눈물의 미학

며칠 전 2003 프로야구 '왕 중 왕'을 가리는 한국시리즈가 끝났다. 금년 한국시리즈는 최종 7차전까지 승패를 주고받으며 치열한 접전을 벌여 야구팬들을 즐겁게 하였으며 야구의 묘미를 고조시키는 '기여'를 했다. 한국시리즈가 끝나고 어느 일간지의 야구전문기자는 아깝게 준우승에 그친 감독의 인터뷰 장면을 이렇게 묘사했다.

*"누군가 '눈물은 언어와 침묵 사이에서 흐른다'고 했다. 눈물은 언어를 통한 표현은 아니지만 침묵으로 감정을 단절시키지도 않는다. 눈물은 그저 소리가 나지 않을 뿐 감정을 진지하고 충실하게 전달한다. 특히 그 눈물이 '태어나서 세 번만 운다'는 남자의 진한 눈물이라면 말이다.*

(중략)

*J감독의 눈물 역시 언어와 침묵 사이에서 흘렀다. 눈물은 소리*

*를 내진 않았지만 감정을 충실히 전달했다. 자신을 키워준 스승에게 감사하며, 그 은혜에 보답하고 싶은 제자의 진실한 예의를 그 눈물을 통해 보았다. 이 정도 글로는 도저히 표현할 수 없는 소중한 감동이 그 눈물 속에 있었다. 펜은 칼보다 강할지 모르지만 눈물보다 진실하진 못하기에."*

이 글을 읽는 순간 코끝이 찡해 오고 눈가엔 가벼운 경련이 일었다. 가슴이 두근거렸다. 즉시 컴퓨터 자판을 치기 시작했다. 스포츠가 가져온 감동이요, 기자의 뛰어난 묘사가 주는 감동이다. 그러나 무엇보다도 감동을 주는 것은 기자의 고백처럼 펜보다 진실한 '눈물'이다. 그렇다. 펜은 칼보다 강하고, 눈물은 펜보다 진실하다.

그러나 이건 사실일 뿐 현실은 아니다. 인간 세상에서는 차츰 감동의 눈물이 사라져간다. 감동과 맞닥뜨려도 눈물이 나지 않는다. 눈물이 홀대받고 있는 것이다. 별로 우습지도 않은 짜고 하는 코미디를 보면서는 포복절도抱腹絶倒를 하면서도, 눈물을 흘려야 할 때는 애써 눈물을 감춘다. 고마운 배려인가? 간사한 자기기만인가? 그건 배려일 수 있다. 아니 그런 경우가 더 많다. 문제는 아예 눈물이 나지 않는다는 사실이다. 점점 눈물에 인색해지고 있는 것이다.

'세계를 지배하는 건 남자고, 남자를 지배하는 건 여자다'라는 말이 있다. 이 말 뒤에도 눈물의 위력이 숨어 있다. 여자는 분명 남자보다 눈물 흘림에 선수다. 세상을 지배하는 남자도 여자의 눈물 앞에서는 약해지는 법이다. 눈물에는 이처럼 마력魔力이 있다.

슬픔의 눈물도 있지만, 애원의 눈물도 있다. 분노의 눈물도 있지만, 동정의 눈물도 있다. 그러나 무엇보다도 압권인 것은 감동의 눈물이다. 감동의 눈물에는 세상을 변화시키는 힘이 있다. 아름답다 못해 전율이 일 때도 있다. 이 위대한 감동의 눈물이 사라지고 있는 것 같아 슬프다.

눈물을 아끼지 말자. 웃음이 삶의 활력소라면, 눈물은 세상을 변화시킨다. 웃음이 소수에게 희망을 준다면, 눈물은 세상을 온통 감동시킨다. 절제가 필요하다면 슬픔의 눈물에나 해라. 감동의 눈물은 절제하지 말자. 세상을 변화시키는 힘을 불어넣자. 2002월드컵 때와 같은 감동의 눈물이여, 온 나라를 뒤덮어라! '눈물의 미학'을 쓰지 않고는 견딜 수 없는 감동을 준 기자에게 감사한다. 그리고 감성이 살아있는 나 자신이 다행스럽다. _2003년 11월

## 한강만 강인가

대학이 위기라는 말이 도처에서 메아리친다. 그 위기의 원천은 정직하게 말해서 대학입시다. 1970년부터 2000년까지 30년 동안 대학생의 수는 11.4배, 대학의 수는 2.3배 증가했다는 통계(2000년 9월 6일 대한교원신문)는 우리를 아주 맥 빠지게 한다. 고등학교 졸업생 수는 계속 곤두박질하는데 대학정원과 대학의 수는 빠른 속도로

증가해 왔다. 지금도 신설대학이 생겨나고 있다. 이런 상황에서 입시가 어려워지는 건 당연하다.

특히 지방대학의 위기는 숨도 제대로 쉴 수 없을 정도로 심각하다. 대학이 국가경쟁력을 제고하기 위한 '교육'을 하고 있는지, '입시업무'를 위해 존재하는지 자문해야 하는 지경에 이르렀다. 1년 내내 입시와 관련된 일을 하느라 대학 본연의 기능인 연구, 강의, 봉사는 뒷전이 된 지 오래다.

이렇게 된 데는 대학에도 일말의 책임이 있다. 그러나 우리의 교육정책에서 대학 단독의 권한으로 결정할 수 있는 것은 거의 없다. 더구나 대학을 신설하고, 증과나 증원을 하는 문제는 전적으로 교육부의 허가 없이는 어림도 없다. 이미 오래전부터 고교 졸업생 수가 줄어들 것이라는 예측(정확하게는 예측이 아니라 통계적 자료)에도 불구하고 교육부는 대학 신설과 증원을 계속적으로 허가해 왔다.

게다가 현행 입시제도는 대학의 어려움을 배가시키는 첨병이다. 수험생에게 최대한 많은 기회를 제공한다는 명분은 있다. 하지만 아무리 많은 기회를 줘도 결과는 똑같다. 왜냐하면 수험생 한 명이 가는 대학은 결국 한 곳이기 때문이다. 그런데 그 과정이 그렇게 혼란스럽고 힘들다. 아니 힘든 건 괜찮다. 그래서 뭐가 좋아진단 말인가? 뭐가 좋아졌단 말인가? 대학에 입학하는 학생의 학력은 계속 떨어지고, 대학은 입시 때문에 정말 죽을 맛이다.

대학별로 별 희한한 입시정책을 개발하고, 모든 일에 최우선하여 입시홍보활동을 벌이고 있지만 아무리 애를 써 봐도 '한강에 돌 던지기'도 안 된다. 과열된 입시홍보활동은 국가적으로도 엄청난 낭비이다. 교육부의 강력한 제재 없이 과열된 소모전은 계속될 수밖에 없다. 더구나 현행 입시제도는 수도권과 지방의 괴리를 갈수록 심화시키고 있다. 이런 입시상황에서 '지방대학 살리기'나 '선택과 집중'이라는 말은 지방대학에는 매우 사치스런 말장난으로 들린다. 수도권 대학이 지방대학에 비해 절대적으로 유리한 현실을 개선하지 않은 채 무엇이 지방대학을 살리며, 학생이 없는 대학이 무엇을 선택하란 말인가? 현실적으로 대부분의 지방대학의 선택은 오로지 하나 '학생유치'밖에 없다.

이제는 교육부가 나서서 문제의 근원을 치유해야 한다. 이미 과열된 입시상황과 가속화되는 수도권 집중현상을 개별 대학이 해결하라는 것은 연목구어緣木求魚에 불과하다. 결코 대학별로 해결할 수 없는 문제다. 각 대학은 자체적인 위기대처방안을 연구하고 실행해야 하지만 더 확실한 위기대처방안은 교육부가 나서서 입시를 포함한 대학교육정책을 대폭 수정하는 것이다. 제품이 잘못되면 다시 만들면 되지만, 교육이 잘못되면 수정이 불가능하다. 교육을 백년지대계라고 믿는 한 적어도 100년은 그렇다.

지금 지방대학의 위기는 어느 특정대학의 문제가 아니라 대한민국 모든 대학의 위기다. 점점 과열되는 입시홍보와 끊임없는 학과신설, 그에 따른 낭비와 비효율은 국가경쟁력을 추락시키고, 대학교육을 파행으로 몰아가는 주범이다. 교육부는 수도권 대학에 절대적으로 유리한 대학교육정책을 조속히 수정하고, 대학교육의 질적 제고를 위한 대안을 내 놓아야 한다.

수도권 대학만 대학이 아니다. 모든 대학은 나름대로 존립 이유가 있으며, 그것을 인정하여 교육부는 설립허가를 내주지 않았는가? 서울에는 한강이 흐른다. 그러나 한강만 강은 아니다. 낙동강도 강이요, 섬진강도 강이다. 한강이 서울의 젖줄이라면 낙동강은 영남의 젖줄이요, 섬진강은 호남의 젖줄이다. _2004년 4월

## 웰빙에 휘둘리는 사회

웰빙 바람이 거세다. 말하자면 '좀 더 풍요롭게, 편리하게, 행복하게, 잘살아보자'는 것이다. 좋은 얘기다. 맞는 말이다. 그냥 사는 것보다 풍요롭게, 편리하게, 행복하게 사는 것이 훨씬 좋다. 그게 잘사는 것이다. 웰빙의 여파는 우리의 삶 전체를 뒤바꾸고 있다. 의식주는 말할 것도 없이 생각까지도 흔들어 놓고 있다. 심하게 말하자면 웰빙이 우리 사회를 온통 뒤흔들고 있다. 웰빙이 대유행을 하고 있는 것이다.

그 연장선상에서 '짱'이라는 말도 통용되고 있다. 외모가 뛰어나서 '얼짱', 몸매가 뛰어나면 '몸짱', 그것도 모자라 특수강도 용의자 전단지에 나온 여성의 얼굴이 예쁘다는 이유로 그를 '강짱'이라 명명하고 인터넷에 회원 1만 명이 넘는 팬클럽이 생기기도 하였다.

한 술 더 떠서 얼굴도 예쁘고, 몸매도 좋고, 매너도 좋으면 '올짱'이라는 우스갯소리까지 생겼다. 운동선수도 운동능력보다는 외모로 '얼짱' 대열에 올라 팬들을 몰고 다닌다. 사정이 이쯤 되고 보면 외모에 대한 우리 사회의 관심이 도를 넘었다고 볼 수밖에 없다. 이건 '관심'이나 '동경'을 넘어 '숭배'에 가깝다.

이러한 외모 신드롬의 급격한 확산에는 TV가 절대적인 역할을 하였다. 얼짱, 몸짱을 내세워 시청률을 높이고, 결과적으로 청소년들의 생각을 럭셔리하게 만드는 악역을 담당하였다. 럭셔리한 생각이 가득 찬 머리로 공부나 일을 하기란 여간 어렵지 않다. 지금 청소년들은 부지런히 공부하고 미래를 준비하는 것이 진정한 자신의 경쟁력이 된다는 사실을 망각하고 있다. 일이나 공부는 특성상 적당히 '헝그리'할 때 잘할 수 있는 것이다.

얼짱이나 몸짱이 되기 위해 뷰티산업에 몰리는 돈이 연간 7조 원에 이른다고 한다. 아름다워지고 싶은 것은 인간의 기본적인 욕구이므로 이를 무조건 비난할 수는 없다. 그런데 몸짱이 되기 위해 무리한 다이어트를 하고, 얼짱이 되기 위해 과도한 시간과 비용을 투자하는 것이 문제다. 무엇보다도 젊은이들이 '짱'에 더 많은 관심을 갖고 있어 걱정이다. 만들어진 '짱'보다는 규칙적인 생활과 열심히 사는 삶을 통해서 자연스럽게 형성되는 짱이 '진짱(진짜 짱)'일 것이다.

'짱' 신드롬은 유행의 극치를 보여주는 단적인 예이며, 웰빙이 잘못 확대해석된 것이라 할 수 있다. 사람마다 타고난 얼굴이 다르고 몸매가 다르기에 각기 다른 매력도 있고 단점도 있는 법인데, 너도 나도 비슷한 미인이 되겠다고 나서는 건 어쩐지 어색하다. 별 생각 없이 그냥 흉내를 내고 있는 듯하다.

의상 패션도 마찬가지다. 얼마 전 주례를 하러 간 결혼식장에 신부 친구들 중 몇몇이 트레이닝복을 입고 온 걸 보고 웃은 적이 있다. 그동안 트레이닝복은 운동을 할 때나, 집에서 또는 집 근처에 가벼운 외출을 할 때 입는 옷이었다. 그런데 이 옷이 의식을 갖춘 공식석상에도 입고 나오는 숙녀들의 외출복이 된 것이다. 이른바 '트레이닝 룩'이 유행하고 있는 것이다. 그것도 앞에는 각종 국가의 국기 또는 대표팀의 엠블럼이 붙어있고, 등에는 영어로 국가 또는 팀 이름이 큼지막하게 새겨진 트레이닝복을 숙녀들이 자랑스럽게 입고 다니는 시대가 되었다. 그 전 같으면 '저렇게 촌스러울 수가 있을까' 지탄을 받았을 패션이 최신유행이 된 것이다.

지금 우리 사회에 불고 있는 웰빙 바람은 한낱 유행으로 끝나지 않을까 우려된다. 유행의 끝은 없다. 끝도 없이 계속되는 유행의 허무함은 '그 안에 내가 없다'는 데 있다. 그냥 남을 따라 흉내를 내는 것이기에 지나고 나면 허무한 것이다. 정신없이 남을 따라 흉내를 내다가 자칫 'Well Being'이 'Wrong Being'이 될 수도 있음을 경계해야 한다.

세상이 빠르게 변하고 있다. 그 변화를 유심히 들여다보면 우리가 빨리 받아들여야 할 유익한 변화도 있지만, 교묘한 상술과 가면으로 치장된 독소들도 들어있다. 변화를 무작정 수용하기에 앞서 확고한 자기철학을 확립하는 일과 그것을 실천하는 것이 진정한 웰빙의 시작일 것이다. 우유를 마시는 사람보다 배달하는 사람이 더 건강하다는 사실을 명심할 필요가 있다. _2004년 5월

## 학문과 생활

고등학교 시절에 애용하던 아주 두꺼운 국어 참고서가 있었다. 선생님이 좋은 책이라고 추천해서 샀던 책이다. 다행히 구성이나 내용이 대체로 맘에 들어서 여러 번 반복해서 보면서 국어와 관련된 많은 지식과 정보를 얻을 수 있었다. 분야별 · 장르별로 기본적인 소개가 있고, 관련된 작품이나 본문을 보여주고, 본문 중에 나오는 전문적인 내용을 자세하게 설명한 다음, 실전문제로 들어가는 식이었다.

그런데 그 책을 공부하면서 가끔 엉뚱한 생각을 하곤 했다. 정확히 기억할 순 없지만 가령 '한국의 미'라는 단원에서 한국의 미를 여인의 사뿐히 들어 올린 치맛자락이나 승무僧舞를 할 때의 장삼자락, 고무신 코의 곡선 등으로 비유하는가 하면 창호지문을 거론하면서 미닫이 · 여닫이에다 격자格子 무늬 문살을 설명하였다. 그건 약과다. 문장 중에 나오는 '한복, 승무, 장삼, 창호지 문, 미닫이 · 여닫이 그리고 격자무늬'까지 그들에 대하여 할 수 있는 최대한의 자세한 설명까지 빼놓지 않았다. 실과實科를 공부하고 있는지, 국어를 공부하고 있는지 순간적으로 착각을 일으킬 만하다. 또 있다. '국화

옆에서'라는 시를 설명하면서 국화는 엉거시 과科에 속하는 다년생 화초로서 원산지는 어디이고, 학명學名은 무엇이며, 꽃잎의 수는 몇 개이고, 종류에 이르기까지 미주알고주알 설명하고 있었다. 이번엔 생물인가 국어인가 잠시 혼란스럽다. "국어에서 이런 것까지 배워야 하나?" 엉뚱한 생각이 아니 들 수 없었다.

그뿐인가? 고등학교 수학에서는 미·적분의 비중이 커서 가장 많은 시간을 할애하여 배우지만 지나고 나면 미분의 기본적인 원리나 개념조차 응용으로 연결시키지 못해 좌충우돌하며 처음부터 다시 전전긍긍하지 않았던가? 그나마 수학 과목으로 공부할 때는 근근이 끼워 맞췄는데 실생활에서는 거의 응용을 못하고 사는 게 현실이다. 그 외에도 수학이나 물리 시간에는 아주 어렵고 복잡한 과학적 법칙과 현상들을 수없이 배웠건만 그것들은 실생활과는 너무 멀리 떨어져 있고, 현실에서는 아주 간단한 일도 어이없이 처리하는 경우가 얼마나 많은가? "그럼 그 복잡하고 머리 아픈 것들은 왜 배웠나?"

우리는 학교에서 엄청난 양의 지식과 정보를 얻는다. 초등학교부터 대학까지 획득하는 지식과 정보를 모두 모은다면 아마 분류를 하고, 정리하기도 쉽지 않을 만큼 많을 것이다. 문제는 이 많은 지식과 정보 중 얼마만큼이나 활용하느냐다. 초등학교 때 배운 공중도덕 지키기가 안 돼서 항상 문제가 되고, 정리정돈은 정서를 안정시킬 뿐 아니라 일의 효율을 높이는 효과가 있으므로 당연히 실천해야 하는데도 불구하고 이게 안 돼서 '5S(정리·정돈·청소·청결·습관화) 운동'까지 벌여야 하는 상황에 이른 것이다. 그런 상황에 처했다기보다는 그런 상황을 스스로 만들어놓았다는 표현이 더 적절하리라. 한꺼번에 많은 일을 처리해야 할 때는 어떤 기준(가령, 중요도나 시급성 등)을 정하고, 그 기준에 따라 일을 처리하면 될 텐데 기준도 마련하지 않은 채 마음만 분주하여 이것저것 손을 대다가 어느 것 하나 제대로 처리하지 못하는 우愚를 또 얼마나 범했던가?

학문을 하는 궁극적인 목적이 무지와 불합리에서 벗어나 진정한 자유와 행복을 누리고자 함일진대, 우리는 무지와 불합리에서 벗어나기 위한 학문이 아니라 억지로 거쳐야 하는 통과의례로 학문을 하고 있지 않나 싶다. 한 국가의 경쟁력은 그 나라 국민들의 지적인 수준을 넘어서지 못한다고 한다. 세계에서 둘째가라면 서러울 교육열을 갖고 있는 나라에서 학문을 통하여 얻은 기본마저 실천되지 않는다면 세계가 부러워하는 우리의 교육열과 그렇게 오랜 시간과 막대한 비용을 지불해서 하는 우리의 학문은 단순히 '개인의 신분상승을 위한 호들갑'이나 '왠지 안하면 손해 볼 것 같은 불안감을 해소하기 위한 보상심리'로밖에 받아들이기 어렵다.

우리가 학교에서, 또는 개인적으로 직 · 간접적인 배움을 통해서 터득하는 그 많은 지식과 정보의 대부분을 실생활에서 활용하지 못한다면 우리가 하는 학문은 참으로 허무맹랑한 것이 아닌가? 학문을 통해서 얻는 지식과 정보의 10%만 적절히 활용한다 해도 엄청난 편의便宜와 행복을 보장받을 것이다. 안팎으로 어려운 상황에도 불구하고 대학에 와서 학문을 하는 우리의 마음가짐을 다시 정돈하여 실사구시實事求是의 정신을 일깨워야 할 때다. _2004년 10월

• 02 •

# 교내 기고문

대학에 근무하다 보면 가끔 원고청탁을 받는다. 학보, 소식지, 각종 기획물, 홍보 책자 등에 글을 써 달라는 요청이다. 이런 글들도 나름대로 의미가 있을 뿐더러 교수 생활의 발자취를 간직하고 있다.

솔직히 나는 내가 쓴 글들의 어느 한 가지도 생략하고 싶지 않다. 하지만 그 모든 기록을 소개하기에는 지면상의 한계도 있거니와 직무와 관련된 사항들을 너무 드러내는 결과가 될 수 있어 자제할 뿐이다. 여기 소개하는 글들은 교내에 기고한 글들 중 일부다. 원고를 찾아 정리하자니 추억이 새롭다.

# 효용과 낭만

〈사설〉

다음과 같은 서양격언이 있다. "A half of our mistakes in life arises from feeling where we ought to think and thinking ought to feel.(우리가 범하는 실수의 절반은 따져야 할 것을 그냥 느끼고, 그냥 느껴야 할 것을 따지는 데서 생긴다.)"

'실질'과 '감상'을 구분하라는, 분별의 지혜를 일깨우는 말이다. 우리가 살아가는 세상은 야누스의 얼굴처럼 양면을 갖고 있어서 실질을 따져야 할지, 아니면 그냥 느끼는 것으로 만족해야 할지 우리를 늘 끝없는 딜레마에 빠뜨린다. 말하자면 삶은 한마디로 '효용'과 '낭만'의 문제이며, 순간순간 우리는 의사결정의 고민에 빠지게 된다. 효용이 인간이 살아가기 위한 필요조건이라면, 낭만은 인간의 삶을 윤택하게 하는 충분조건이다.

학문을 하는 궁극적인 목적은 무지와 불합리에서 해방되는 데 있다. 무지와 불합리에서 해방된다 함은 결국 효용과 낭만을 잘 구분하고, 이를 균형 있게 함을 뜻한다.

효용은 생산성 · 경제성 · 합리성으로 구체화할 수 있다. 가급적 적은 비용과 노력으로(경제성) 필요한 산출물을 많이 얻기 위하여(생산성), 불합리한 요소를 개선 또는 배제함으로써(합리성), 인간의 욕구를 구체적으로 만족시키는 것을 말한다. 그러므로 개인의 삶에서든 어떤 조직의 업무에서든 언필칭 기대이익, 비용, 효과, 생산성,

시장성 등으로 표현되는 '효용'을 거론하지 않는가? 인간이 살아가는 그 어디에서도 효용의 문제는 배제될 수 없는 일상의 숙제로 우리 곁을 맴돌고 있다.

한편, 효용 못지않게 중요한 것이 인류역사의 수레바퀴를 운행해 온 또 다른 동력인 낭만이다. 낭만은 이성에 입각하여 효용가치를 따지기보다는 인간의 감정에 호소하는, 정서적이며 낙천적인 성질을 갖는다. 낭만은 각종 예술을 탄생시켰으며, 예술이 인류의 평화와 행복에 끼친 영향은 실로 지대하다. 낭만 없는 인생을 생각할 수 없을 정도로 낭만은 동서고금을 통하여 인구에 회자하는 토픽이다.

우리는 흔히 대학의 이념으로 자유.진리.정의.봉사 등을 든다. 그것은 얼핏 보면 아주 가볍고 피상적인 개념 같지만, 실은 엄청난 무게를 싣고 있는 구체적인 대학의 숙제다. 인간에게는 이성적 자유가 주어져 있기에 우리는 이성을 사용해서 진리를 탐구하여, 정의와 봉사로 인류에 기여하여야 한다는 의미심장한 메시지를 담고 있는 것이다. 그런데 진리를 탐구하는 과정에서도 우리는 언제나 효용(실질)과 낭만(감상)의 문제와 만나게 된다. 효용과 낭만의 문제는 삶이 끝나는 날까지 우리 곁에 머물며 이들에 대한 명쾌한 구분과 실천을 요구한다.

실질에 바탕을 둔 효율적인 사고와 삶을 기름지게 하는 낭만적 사고가 병존할 때 인간의 삶은 비로소 의미를 갖게 될 것이다. 삶이란 의미를 부여하지 않으면 참으로 우스운 것이다. _1992년 12월, 학보

# 가슴은 뜨겁게,
# 머리는 냉철하게

〈편지〉

새봄의 약동이 우렁차구나. 오늘은 너희에게 예상치 못한 편지를 쓰게 되었다. 너희들의 생일이나 나 혼자 여행 중에 있을 때 엽서나 편지를 쓰는 것은 나의 큰 기쁨이란다. 그러면서 아버지가 바라는 너희의 모습을 은근히 강조하기도 하지. 오늘은 '자녀들이 이렇게 자라줬으면' 하고 바라는 기대감을 편지로 써 달라는 원고청탁을 받고 편지를 쓴다.

먼저 너희에게 고마운 일이 하나 있다. 예컨대 '아빠'라 부르지 못하게 하고 '아버지'라 부르라고 한다든지, 너도 나도 다 신는 목이 긴 농구화 같은 것을 신지 못하게 한다든지, 한사코 사교육을 시키지 않는다든지 하는 나의 별난 삶의 스타일을 불평하지 않고 오히려 자랑스럽게 여기는 너희가 난 참으로 고맙고 대견스럽다.

오늘날 우리 주변을 둘러싸고 있는 환경이 너무도 빠르고 복잡하게 변화하여 혼란과 갈등 그리고 끝없는 유혹의 소용돌이 속으로 우릴 밀어 넣고 있지. 첨단, 초일류, 삶의 질, EQ와 같은 용어들이 난무하고 모두가 첨단화, 세계화, 국제화의 앞서기 경쟁에 정신이 없어서 정작 자신의 존재를 잃어 버린 것 같은 느낌이 들 때가 있다. 우린 이런 것들을 부정할 수도 없고 부정해서도 안 된다.

그러나 난 너희에게 감히 바라고 싶다. 무엇보다도 순수성을 잃지 않도록 해라. 세련된 기회주의자보다는 용기 있는 촌놈이 인류역사에 훨씬 도움이 된다고 믿기 때문이다. 누가 뭐래도, 세상이 아무리 변해도 흔들리지 않는 자기 철학과 자신감 그리고 구체적인 사랑의 실천을 가능케 하는 '용기'는 거저 생기는 것이 아니라 부단한 노력의 결과로 생기는 것이다. 그러나 용기만으로 살 수는 없다. 자기 발전을 위한 노력도 게을리 해서는 안 된다. 어떤 분야에서건 최선을 다하여 정상에 서면 세상이 보이는 법이다.

또 하나의 바람은 남을 사랑할 줄 아는 뜨거운 가슴을 가졌으면 한다. 대개 명철한 사람은 인정이 없고, 정이 많은 사람은 책임감이 부족한 경우가 허다하다. 그러나 인간은 하나님의 완벽한 창조물이기에 적어도 이 두 가지는 노력하면 능히 극복할 수 있다고 믿는다. 인정과 책임감을 겸비한 사람이 되기를 소망한다. 바라건대, 냉철한 머리와 뜨거운 가슴으로 살면서 나를 창조하신 이유와 삶의 목적을 생각하는 사람이 되어라.

승호야, 주말엔 또 서브와 리시브 연습을 하자. 승민아, 우린 오르다 게임을 하자구나.

_1997년 봄의 문턱에서
너희를 무지 좋아하는 아부지가

* 교내 소식지에 '자녀에게 쓰는 편지'라는 원고청탁을 받고 게재한 편지글. 당시 아들은 초등학교 5학년, 딸은 3학년이었다.

대청댐에서 딸과 _1998.8

아들 초등학교 졸업식 _1999.1

## 재미로 읽는 근대 경영사

〈교수논단〉

인간이 동물과 크게 다른 점은 일을 하는 방법에 대하여 연구하고, 그것을 적용하는 시행착오를 끊임없이 되풀이한다는 것이다. 이런 관점에서 보면 경영의 역사는 다름 아닌 일을 하는 방법의 변천사라 할 수 있다. 본 고考는 누구나 쉽게 이해하도록 쓴 근대 경영의 약사略史다.

## 과학적 관리 시대

현대경영학의 아버지로 불리는 테일러Frederick Winslow Taylor가 고등학교를 졸업하고 철강회사에서 작업반장으로 근무하던 때의 일이다. 테일러는 이상하게 작업능률이 오르지 않는다는 생각에 작업자들의 작업을 유심히 관찰하던 중에 재미있는 현상을 발견하게 되었다. 작업자들이 무엇인가를 삽Shovel으로 퍼서 일정한 거리로 옮기는데 어떤 작업자는 한번 갔다 와서는 아주 힘들어 하면서 앉아서 쉬고, 어떤 작업자는 몇 번을 갔다 와서 쉬는데, 또 다른 어떤 작업자는 쉬지도 않고 계속 운반 작업을 하는 게 아닌가? 처음에는 각자의 성실성에 차이가 있다고 생각을 했다. 그런데 얼마 후에 와서 봐도 똑같은 현상이 계속되고 있었다. 뭔가 틀림없이 그럴 만한 이유가 있다는 생각이 들어 가까이 가서 자세히 보니 첫 번째 사람은 철광석을, 두 번째 사람은 석탄을, 마지막 사람은 재를 운반하고 있음을 알았다. 무게가 각기 다르므로 휴식간격이 다른 것은 너무도 당연한 결과였다.

테일러는 아주 간단한 해결책을 제시했다. 철광석을 운반하는 삽은 아주 작게, 석탄을 운반하는 삽은 조금 크게, 그리고 재를 운반하는 삽은 상대적으로 아주 크게 하여 한 삽에 담기는 내용물의 무게가 거의 같도록 삽의 크기를 조절해 주었다. 작업자의 작업부하를 평준화시킴으로써 단위시간 내에 같은 작업자 수를 가지고 엄청난 능률의 향상을 가져왔다. 기록에 의하면 무려 4배의 작업능률을 얻을 수 있었다고 한다.

테일러는 이에 만족하지 않고 작업자의 작업과정을 스톱워치로 측정하기 시작했다. 왜냐하면 같은 시간동안 작업만 하면 작업성과에 관계없이 누구나 똑같은 임금을 받는 것은 불합리할 뿐더러 불필요한 작업에 따르는 손실이 크다는 것을 깨달았기 때문이다. 시간측정을 통하여 얻은 자료를 면밀히 분석하여 작업에 꼭 필요한 '정미正味 시간Normal Time'을 결정하고, 여기에 작업여건을 고려한 적절한 여유시간Allowance Time을 부가하여 표준시간Standard Time을 설정하였다. 표준시간을 기준으로 공정한 1일 작업량A Fair Daily Task을 정하고, 이를 바탕으로 과업관리Task Management라고 하는 현대적 경영의 토대를 마련하였다.

그는 1911년 이를 체계화하여 '과학적 관리법The Principles of Scientific Management'을 발표하였다. 아무도 생각하지 않았던 이 새로운 사고는 산업계에 신선한 충격을 던져 주었다. 그는 열정과 집념을 갖고 항상 연구하는 자세로 임하여 남들이 이룩하지 못한 큰 성과를 얻었으며, 훗날 주경야독으로 대학을 졸업하는 성실함을 보여주었다.

비슷한 시기에 길브레스Frank Gilbreth는 테일러의 시간연구에서 힌트를 얻어 '동작분석Motion Study'이라는 다른 각도의 연구를 시작했다. 길브레스는 벽돌 쌓는 견습공으로 일하고 있었는데 그는 '진정한 시간연구에는 작업방법의 연구가 선행되어야 한다'고 주장하였다. 그가 말하는 작업방법의 핵심은 다름 아닌 작업동작의 분석이었다. 그는 작업동작을 요소동작으로 분류하고, 요소동작을 다시 몇 그룹의 동작군動作群으로 나누어, 불필요한 동작은 가급적 배제하고 작업에 꼭 필요한 동작만으로 구성된 작업을 구성함으로써 작업능률을 올리는 데 기여하였다. 길브레스는 18개의 요소동작을 정형화하여 자신의 이름 'Gilbreth'를 거꾸로 한 'Therblig' 동작분석기호를 개발하였을 뿐 아니라, 필름에 의하여 작업방법을 면밀히 연구하는 미세동작분석Micro Motion Study을 실시함으로써 유일최선의 작업방법the One Best Way을 모색하였다.

길브레스는 심리학 박사인 릴리안 길브레스Lillian Gilbreth와 결혼하여 아내의 도움으로 동작연구에 관한 연구뿐 아니라 작업자의 생리적인 측면과 심리적인 측면까지를 포함한 광범위한 연구를 활짝 꽃피우게 된다. Frank & Lillian Gilbreth의 업적은 건축분야의 작업개신뿐만 아니라 작업자가 느끼는 피로와 단조로움, 작업자에 대한 기술교육 및 장애자가 할 수 있는 작업에 대한 연구로도 진전되었다.

길브레스는 열일곱 살에 건설 하청업체의 견습공으로 출발하여 총감독의 자리까지 승진한 후 독자적으로 회사를 설립하여 회사를 운영하는 동안 건축분야와 관련된 많은 발명특허를 획득하였으며, 독창적인 경영기법을 도입하였다. 그는 경영기술과 동작연구에 더욱 흥미를 느끼게 되어 오늘날 '산업공학Industrial Engineering'이라 불리는 전문분야의 용역회사를 설립하여 평생을 이 분야에 종사하였다.

### 인간관계 연구 시대

과학적 관리 시대를 지나면서 산업체는 또 다른 문제에 직면하게 되었다. 그것은 작업자를 생산의 도구로만 여긴다는 작업자들의 불만이 제기되었을 뿐 아니라 기계적인 관리만이 작업능률의 향상을 보장하지 못한다는 새로운 각성이었다. WE社Western Electric Co.의 호손Hawthorne 공장에서 1924년부터 무려 7년간에 걸쳐서 이루어진 이른바 '호손실험'은 테일러의 과학적 관리라는 경영철학을 수정하는 새로운 시도였다. 이 실험은 어떤 요인이 종업원의 사기와 생산능률에 영향을 끼치는지를 알아보기 위한 것이었다.

하버드 대학의 메이요Elton Mayo 교수 지휘 아래 시작된 이 실험에서 처음에는 생산능률에 가장 큰 영향을 주는 요인이 조명이라 생각하여 조도에 대한 실험을 시도하였다. 작업자를 두 개의 그룹으로 나누고, 테스트 그룹에 대해서는 조도를 차츰 높여 나가고 다른 한 그룹에 대해서는 조도는 물론 다른 조건에도 아무런 변화를 주지 않았다. 그 결과 예상대로 테스트 그룹의 생산량이 증가하는 것을 알 수 있었다. 다음에는 테스트 그룹의 조도를 조금씩 낮춰 보았는데 그래도 생산성은 계속해서 증가하는 것이 아닌가?

이러한 놀라운 현상은 작업장의 조명보다 더 중요한 어떤 요인이 작업능률을 지배하는 것이 아닌가 하는 의문을 불러 일으켰다. 그리하여 이번에는 작업자의 피로, 단조로움, 인간관계 및 그 밖의 심리적인 측면을 포함한 다각도의 실험이 5년간에 걸쳐서 시도되었다. 우선 두 사람의 여자 작업자를 선발하고 그들과 친한 동료 네

명을 포함시켜 이들에게 현장에서 떨어진 별도의 작업실에서 전화의 계전기Relay를 조립하도록 하였다.

실험기간 중에 작업자가 피곤하다든가 지루하면 일을 중단하고 휴식을 취해도 상관하지 않으며, 작업방법도 자신이 좋아하는 방법을 사용하도록 하였으며, 수시로 작업방법을 바꾸어 단조로움을 줄일 수 있도록 상당한 자유를 부여하였다. 그런데 우려와는 달리 그룹의 책임감이 높아지고, 그룹 내의 자생적인 규율이 생겨나서 상사의 명령에 의해서가 아닌 자발적인 행동의 규제가 이루어지고, 그 결과로 생산성이 꾸준히 향상되었다. 또한 조직 내에는 학연, 지연, 혈연, 동호인 모임 등의 비공식조직Informal Group이 엄연히 존재하고 있으며, 이 집단이 조직에 무시할 수 없는 영향력을 행사하고 있음을 알게 되었다.

결국 이 실험을 계기로 과학적 관리법은 크게 수정되기에 이르렀고, 이때부터 인간관계를 골자로 한 '사회적 관리법'이 대두하게 되었다. 이러한 방법론의 개혁은 오늘날의 '행동과학Behavioural Science' 또는 '조직행동론Organizational Behaviour'을 발전시키는 자극제가 되었다.

### 계량경영 시대

과학적 관리 시대의 관리방식은 '작업자를 생산의 도구로만 여긴다'는 작업자들의 불만과 '기계적인 관리만이 작업능률의 향상을 보장하지 못한다'는 관리자들의 각성을 불러일으켰고, 결국 인간관계

연구 시대가 도래하였다. 이 시기에는 인간의 '사회성'을 관심의 대상으로 한 '조직행동론'과 다양한 심리적 측면의 연구가 이루어짐으로써 과학적 관리법의 부정적 측면을 상당히 해결해 나가고 있었다.

그 무렵 2차 세계대전이 발발하면서 세계는 온통 전쟁의 소용돌이 속에 휩싸이게 되었다. 당시에 영국 군軍에서는 가장 효율적인 전술 · 전략을 수립하기 위한 과학적인 접근이 긴급한 과제로 대두되었다. 영국에서뿐만 아니라 미국 국방성에서도 군사작전에 관한 연구를 수행하기 위해서 과학자들로 구성된 작전연구팀Operations Research Team을 조직하였다. 이들의 성과는 영국 해군전투, 태평양 전투, 북대서양 전투의 승리로 나타났다.

군사작전에 과학적인 접근을 시도하여 성공한 소위 '작전연구OR, Operations Research'를 2차 대전이 끝난 후 기업, 정부 등 각종 조직에서 적극적으로 도입함으로써 이론적 체계와 학문적 발전을 거듭해 나가게 되었다. 영국에서 태동된 OR을 정부나 기업에서 도입하는 데는 미국이 훨씬 더 신속하고 적극적이었다. 거기에는 다음과 같은 세 가지 중요한 요인이 있었던 것으로 분석된다.

첫째, 미국은 전후의 경제적 호황에 힘입어 대량생산체제가 필요하게 되었고, 이를 위해서는 지속적인 전문화 · 기계화 · 조직화가 필수적이었다. 둘째, 미국에서는 전쟁이 끝난 후에도 OR에 관해 계속적으로 연구하였고, 그 분야의 여러 가지 이론들이 개발되었다. 셋째, 전자계산기의 출현은 많은 양의 계산을 필요로 하는 복잡한 관리문제를 쉽게 풀 수 있는 강력한 수단이 되었다.

1947년 단찌히George B. Dantzig가 선형계획법LP, Linear Programming의 단체해법單體解法, Simplex Method을 개발하였고, 뒤를 이어 이를 발전시킨 수송모형Transportation Model, 할당모형Assignment Model, 정수계획법Integer Programming 등이 개발되었다. 1950년대에 들어서는 동적계획법Dynamic Programming, 대기이론Queuing Theory, 재고이론Inventory Theory 등 보다 실질적인 OR의 적용이론들이 크게 발전하였다. 이들은 수학적 이론에 바탕을 둔 계량경영의 기법으로서 종전의 정성적定性的 관리를 정량적定量的 관리로 전환하게 하는 획기적 전기를 마련하였다.

그 후 OR은 관리적 의사결정문제의 계량적 분석수단이자 미국기업의 전형적인 관리 도구로서 확고한 기반을 형성하게 되었고, '작전연구'와 구분하여 '경영과학Management Science'이라는 명칭으로 불리기 시작했다. 그 결과 오늘날 'OR'은 '경영과학'과 거의 같은 의미로 사용되고 있다.

### 시스템경영 시대

2차 대전 후 기업의 규모는 점차 거대해지고 조직이 복잡해짐으로써 생산현장 또는 부문 중심의 문제해결만으로는 효율적인 경영이 불가능하게 되어 보다 상위레벨의 경영과 종합적 문제해결이 요구되었다. 즉 기업 전체를 하나의 시스템으로 보아 부분 최적해Local Optimal가 아닌 종합 최적해Global Optimal를 얻기 위한 경영접근방식이 필요하게 된 것이다. 그리하여 '시스템이란 여러 가지 구성요소들이 소기의 목적을 달성하기 위하여 유기적으로 결합되어 있는 상태 또는 조직'이라고 정의할 때, 대상을 하나의 시스템으로 보고 그 시스템의 최적화Optimization를 얻기 위한 '시스템적 사고'가 활발하게 전파되었다.

컴퓨터의 출현도 시스템경영 시대를 초래한 무시할 수 없는 요인이다. 종전에는 부문별 문제해결을 위해서도 엄청나게 많은 시간과 노력을 들여야 했지만 컴퓨터를 이용하여 아주 짧은 시간에 보다 적은 노력으로 시스템 전체의 최적화를 달성할 수 있게 되었으니, 비약적인 합리화 성과라 하지 않을 수 없다. 더구나 2차 대전 중에, 또 그 이후에 뒤를 이어 발전한 각종 OR 이론들이 컴퓨터에 의해서 쉽게 풀리면서 시스템경영은 이론만이 아닌 실제적 경영합리화의 수단이 되었다.

문제해결에 대한 시스템적 사고는 마침내 '시스템공학'이라는 새로운 학문분야를 탄생시키기도 하였다. 시스템공학은 시스템의 개발과 설계 및 이를 합리적으로 운용하기 위한 이론과 기법을 총칭하는 것이다. 말하자면 시스템을 구성하는 물적 요소의 적합성과 이들 물적 요소의 효과적인 조합에 의하여 시스템의 효율을 극대화하기 위한 설계기술과, 시스템의 설계와 제조에 관련된 인력, 설비, 자재 등에 대한 계획과 통제를 실행하는 학문이다.

뒤를 이어 시스템 전체의 최적화를 뒷받침하기 위한 네트워크 모형, 시뮬레이션, 인간공학, 의사결정론 및 각종 최적화 이론 등의 시스템 공학적 이론들이 개발되었다. 시스템적 사고와 시스템 공학적 이론들이 경영기법으로 활용된 것은 기업시스템의 가치를 총체적으로 극대화하기 위한 필연적 과정이었다.

### 경영 패러다임의 난립 시대

시스템경영 시대를 지나면서 각 기업들은 JITJust In Time(적시생산시스템), FMSFlexible Manufacturing System(유연생산시스템), CIMComputer Integrated Manufacturing(컴퓨터통합생산시스템) 등의 자동화된 생산시스템을 구축하였다.

또한 정보통신의 발달에 편승하여 CALSCommerce At Light Speed/ECElectronic Commerce(전자상거래)와 같은 정보화전략을 도입함으로써 생산 공정의 자동화나 유통단계의 정보화 그 자체에만 머무르지 않고 설계, 생산계획, 원자재 조달, 제조, 출하, 거래 및 AS에 이르기까지 제품의 전全 수명주기Life Cycle에 걸친 기업 활동을 통합된 정보시스템에 의해 처리토록 하는 '통합정보화 전략'을 구사하기에 이르렀다.

CALS의 주요 구성요소를 표준, 기술, 프로세스라 할 때 프로세스의 방법으로 활용되고 있는 동시공학Concurrent Engineering(CE)은 업무를 네트워크화하고 통합 데이터베이스를 구축하여 각 업무를 동시에 진척시킴으로써 시간과 비용을 줄이려는 기법이다.

한편 기술적 성격이 강하면서도 근래의 경영혁신운동에 새로운 기폭제 역할을 하면서 등장한 것이 ERP이다. ERPEnterprise Resource Planning(전사적 자원관리)는 기업의 생산, 판매, 자재, 인사, 회계 등

전 부문에 걸쳐있는 인력, 자금, 정보 등 모든 경영자원을 하나의 시스템으로 통합하여 계획 관리함으로써 생산성을 증대시키려는 종합 경영관리시스템이다.

CALS/EC, 동시공학, ERP 등은 경영시스템이면서도 네트워크 기술, 데이터베이스 기술 등의 기술적 측면이 강조되는 반면 오늘날 많은 기업들이 채택하고 있는 리스트럭처링, 벤치마킹, 리엔지니어링, 다운사이징 등은 급변하는 환경변화에 적응하기 위한 경영 철학적 성격이 강한 경영혁신의 수단이다.

리스트럭처링Restructuring은 1980년대부터 글로벌경쟁이 심화되면서 기업의 조직, 전략, 경영관리시스템 등을 새로운 환경에 적응시키기 위한 노력의 일환으로 도입되었다. 이는 기업의 경쟁력을 강화하고, 추상적 미래상未來像인 비전을 구체화하기 위하여 사업구조를 근본적으로 재구축하는 혁신운동이다. 요즘 우리나라에서도 한창 진행 중인 구조조정, M&A(기업 인수 · 합병), 빅딜Big Deal 등은 리스트럭처링의 일환으로 볼 수 있다.

벤치마킹Bench Marking은 자사自社의 성과개선에 유용한 정보를 얻기 위하여 다른 기업이나 업종의 성공사례를 분석하고 이를 모델로 하는 구체적인 경영기법을 수립해 나가는 혁신철학이다. 일본 도요다 자동차 회사의 부사장 오노다이이치大野耐一가 미국 슈퍼마켓의 상품관리 방식을 모델로 삼아 JIT시스템을 탄생시킨 것이 벤치마킹의 좋은 예라 하겠다.

근래에 우리나라뿐 아니라 전 세계적으로 가장 각광을 받았던 경영혁신 중의 하나가 리엔지니어링Reengineering이다. 정확하게는 BPRBusiness Process Reengineering이다. 마이클 해머M. Hammer와 제임스 챔피J. Champy에 의해 주창된 리엔지니어링은 지금까지 수행하여 왔던 모든 절차와 제도를 벗어나서 고객을 만족시키기 위한 새로운 프로세스를 설계하는 것을 의미한다. 즉 기업의 과거를 영零, Zero으로 하고, 경험을 파괴하여, 전무全無에서 출발하는 근본적인 개혁을 요구한다. 몇 년 전 국내의 모 재벌기업도 이 운동을 전개하면서 '마누라와 자식만 빼고는 전부 바꾼다'는 강력한 혁신의지를 표명한 바 있다.

현대의 경영에 있어서 '정보'는 기업의 성패를 좌우하는 필수불가결한 요소가 되었다. 따라서 경영의 핵심에는 언제나 정보처리의 기술과 방법론이 자리하게 되었는데 다운사이징Down Sizing도 그 중의 하나다. 재미있는 것은 '다운사이징'이란 용어는 그 개념을 최초로 정립한 IBM 왓슨연구소 직원인 Henry P. Downsizing의 이름에서 유래하였다는 사실이다. 다운사이징은 본래 정보의 분권화와 최종 이용자를 지향하는 정보시스템을 경영전략의 실천도구로 활용하고자 하는 경영혁신기법으로 탄생하였다. '위대한 정보력은 정보의 최종 사용자, 즉 고객으로부터 나온다'는 것이 다운사이징의 기본이념이다. 그 후 다운사이징은 개념을 확대해 사물의 소형화, 조직의 슬림화를 통해 능률의 증진을 추구하는 '감량경영'을 포함하게 됨으로써 전자를 정보시스템 다운사이징, 후자를 비즈니스 다운사이징이라고 부르게 되었다. 다운사이징은 벤치마킹, 리엔지니어링과 함께 21세기 새로운 경영기법으로 주목받고 있다.

이외에도 최근 들어 수많은 경영 패러다임이 속속 등장하면서 무한경쟁의 불안을 느끼고 있는 기업들은 어떤 패러다임으로 기업경쟁력을 구축할 것인지 고민하면서 다양한 시도를 하고 있는 형국이다. 어찌 보면 너무나 많은 경영기법과 철학들이 난무하면서 경영자들을 쉴 새 없이 딜레마에 빠뜨리고 있는 듯하다. 그러나 '필요는 발명의 어머니'라고 하지 않는가? 적어도 경영에 관한 한 '이 세상에 필요하지 않은 것이 탄생한 적이 없다'고 보는 적극적인 자세가 언제나 요구되는 것이다. _1999.3. 학보

## 새내기들의 필독서

〈도서 추천 글〉

봄의 찬가를 부르면서 대학의 문을 들어서는 신입생 입장에서는 기대 못지않게 상당한 두려움도 있을 것이다. 그러한 두려움의 핵심은 아마 대학생활을 어떻게 해 나가야 기대치를 최대로 실현하면서 한편으로는 후회를 최소화할 것인지일 게다.

대학은 그동안 우리에게 다양한 이미지를 보여 주었다. 상아탑이란 표현 뒤에는 우골탑牛骨塔이라는 학부모들의 희생이 숨어 있고, 지성과 낭만이라는 말에는 '대학은 적당히 학문탐구를 하면서 편하

게 놀며 즐기는 치외법권적 울타리'라는 아전인수我田引水격 해석이 도사리고 있는 게 사실이다. 많은 사람들은 대학입시나 제도에 대해서는 광적인 관심을 보이지만 그 후의 대학생활의 내용이나 기능에 관해서는 별로 관심이 없다. 그것은 '대학에는 다른 집단이 갖지 못한 가치와 진리가 있고, 학생들은 이것을 잘 배워서 체득하고 있다'고 믿기 때문이다.

그러나 기성세대들로부터 '오늘날의 대학생은 책도 제대로 읽고 이해하지 못하며, 토론은 더욱이 하지도 못하는 어중이, 떠중이'라는 비판을 면치 못하고 있다. 어떤 교수는 일간지의 시론에서 '요즘의 대학생들은 읽지 않고, 쓰지 않고, 생각하지 않는다'는 이른바 '대학의 3無주의'를 개탄하기도 하였다. 대부분의 기성세대가 이에 대해 동감하며 우려하고 있다.

독서와 토론 또는 읽고 쓰고 생각하는 문제뿐 아니라 우리가 하는 모든 공부에 있어서 가장 중요한 것은 개인이다. 왜냐하면 공부라는 행위는 절대로 전체주의나 단체주의가 적용되지 않는 개인의 지적인 활동이기 때문이다. 설령 팀을 구성하여 문제를 해결하는 공부라 할지라도 구성원 각자가 터득한 지식과 정보의 바탕이 없이는 불가능하다. 따라서 대학에 입학하는 순간부터 무엇을 어떻게 공부할 것이며, 어떻게 살아가야 할지를 각자 고민하고 터득해야 한다.

『EQ 살리는 대학생활, IQ 높이는 대학공부』(황상민 · 주경희 著, 학문사)는 '대학에서 무엇을 배우고 또 어떻게 생활해야 할 것인가'를 고민하고 걱정하는 예비 대학생들과 대학 신입생들을 위한 책이다.

어느 가상의 대학생을 설정하여 신입생 오리엔테이션부터 수강신청, MT, 도서관 활용법, 축제, 보고서 작성요령, 여행, 어학공부, 독서, 학점관리와 군 입대, 유학, 취업에 이르기까지 거의 모든 대학생활을 소설 형식으로 생동감 있게 그려내었다. 특히 새로운 경험에 대한 설렘과 두려움으로 고민하는 신입생들에게 이 책은 다가올 미래를 예측하고 체계적으로 준비하는 데 크게 도움이 될 것으로 믿는다.

대학은 우리나라 근대화의 시기에는 보다 나은 사회계층으로 신분을 상승시킬 수 있는 기회를 제공하였으며, 군사정권 시절에는 민주화를 주창하는 저항의 요람이었다. 그렇다면 2000년대에 진입한 오늘, 우리는 왜 대학에 왔으며, 무엇을 할 것인가? 이 책에서 해답을 찾을 수 있을 것이다. _2000년 4월. 신입생 추천도서

## 성과와 개선점

〈도전 2001 의식개혁운동〉

얼마 전에 밤 열차를 타고 장거리여행을 했다. 열차가 출발하기 전 차내 방송을 통하여 최근 보편화된 휴대폰 사용에 관한 주의를 몇 번이나 들을 수 있었다. 그러나 열차가 출발하기 무섭게 바로 앞자리에서 요란한 전화벨 소리가 들려온다. 아마 사용자가 잠시 딴

생각을 하느라 방송을 제대로 듣지 못했나 보다 생각했다. 잠시 후 또다시 전화벨 소리가 고요한 차내를 진동했고 이내 너무도 일상적인 통화내용을 들어야 했다. 그 후 5분이 멀다 하고 울려대는 휴대폰의 '굉음'을 72명의 승객들은 아무런 저항 없이 받아 들여야 했다. 여고생쯤으로 보이는 어떤 애는 아예 휴대폰을 들여다보며 뚜껑을 열었다 닫았다 하다가는 알 수 없는 어딘가로 계속해서 전화를 걸어대는 게 아닌가? 참으로 묘한 일이 아닐 수 없다. 순간 '현대인들은 마치 휴대폰을 위해서, 그리고 휴대폰 때문에 사는 것 같다'는 엉뚱한 생각이 들기도 했다. 아무리 편리한 문명의 이기利器들이 개발되고, 아무리 많은 자유가 우리에게 주어졌다 해도 이런 몰상식한 행동을 이해할 길이 없다.

최근 이케하라 마모루라는 재한在韓 일본인이 쓴 한국과 한국인에 대한 비판서가 장안의 화제가 되고 있다. 또한 베스트셀러 대열에 올라 있다. 물론 그가 본 한국과 한국인의 모습이 우연히도 부정적인 단면이었을 수도 있다. 하지만 26년간이나 한국에 거주해 왔으며 '한국인보다 한국을 더 잘 아는 일본인'으로 통하는 그가 본 관점이 완전히 왜곡되었다고는 보기 힘들 것이다. 오죽하면 책 제목이 『맞아죽을 각오를 하고 쓴 한국, 한국인 비판』이겠는가? 그가 비판한 내용의 핵심은 공중도덕과 교통질서에 관한 것이다.

이런 관점에서 타이틀이 무엇이 됐건 평소 우리에게 의식개혁운동이 필요하다고 생각해 왔다. 혹자는 그런 건 생산성이 없는 말장난에 불과하다고 매도한다. 하지만 그건 스스로를 합리화하여 공동체의 기본적인 룰을 지키지 않겠다는 자기방어에 불과하다. 우리 대학이 캠퍼스 이전과 때를 같이하여 벌이고 있는 [도전 2001 의식개혁운동]은 만시지탄이기는 하지만 다행스런 일이라 생각된다. 그동안 보고 느낀 성과와 문제점을 지적하고 바람직한 추진방향을 제시함으로써 우리에게 반성과 진보의 전기가 되었으면 하는 바람이다.

먼저 이 운동의 성과로 꼽을 수 있는 것은 학생들의 정서가 많이 순화되었다는 것이다. 언어와 행동이 순화되었으며 자긍심이 엿보인다. 물론 환경이 좋아져서 그런 면도 없지 않으나 두 가지 요인이 상승효과를 일으켰다고 본다. 요즘에는 다른 학과 학생과도 인사를 많이 나눌 수 있게 되었음을 확실히 느낀다. 또 강의실 낙서문제, 화장실 청결문제, 집기사용문제 등 대부분의 문제들이 많이 개선되고 있음을 볼 수 있다. 심지어는 학과 학생회 자체적으로 강의시간에 휴대폰이 울리면 벌금을 물도록 규정을 정하여 실행하는 등 적극적인 자세마저 볼 수 있다. 교직원들도 업무에 대한 책임감이 강화되고 무엇보다도 약속이 잘 지켜지는 것을 느낄 수 있다.

한편 의식개혁운동을 실시하면서 느낀 가장 큰 문제점은 사전에 충분한 공감대를 형성하지 못한 채 갑작스럽게 진행되었다는 점이다. 물론 여러 가지 사정이 있었겠지만 이것은 매우 중대한 과실이었다고 생각한다. 왜냐하면 의식개혁운동은 그 과정이나 성과가 눈에 보이는 것이 아니라 느끼는 것이기 때문이다. 구성원 모두의 생각이 모아지고 뜻이 합쳐졌을 때 진정한 의식개혁이 시작되는 것이다. 또한 그것은 주인의식을 가지고 운동에 참여할 동인動因이 된다. 합치된 생각과 뜻을 갖지 못한 운동은 구성원들을 냉소주의에 빠뜨리기 십상이다. 그 외의 사소한 문제점들은 대부분 이 문제에 기인하는 것들이라 생각된다.

차제에 앞으로의 바람직한 의식개혁운동을 위하여 몇 가지 제안을 하고자 한다. 우선 지금까지가 교직원 중심의 활동이었다면 차후로는 학생회가 주체가 되도록 유도했으면 한다. 나는 오래전부터 학생회가 이런 운동을 벌여 주기를 누차 주문하고 강조했었다. 대학의 주인은 학생이라고 주장하면서 그들 스스로 주인의식과 행동이 없으면 어불성설이지 않는가? 현재까지 수행되어 온 캠퍼스 청소의 날, 방송 인터뷰, '생각하는 글' 게시 등을 가능한 범위 내에서 최대한 학생들에게 위임하는 것이 주인의식 고취와 동참의식 제고에 도움이 되리라고 본다. 또 게재된 신문기사나 방송자료도 학생들에게 확실히 피드백 함으로써 자부심을 갖게 할 필요가 있다고 본다. 가능하다면 모범활동 평가나 시상도 학생회에 맡겨서 책임과 권한을 함께 부여하는 것을 제안한다.

모쪼록 우리 대학이 실시하고 있는 [도전 2001 의식개혁운동]이 대학발전의 초석이 되어 교수들에게는 교육의 보람이 충만한 대학, 직원들에게는 일할 맛 나는 신나는 대학, 학생들에게는 자부심과 성취감을 만끽하게 하는 대학으로 발전해 나가기를 기원한다.

• 03 •

# 아직도 못다 한 말

교수 생활의 소박한 단면을 담고 있는 흔적들도 있다. 대부분 학생과 관련된 것들로서 내 교수 생활의 핵심이었다고 할 수 있다. 학생에 관해 끊임없이 관찰하고, 연구하며, 그들의 학업과 삶을 돕는 일이 교수활동의 본질이라는 일념으로 생활했기에 그렇다.

격려사, 편지, 독백, 퇴임인사 심지어는 환경 개탄문과 탄원서에 이르기까지 다양한 기록들 중에서 유사한 부류의 것들은 가급적 생략하되 유사하더라도 내용이 상이한 것들을 골라 시간대별로 정리하였다. 원고를 수집하면서 엄청나게 많은 기록들을 보고 나도 깜짝 놀랐다. 시간의 흐름 속에 내 삶의 흔적들이 켜켜이 쌓여 있다.

# 우리는 통탄해야 한다!

〈환경 개탄문〉

여기 주변을 보라! 화장실을 가보라! 한두 번도 아니고 시험 때만 되면 어김없이 보게 되는 이런 현상을 우리는 어떻게 설명할 수 있을까? 난 가슴이 뛰고 머리가 돌 것만 같다. 캠퍼스 환경이 열악해서? 여러 사람이 사용하니까? 개중에 그런 사람도 있을 수 있다? 말도 안 되는 소리다. 전체는 개인이 모여서 구성되는 것이다.

이런 현장을 만든 것은 바로 우리다. 치우는 것은 기대하지도 않는다. 화장실의 저속한 낙서에 대꾸하는 낙서는 보았어도 이런 환경을 개탄하는 반성의 글귀 한번 본 적이 없다.

구체적 데이터도 없으면서 잘 알지도 못하는 정치인들의 비행非行이나 사회적 부조리에 대해서는 시도 때도 없이 분개하는 우리가 아닌가? 지금 우리가 보고 있는 대학 캠퍼스의 이 추한 현장은 〈카메라 고발〉이나 〈PD수첩〉의 특종감이다. 우리 모두는 통탄해야 한다.

우리는 끝없이 자기합리화를 하면서 자신을 속이고 있다. 그러면서도 한편으론 자기모순에 빠져 허덕이고 있다.

_1996년 4월 23일 화요일 아침

* 이 시간 이후에는 청소하는 아주머니들의 수고로 이 현장이 보존되지 않을 수도 있다. 그러나 가장 지저분한 평소의 어느 한 장면을 연상하면 될 것이다.

## 젊음을 노래하자

〈통기타 동아리 [기차여행] 작은 음악회 격려사〉

*나에겐 노래가 있다.*
*오늘밤 내 노래는 너를 침범하리라.*
*너의 빈 가슴 홀로 있음을 침략하리라.*
*나는 너에게 편지를 쓰다가 책상 밑에서 잠이 들리라.*
*스러져 가는 등불 아래서 우린 잠이 들리라.*
*등불은 자지 않고 우릴 지키리라.*

이맘때면 기다려지는 [기차여행]의 선율을
올해도 어김없이 대할 수 있음이 행복하다.
가슴을 열고, 손을 벌려 행복을 노래하자.
우리의 빛나는 젊음을 노래하자.

_1996년 5월

## 손○○ 선생님께

〈편지〉

새봄의 약동이 몸으로 느껴지는 때입니다. 가내가 고루 평안하오며, 정열을 바쳐 섬기시는 회사도 무고하온지요? 일전에 뵈었던 최동순 교수입니다. 진작부터 꿈틀거리는 가슴 속의 진한 감동에 대하여 감사와 격려를 드리려 했으나 학기 초의 분주한 일정이 도저히 허락치를 않았습니다.

이번 우리 학과 신입생 오리엔테이션에 오셔서 들려주신 감동의 말씀은 신입생들보다 먼저 저의 심금을 울리는 것이었습니다. 선생님의 강연이 진행되는 동안 흐르는 눈물과 동정심을 주체할 수 없었습니다. 간신히 억제하느라 무진 애를 썼습니다.

이렇게 편지를 드리는 것이 어떤 의미를 갖든지 간에 저는 상관하지 않습니다. 평소 저는 어떤 형태로든 감동을 받으면 편지를 통하여 감사와 격려, 박수를 전해 드리곤 합니다. 저 자신이 선생님의 강연을 들으면서 오늘의 모습을 부끄럽게 여기며 많은 반성을 했습니다.

나는 남을 바른 길로, 발전의 방향으로 인도하려고 무진 애를 쓰면서도 정작 자신의 수양과 연마에는 게을렀다는 사실에 너무나 부끄러웠습니다. 과오는 인지상정이라지만 지나온 날들을 생각하면 돌이킬 수 없는 실수와 후회의 연속이었음을 부인할 수 없습니다. 나 자신 농촌에서 그다지 풍요롭지 못한 환경에서 자라면서 불편과 가난을 경험해 보지 못한 것은 아니나 선생님의 역경과 고생을 듣고는 오히려 행복한 날들이었음을 알았습니다.

오리엔테이션에서 돌아와 선생님께서 전해 주시려 했던 메시지를 다시 강의시간에 강조하면서 열변을 토해 봅니다만 개중에는 별 관심이 없는 학생들도 있습니다. 남의 얘기를 듣고 싶지 않다는 것이지요.

대부분의 현대인들이 그런 경향을 갖고 있습니다. 쓸데없는 것은 눈치를 보거나 잘도 흉내 내면서 정작 귀담아듣고 본받아서 타산지석으로 삼아야 할 것에는 관심을 보이지 않습니다. 매우 유감스런 일입니다. 그래도 저는 기회 있을 때마다 계속 전할 겁니다. 품질도, 경쟁력도, 국가의 발전도, 더 나아가서 인류의 행복도 순수한 감정의 교류가 없이는 불가능하지 않습니까? 개인은 집단이나 사회를 움직이는 주체이기 때문이지요. 자신이 이룩해 놓은 것은 아무것도 없으면서 인간승리의 주인공들에게 무관심과 냉소로 일관하는 현대인의 위선이 야속할 때가 많습니다.

선생님의 강연 테이프를 가족들과 같이 보려고 준비하고 있습니다. 정말 감사합니다. 그날의 감동과 새로운 다짐을 거듭남의 발판으로 삼으렵니다. 계속 용기를 잃지 마시고 일터에서, 전국 각지의 강연장에서 인간승리의 생생한 체험담을 전해 주셔서 가시는 곳마다 허세와 거품이 사라지고 문제가 해결되며 사회가 변화되는 개혁의 물결이 전파되길 간절히 기원합니다.

부디 건강하시고, 가정과 직장에 하나님의 은총이 함께하셔서 행복이 넘치는 보금자리가 되기를 소망합니다.

1998년 3월 26일

최동순 올림

* 가정환경, 신체적 조건, 학벌 등에서 눈물겹도록 열악한 환경을 극복하고 대기업에 말단으로 입사하여 품질명장의 자리에까지 오른 분을 신입생 오리엔테이션에 초청하였다. 초청강의는 대개 훌륭한 학벌을 지니고 사회적으로 저명한 분들을 모셔다가 그분들의 승승장구한 성공담을 듣는 것이 관례지만, 나는 가급적 어려운 여건에서 피나는 노력으로 어떤 분야의 일가를 이룬 분들을 모셔서 그들의 경험담을 듣고자 하였다. 학생들에게 큰 도움이 될 것 같아서였다.

너무도 가난한 집안에 태어나서 몸마저 불편한데 남의 집 머슴살이부터 시작된 인고忍苦의 삶의 역정을 들으며 강연 내내 흐르는 눈물을 주체할 수 없었다. 그럼에도 불구하고 관심이 없는 듯 엎드려 있는 일부 학생들과 남의 얘기로만 치부하는 듯한 묘한 분위기가 너무도 미안하고 예의에 어긋난 것 같아 편지로나마 내가 받은 감동과 고마움을 전하고 싶었다.

며칠 후 그 분으로부터 답장을 받고는 한 번 더 눈물을 흘리고 말았다. 힘겹게 적어 나간 흔적이 역력한 엉성한 필체로 교수님으로부터 편지를 받는다는 것은 상상도 못하고 살았다면서 이렇게 영광스런 날이 올 줄은 몰랐다 한다. 너무도 황공해 하면서 내가 보낸 편지를 가보家寶로 자손 대대로 물려주겠단다. 나 자신이 부끄럽고 송구했던 기억이 난다.

## 가을이 저무는 길목에서

〈통기타 동아리 [기차여행] 정기연주회 격려사〉

가을은 아름다운 계절이지만 사람을 상심케 한다. 단풍진 나무들이 속속 낙엽을 내고 아침의 짙은 안개 속에서 겨울을 기다리기 때문일까? 왠지 모를 공허가 우릴 더욱 허전하게 한다. 가을이 가면 흰 눈이 깔린 길을 홀로 걸으며 자기와 대화하고 자기의 발소리를 들을 것이다. 누구나 소심한 철학자가 되리라.

해가 떨어질 무렵의 늦가을 캠퍼스엔 까치도 외톨이로 높은 나뭇가지에 홀로 앉는다. 뭔가를 기다리는 이때쯤이면 [기차여행]의 통기타 소리가 우릴 초대한다. 이번은 새 캠퍼스로 이사 와서 처음 여는 정기연주회다. 선후배가 정성껏 준비한 여섯 줄의 선율과 목소리의 화음이 을씨년스런 늦가을을 활력과 풍요의 시간으로 바꾸어 주리라 믿는다.

가을이 저물어가는 길목에서 우리에게 잔잔한 감상感傷과 여유로움을 줄 [기차여행]의 정기연주회를 축하하며 박수를 보낸다. 여과되지 않은 통기타의 선율이 학우들에게도 즐거움과 추억을 선물할 것으로 기대한다. 준비하느라 불철주야 애쓴 회장 이하 [기차여행] 모든 친구들에게 찬사를 보낸다. _1998년. 가을

## 최 병장에게

〈편지〉

초여름의 날씨치고는 너무도 후텁지근하구나. 하기야 요즘의 자연은 어느 것 하나 정상으로 돌아가질 않기에 별 이상하진 않네만 오늘 남원지방의 기온이 뭐 34도를 기록했다나. 이건 6월 초의 날씨치고는 참으로 잔인한 더위일세.

그래 말년의 군 생활은 어떤가? 입대한 지 엊그제 같은데 벌써 병장을 달고 있는 자네 모습이 눈에 선하네. 내가 사는 곳에서 가까이 있는 자네를 그간 만날 수 없었음은 우리의 만남이 결코 물리적 거리에 의존하지 않음일까? 작전병으로 근무한다니 그 나름의 고생은 말 안 해도 익히 알겠네. 낮보다는 오히려 야간작업이 더 많고 끝없는 차트 작업, 상황판 작성, 불규칙한 식사 등이 눈앞에 뻔히 보이네. 일을 하는 방법은 분명히 변했겠지만 일의 내용에는 큰 차이가 없을 것으로 짐작되네.

자네가 궁금해 하는 내 생활은 지금도 변함이 없네. 연구실 새우잠과 드봉 칫솔, 사발면도 아직 건재하다네. 요즘은 속이 좀 불편해서 커피는 자제하고 있네. 뿔테 안경은 변함이 없네만 너털웃음은 좀 줄어든 것 같네. 날이 갈수록 학생들이 점점 순수성을 잃어가고, 의지도 약해지는 것 같아 걱정과 불안이 자리하고 있어. 앞으로 살아가는 데 꼭 필요한 지적·정서적 노력을 도무지 하지 않으니 안타깝기 그지없네. 교수는 학생들이 지적으로 성장하는 모습을 보면서 보람을 먹고 사는 법인데 먹고 살 게 거의 고갈되어 가는 것 같아 서운하네.

난 솔직히 때로는 시대의 풍조에만 밀려가는 세파가 얄밉기도 하다네. 왜 우리가 그렇게 천편일률적으로 살아야 하는 건지, 그게 흔히 얘기하는 무난한 사람의 라이프스타일인지 난 궁금하다네. 그것 때문에 우리 사회가 한 단계 도약하지 못하고 비리와 병폐의 악순환을 계속하고 있다고 믿고 있거든. 이건 남녀노소를 막론하고 거의 모든 현대인들의 모습일걸세.

애절한 호소를 들어 주지 않으려는 분위기가 더 더욱 안타깝기만 하다네. 나의 소원이 있다면 우리 대학의 교직원들은 진실한 마음으로 학생의 성장을 성실하게 돕고, 학생들은 지적인 호기심을 갖고 그것을 충족시키기 위해 부단히 노력하는 것이라네. 이 같은 움직임이 불일 듯 일어나서 자연스럽게 명문대학으로 발전해 나가기를 간절히 소망하고 있지. 어쩌면 진부하면서도 거창한 희망사항 같지만 계속적으로 나에게 남아있는 갈증인 걸 어쩔 수가 없네.

참 아버님께서 타계하셨다고? 마음고생이 많았겠구나. 누구나 겪게 되는 일이지만 막상 당하고 나면 나에게만 있는 일 같고 근심이 이만저만 아닌 게 죽음이란 걸 우린 잘 알지. 하지만 살아있을 땐 또 준비를 하지 못하는 미련한 존재가 바로 인간이 아닌가? 그러고 보면 인간은 참으로 불완전한 피조물인 셈이지.

밤이 깊은 탓인지 글의 내용이 염세적으로 흘러가려고 하네. 못다 한 얘기는 다음에 만나서 하기로 하고 오늘은 여기서 이만 줄이겠네. 모쪼록 남은 군 생활도 건강하고 보람되길 기원하네. 답장 늦어 미안하네. 평안을 비네.

_1999년 6월 4일

최동순

* 강의실 맨 앞자리에 앉아 녹음기를 틀어놓고 강의내용을 녹음해 가며 열심히 공부하던 학생이다. 군에 입대한 후 연락이 뜸하다가 고참이 돼서야 편지가 왔다. 알고 보니 내가 살고 있는 곳 인근의 부대에 근무하고 있는 게 아닌가? 졸업 후에는 제2금융권에 취업하였는데 어느 날 아가씨 손을 잡고 와서 결혼한다며 주례를 부탁하는 바람에 인연의 끈이 이어지게 되었다.

## 탄 원 서

불철주야 법조업무에 여념이 없는 검사님, 무더위에 얼마나 노고가 많으십니까? 저는 안○○ 군의 지도교수입니다. 지난 방학 중에 있었던 안 군의 사고소식을 듣고서 안타까움과 부끄러움을 동시에 느꼈습니다. 평소 학교에서 좀 더 세심한 지도를 하지 못한 점을 스스로 반성하면서 송구스런 마음 금할 길 없습니다. 그러나 한편으론 안 군의 평소 행동거지를 잘 알고 있는 터라 송구함을 무릅쓰고 검사님께 사정을 말씀드리고 도움을 요청하는 바입니다.

안 군은 평소 과묵하면서도 자신의 일을 성실히 수행하는 학생입니다. 예비역으로서 후배들을 잘 지도하고 학과의 행사에도 솔선하여 그가 미치는 영향력은 매우 크다 할 수 있습니다. 학업에도 게으르지 않고 교우관계도 원만해서 동료들로부터 두터운 신임을 받고 있습니다. 그가 사고를 냈다는 소식을 접하고 처음엔 도저히 믿기가 않았습니다. 그런데 취중에 저지른 순간적인 사고라는 말을 듣고는 다소 이해가 되었습니다. 물론 엄밀히 말해서 대학생이라면 술도 본인이 철저히 관리할 수 있어야 하겠지만, 젊은 혈기에 순간을 제어하지 못하고 저지른 사고로 판단됩니다.

끊임없는 시행착오를 하면서 살아가는 인간이 젊은 날 한 번의 실수로 돌이킬 수 없는 상처를 남긴다면 그 인생이 너무나 허망할 것 같습니다. 이번 일이 안 군에게는 뜻 깊은 경험이 될 것이고 자기발전의 밑거름이 될 것으로 생각합니다. 부디 아량을 베푸시어 한 젊은이의 과오를 용서하셔서 새로운 인생을 살아갈 수 있도록 선처해 주신다면 더없는 기쁨이 될 것입니다. 앞으로는 열과 성을 다해 안 군을 바른 길로 인도하는 데 최선을 다 하겠습니다. 부디 선처를 부탁드립니다.

_1999년 8월 23일

지도교수 최동순 올림

* 너무도 뜻밖의 학생이 사고를 쳤다. 물론 취중에 저지른 우발적인 사고지만 그 사고로 인해 그는 형사적인 처벌을 받게 되었고, 안타까운 마음에 어떻게라도 그를 구해볼 요량으로 탄원의 글을 쓰게 되었다.

# ○ ○이 보아라

〈편지〉

조석으로 날씨가 쌀쌀하여 한기를 느낄 만큼 가을이 저물어가고 있고, 강원 산간지방에는 첫눈이 내렸다는 소식도 들리니 가을을 생략하고 겨울이 오는 건 아닌가 하는 생각도 드는구나. 오늘은 연구실에서 외박하는(?) 날, 깊은 밤에 너를 생각하면서 편지를 쓴다.

가을은 뿌린 만큼 거두고, 각자 떨리는 손으로 인생의 대차대조표를 작성하는 엄숙한 계절이란 생각을 늘 갖고 있다. 해마다 이맘때면 금년에 계획했던 일들을 못다 이룬 채 또 한 해가 흘러가는구나 하는 아쉬움이 남는 건 인지상정일까?

일전에 너의 편지 받고 한편으로는 반갑기도 하고 다른 한편으로는 안타까운 마음 금할 길이 없다. 하지만 이미 엎질러진 물을 후회하는 것보다는 네 말따나 이번 일을 전화위복의 기회로 삼아 새옹지마가 될 앞날을 상상해 본다.

○○아, 인생은 그렇게 짧지도 않고 또 일회성으로 끝나는 것도 아니다. 누구에게나 실수나 좌절은 있게 마련이고, 우여곡절 끝에 우리는 작은 행복을 쟁취하게 되지. 단지 그 실수가 얼마나 심중深重한 것인지, 또 그 실수를 자신의 과오로

얼마나 인정하고 뉘우치는가에 따라 불행이 불행으로 끝날 수도 있고 불행이 변하여 행복을 가져올 수도 있어. 네가 젊고 건강한 한 지나간 과오를 극복하고 새로운 미래를 설계하기에 충분하다고 믿어 의심치 않는다.

우리 주변에는 헤어나기 힘든 좌절과 실망감에 몸부림치는 사람들이 얼마나 많은지 모른다. 그렇다고 지금 너의 형편이 훨씬 더 낫다는 건 아니다. 학업에 열중하며 대학생활을 만끽해야 할 때에 차고 외로운 골방에서 고생하는 너의 모습을 생각하면 목이 멘다. 그러나 우리는 어려울 때 나보다 못한 환경에 처해 있는 다른 사람을 생각하면서 감사하고 위로를 받을 필요가 있어. 부디 원만한 재판의 결과가 나와서 너의 순수하고 조용한 성격처럼 차분히 주변을 정리하고 새로운 계획을 준비하는 날이 속히 오기를 기대한다.

○○아, 자신의 실수를 인정하고 조금 더 인내하면서 순간의 잘못을 깊이 반성하고 희망적인 앞날을 상상해 보아라. 좋은 결과가 있을 거다. 추워오는 날씨에 건강 더욱 유념해라. 머지않아 맞이할 기쁜 상면의 시간을 기대한다.

_1999년 11월 1일

최동순

# 낙엽은 음악을 싣고

〈교내 방송국 JTBS 방송제 격려사〉

스피커를 타고 흘러내리는 음악이 차분합니다.

기계도 가을을 타나 봅니다.

간간이 흩날리는 낙엽이 거기에 운치를 더합니다.

귀와 눈이 있다는 것이 이렇게 행복할 수가 없습니다.

교내방송은 공영방송이나 상업방송이 갖지 못한 매력이 있습니다.

요란하지 않으며, 무엇을 바라지도 않습니다.

단지 학우들이 잘 들어만 주면 됩니다.

좋은 방송을 위해 국원들이 열심히 노력하고 있습니다.

부족함이 많았음을 고백하면서 열한 번째 방송제를 준비했습니다.

부디 오셔서 축제를 즐겨 주시면 학생 기자들이 큰 용기를 얻을 것입니다.

수고한 모두에게 박수를 보냅니다. Cheer up! _2001년, 가을

# 그때 그 장면

〈학보사 보도사진전 격려사〉

수해의 여파가 너무도 큽니다.
상처가 아직도 아물지 않았습니다.
신음하는 이웃들의 소리가 들리는 듯합니다.

그래도 대학은 잘 굴러 갑니다.
한편으론 미안하고, 한편으론 다행입니다.
젊음이 꿈틀거리는 가장 확실한 곳은 대학입니다.

우리 학보사도 분주히 움직였습니다.
기사를 찾아, 순간을 놓치지 않으려고 동분서주했습니다.
정신이 없었습니다. 고민도 많았습니다.

학보에 미처 보여 드리지 못한 장면과, 다시 보고 싶은 장면들이
또다시 기자들을 닦달해 견딜 수가 없나 봅니다.
그때 그 장면을 생생하게 다시 볼 수 있는 기회를 마련했습니다.
만추의 계절에 추억의 화보를 보면서
감상에 젖어 보는 것도 쏠쏠한 재미가 있을 겁니다.

수고한 기자들에게 격려의 박수를 천둥처럼 보냅니다.
여러분은 우리 대학의 눈과 귀입니다. 보배입니다.
보도사진전의 성황을 함께 기원합니다. _2003 가을

## ○○이를 보내고

〈독백〉

2008년 10월 24일, 우리는 오늘 다정했던 우리의 친구 ○○이를 하늘나라로 보냈습니다. 무엇이 우리의 인연을 삶과 죽음으로 갈라놓는지 우리는 알 수 없습니다. 그냥 하염없이 눈물이 흐를 뿐입니다. 우리 곁에 스며있는 그의 온기가 아직도 느껴지는데 말입니다.

그의 육신이 활차를 타고 화덕으로 들어갈 때 가눌 수 없는 슬픔이 밀려왔습니다. 그리고 얼마 후 하얀 한 줌의 재가 되어 나온 그의 또 다른 모습을 보는 것은 억장이 무너져 차라리 담담함으로 받아들였습니다. 창 너머로 여기저기서 그를 목 놓아 부르며 울부짖는 통곡이 있었는데도 말입니다.

그의 유해를 실은 버스가 친구들과 함께 떠나갈 때는 아무 생각도

나지 않고, 아무 말도 할 수가 없었습니다. 평소 산을 좋아했던 그 이기에 유해를 지리산에 뿌린다고만 들었습니다. 아버지와 삼촌은 차마 차에 오르지 못했습니다. 그분들의 아픈 마음은 우리와는 비교도 되지 않았을 겁니다. 동생과 어머니는 기꺼이 함께 가겠다고 나섰습니다. 기운이 있어서가 아닐 것입니다. 마음이 내켜서도 아닐 것입니다. 정신이 몽롱하고, 가슴이 찢기어 나갔을 겁니다.

난 그냥 기도했습니다. 고통도, 슬픔도 없는 하늘나라에서 맘껏 날아다니라고. 언젠가 우리는 만날 수 있을 거라고, 영원한 참 안식이 있을 거라고 빌고 또 빌었습니다. 자리를 뜨기 전 아버님 손을 잡았습니다. 뭐라 할 말을 잊었습니다. 그의 얼굴을 타고 흘러내리는 눈물을 보는 순간 다시 가슴이 미어져 왔습니다. 돌아서는 발길이 허공을 내딛는 것 같았습니다.

평소 나는 ○○이의 게으름과 소극적인 행동을 지적하며 개선을 요구했습니다. 아무런 이의를 달지 않고 고분고분 인정은 했지만 가시적인 성과는 없었습니다. 그는 평소 말이 없었습니다. 물어도 대답이 별로 없었습니다. 그러나 늦게야 알았습니다. 그럴 수밖에 없었던 그의 어려운 처지와 힘든 심경을. 어려운 일이 한두 가지가 아니었습니다. 간단히 해결될 일도 아니었습니다. 그 무거운 짐을 혼자 지고 살아가는 젊은이가 얼마나 힘들까? 그때부터 난 그를 이해하려고 노력했습니다. 활발한 소통이 시작되었습니다. 조금씩 변화가 엿보이고, 활기가 느껴졌습니다.

그런데 이게 웬 날벼락입니까? 학생회장으로서 열심히 졸업작품전을 준비하고, 발표대회 중에도 수시로 다가와 문의하고 소통하던 그의 모습을 다시 볼 수가 없습니다. 하루 전만 해도 선후배가 함께 어울려 뒤풀이를 했다는데 한마디 말도 없이 우리 곁을 떠나갔습니다. 그렇기에 우리의 슬픔은, 그리움은 더 큰가 봅니다.

이제 연구실에 와 앉았습니다. 지리산으로 간 친구들은 아직 돌아오지 않았습니다. 만감이 교차합니다. ㅇㅇ이에 대한 그리움이 머릿속을 온통 밀고 들어와 아무 생각이 없습니다. 그가 우리 곁에서 사라짐을 한없이 슬퍼하는 남은 친구들의 모습이 한없이 기특해 보였습니다. 눈물 흘리는 모습이 기특해 보이는 것도 이상한 일입니다. 서로를 위로하며 빈소를 지키는 모습은 가히 거룩했습니다. 공부하지 않는다고 나무란 내가 잘못했다는 생각조차 듭니다. 그렇습니다. 공부도 중요합니다. 그러나 우리가 간직한 우정과 섬김은 더 소중합니다. 이제 이렇게 살아야겠습니다. 서로 정을 나누면서, 열심히 공부하면서 먼저 간 우리의 친구 ㅇㅇ이를 그리워할 것입니다. 슬퍼지면 슬퍼할 겁니다. 무엇보다도 열심히 살아야겠습니다. 그것이 ㅇㅇ이의 바람이고, 기대일 겁니다.

오늘은 너무 슬픕니다. ㅇㅇ이를 보내고 다짐해 봅니다. 학생들을 더 깊이 사랑해야지. 더 깊이 이해해야지. 그들을 더 돕고 마음으로 섬겨야지. 또 다시 눈물이 흐릅니다. 조용한 연구실에 무거운 침묵이 흐릅니다.

ㅇㅇ아, 지켜주지 못해 미안해! 고달팠던 삶의 짐일랑 다 내려놓고 그토록 좋아했다던 지리산에서 훨훨 날아다녀라. 아주 먼 훗날

좋은 곳에서 다시 만나 지난날의 추억을 얘기하자.

* 졸업작품전을 마치고 선후배 뒤풀이에 참석한 후 귀가 중 교통사고로 숨진 학생의 장례를 마치고 돌아와 써 놓은 독백이다. 너무나 믿어지지 않는, 황망한 일이기에 다른 일을 할 수가 없었다. ○○이가 너무 보고 싶다.

## 고맙습니다! 행복했습니다!

〈퇴임 인사〉

1990년 낙엽이 흩날리던 초겨울 교수채용서류를 들고 고속버스로 부산을 출발하여 5~6시간 만에 난생 처음으로 호남 땅을 밟았습니다. 학연, 지연, 혈연 아무 것도 없는 낯설고 물선 이곳이 나의 일터가 될 줄은 꿈에도 몰랐습니다.

1991년 1월 전주로 이사를 하고, 연구실을 배정받고 자리에 앉아 이런 생각을 했습니다. “한 20년만 불꽃처럼 근무하고 깔끔하게 떠나면 어떨까?” 어떤 근거도, 이유도 없었습니다. 그냥 막연하게 그런 상상을 했습니다.

20년이 쏜살같이 지나갔습니다. 생각이 씨가 된 걸까요? 막연했던 생각이 현실로 다가왔습니다. 20년이 되어갈 무렵 주변의 여러 가지 상황들을 보면서 이제는 떠나야겠다는 생각을 했습니다. 저의 가치관으로 제가 소중히 지켜온 가치를 더 이상 실현하기가 어렵겠다는 생각이 들었습니다. 곰곰이 생각해 보았습니다. 심각하게 고민도 했습니다. 그러나 생각이 굳어지면 행동에 옮기고야 마는 저의 성격을 이기지는 못했습니다.

하지만 돌이켜 보면 후회는 없습니다. 처음의 다짐대로 살기 위해 노력했고, 일신상의 야욕을 위해 요령을 피우지도 않았기 때문입니다. 어려운 때도 있었지만 기쁘고 보람 있는 일이 훨씬 많았습니다. 저의 최고의 관심은 '학생'이었습니다. 제 아들딸보다 학생들에 대해서 더 많이 알았습니다. 그들의 생각과 고민을 알려고 애썼습니다. 그들의 형편과 상태를 파악하기 위해 부단한 관심을 가졌습니다. 사적으로는 친밀하고 공적으로는 엄격하려고 노력했습니다.

그들 때문에 힘들었지만 그들 덕분에 행복했습니다. 그들과 함께 공부하고, 그들과 함께 땀 흘리며, 그들과 함께 놀던(?) 일들이 저의 가장 소중한 추억입니다. 그들에 대한 관심과 애정은 아직도 끝나지 않았습니다. 명예교수로서 강의와 학생지도에 저의 열정과 노력을 쏟아 붓겠습니다. 저의 경험도 동원할 것입니다.

혹여 저 때문에 서운한 일이 있었다면 원숙하지 못한 저의 성정性情과 부덕의 소치인 줄 알고 용서해 주시길 바랍니다. 여러모로 부족한 저를 이해해 주시고 사랑해 주신 여러분들께 머리 숙여 감사를 드립니다. 여러분과 함께 해서 좋았던 일, 행복했던 일을 기억하며 살겠습니다.

연구실 한쪽에 우두커니 서 있는 접이식 침대가 저를 쳐다봅니다.

저도 침대를 바라봅니다. 오랫동안 저의 잠자리가 되어 준 고마운 존재입니다. 이 침대에서 더 이상 잠잘 일은 없겠지만 내려놓음의 용기와 학생들을 계속 만날 수 있는 기회가 있음에 감사할 따름입니다.

새로 부임하신 총장님의 열정에 감동을 받았습니다. 그분의 지칠 줄 모르는 에너지가 제게 자극이 되었습니다. 도와 드리지 못해 죄송하고 아쉽습니다. 원컨대 총장님의 열정과 구성원들의 노력이 결집되어 명실상부한 명문대학으로 발돋움할 것을 기대합니다. 하나님의 공의와 우리를 향한 비전이 실현되기를 소망합니다. 하나님의 은총이 교직원 여러분과 우리 대학 위에 함께하시길 기도합니다.

_2011년 8월 24일

경영학과 최동순 올림

퇴임식. 후배교수와 제자들의 애정을 뒤로하고 아쉬운 작별을 해야 한다! _2011.8

2부

# 축구생활

조기축구회 가족동반 제주도 원정경기, 제주공설운동장 옆 공원에서 _1994.9.25

축구는 내 삶에서 떼려야 뗄 수 없는 필수적인 요소다. 나는 하루도 축구를 생각하지 않고 산 적이 없다. 어릴 적 축구선수가 되고 싶은 간절한 욕망과 유혹을 뿌리치느라 얼마나 힘들었는지 아무도 모른다. 혼자만 속을 끓이며 끙끙 앓았다. 결국 그 길을 포기하고 말았지만 축구는 내 삶의 일부가 되어 지금까지 나와 함께 살고 있다.

축구는 나에게 한없는 즐거움과 환희를 안겨 주었을 뿐 아니라 나의 신체적 가치를 한층 높여준 소중한 자산이기도 하다. 아마추어지만 끊임없이 연구하고 실천하는 명실상부한 '축구인'으로 살고 있다. 얼마나 좋았으면 축구를 좀 더 연구하기 위해 나이 오십의 공학

고2 아들 친구들을 단기 훈련시켜 풋살대회에 출전, 128개 팀이 출전한 고등부에서 8강에 진출했다. _2003.8.9

박사가 체육과 대학원 석사과정을 졸업하고, 자비량으로 어린이 축구교실을 운영하기도 하며, 지금까지도 아마추어 클럽의 감독을 맡고 있다. 이런 나의 삶은 '축구에 미친 공학자'라는 타이틀로 신문에 소개된 바 있다. 어느새 축구는 나의 부전공이 되었다. 축구, 나에게 이보다 더 신나는 놀이는 없다.

KISTI 팀과 KAIST 유학생 합동축구훈련을 시작하기에 앞서 _2004. 봄

전국교수축구대회 마치고 임원진과 함께. 퇴직을 했음에도 불구하고 여전히 교수축구대회의 끈을 놓지 못하고 있다. _2016.10.31

• 01 •

# 축구 생각

날마다 축구를 생각하다 보면 염원이 생긴다. 아쉬움도 있다. 흥분도 된다. 기대감이 샘솟는다. 그러나 박약비재薄弱非才하여 이를 다 표현하기에는 역부족이다. 그래도 가끔은 글을 쓴다. 그 가운데 일부를 발췌하여 소개한다. 내 축구사랑의 단면을 엿볼 수 있다.

# 한국축구의 비상飛上을 꿈꾸며

나는 축구 마니아다. 그야말로 광狂이다. 항상 축구를 생각하며, 머리로 연구하고 몸으로 실습하며 살고 있다. 직업적인 선수가 아닌 사람들은 건강을 위해서 축구를 한다고 하지만 나는 그 정도로는 성이 안 찬다. 그래서 연구하고, 연습해서 제대로 해야 직성이 풀린다. 축구를 하면 행복하고, 온갖 스트레스가 사라진다. 아직까지 축구보다 재미있는 놀이를 경험해 보지 못했다.

지금 한국축구가 흔들리고 있다. 많은 축구팬들이 그렇듯이 나도 당연히 기분이 유쾌하지 않다. 전국을 뒤흔들며 온 국민을 감동의 도가니로 몰아넣었던 월드컵이 끝나고부터 조금씩 조짐을 보이더니 마침내 증세가 심각해졌다. 축구변방인 베트남 · 오만 전 패배, 몰디브와의 무승부가 국민을 실망시키더니 최근에는 계속되는 경기에서 조직력의 부재와 득점력 빈곤에 허덕이고 있다. 게다가 월드컵 때 보여준 강력한 압박이나 한국축구의 트레이드마크인 '근성'마저 실종되었다는 혹평을 받고 있다.

그런데 축구란 게 참 묘하다. 모든 스포츠가 그렇지만 특히 상대성이 큰 운동이다. 그것은 축구가 종합 체력을 요하는 데다 상대의 방해와 저지를 뚫고, 변화무쌍한 상황에서 볼을 취급하며 유기적으로 움직여서 골을 넣고, 그러면서도 상대 공격을 막아내야 하는, 참으로 변수가 많은 경기이기 때문일 것이다. 게다가 대개 한두 골로 승부가 결정되기 때문에 의외성이 많다. 그러기에 경기결과만을 갖고 논하는 것은 문제가 있다. 게임을 잘하고도 질 수 있고, 경기 내내 끌려 다니다가도 한 순간에 승리를 거머쥐기도 한다. 문제는 경기 내용이다. 한국축구는 이겨도 뭔가 개운치가 않고, 질 때는 허무하게 무너지는 경우가 많다. 한마디로 기복이 너무 심하다. 그래서 '도깨비 같은 팀'이란 비아냥을 듣기도 한다.

왜 그럴까? 물론 여러 가지 문제가 복합되어 있다. 한마디로 축약해서 말하기는 곤란하지만 굳이 한다면 '총체적으로 인프라가 빈약하다' 할 수 있다. 차제에 한국축구의 비상을 꿈꾸며 몇 가지 대안을 제시하고자 한다.

첫째, 축구를 정확하게 이해하고, 축구에 대한 확실한 철학이 있어야 한다. 지금껏 우리는 축구를 단순히 몸으로 하는 '기능'으로 생각하지는 않았는지 반성해야 한다. 히딩크가 우리나라 지도자들과 다른 점이 있다면 '축구에 대한 철학'이 있다는 것이다. 그것은 그가 남긴 명언들 속에 고스란히 묻어 있다. 그의 명언들은 단순히 화려한 말잔치가 아니라 몸에 밴 축구철학에서만 나올 수 있는 정제된 금언金言이다. 그는 경기결과에 연연하지 않고, 책임을 선수들에게 돌리지 않았으며, 상대를 제압하기 위한 철저한 준비를 거듭했다. 월드컵은 막을 내렸지만 그가 남긴 한마디 한마디는 세계가 명상冥想하고 있다. 우리나라에는 히딩크보다 훨씬 뛰어난 선수 출신이 부지기수다. 그러나 훌륭한 지도자를 배출하지 못했다. 여러 가지 요인이 있겠지만 가장 큰 이유는 '축구철학의 부재'라고 생각한다. 먼저 축구라는 스포츠가 어떤 것인지를 분명히 이해하고 나서, 효율적인 방법으로 철저히 준비해야 한다. 충분히 연구하여 잘 설계된 프로그램으로 선수들을 훈련함으로써 기초가 튼튼한 축구가 뿌리내려야 한다. 그리하여 축구를 충분히 이해하고, 분명한 철학을 가진 축구인들이 우후죽순처럼 나와야 한다.

둘째, 지도자들이 열심히 공부해야 한다. 지도자는 선수가 아니다. 선수는 운동장에서 몸으로 말하지만, 지도자는 선수의 마음가짐과 기량을 평소 훈련을 통해서 훈육해야 한다. 아직도 과거 선수시절의 훈련방법과 경험으로만 가르치는 지도자들이 있다. 아니라고 해도 도처에서 허점이 보인다. 운동하느라고 아무리 공부를 안했다 하더라도 축구 전문서적 한번만 봤다면 틀릴 수가 없는 '괴상한' 용어를 쓰고 있다. 또 아직도 운동장에서의 축구 기능 외에는 가르칠 게 별로 없는 지도자들이 있다. 축구와 관련된 전문지식은 고사하고 축구이론조차도 전수할 내용이 부실한 형편이다.

셋째, 열린 사고가 필요하다. '축구'라는 영역에서 선수 출신들만이 울타리를 높이 치고 외부인의 출입을 허용하지 않는다. 사람은 누구나 잘하는 분야가 있고, 각자 자기 분야에서 일가를 이룬 전문가들도 수두룩하다. 이를 잘 활용하면 보다 과학적이고 창조적인 축구를 만들어낼 수 있다. 다행히 금번에 축구인이 아닌 교수가 기술위원에 포함된 것은 우리에게 새로운 가능성을 시사하는 뜻 깊은 일이다. 외국에서는 오래전부터 의사, 교수, 사업가 등이 감독을 맡기도 하고, 축구와 관련된 전문분야에서 괄목할 만한 활약을 하기도 한다. 우리는 아직도 축구인들만의 어설픈 잔치를 속을 끓이며 지켜봐야 한다. 잘 안 될 수도 있다. 하지만 새로운 시도 자체를 하지 않는 것은 '퇴보'를 의미한다.

넷째, 과감한 세대교체가 필요하다. 기존의 선수들, 특히 2002 월드컵 멤버들도 훌륭한 선수들이다. 그러나 국제축구의 흐름은 하루가 다르게 변하고 있다. 얼핏 보면 비슷해 보이지만 자세히 들여다보면 스타일 자체가 다르다. 그것은 현재 올림픽 대표와 국가대표(월드컵) 팀의 경기를 봐도 확연히 드러난다. 패스워크가 훨씬 더 정교하고, 템포가 빠른 축구를 구사하고 있다. 그럼에도 불구하고 지난날의 성과에 연연하여 '노련하다'는 명분으로 고참 선수에 미련을 가질 필요는 없다. 젊은 유망주들에게 기회를 주어 큰 경기의 경험을 쌓게 한다는 의미에서도 적절한 세대교체가 이루어져야 한다. 그래야 진일보한 미래를 기약할 수 있다. 축구계에서도 이를 인식한 듯 과거보다 훨씬 많은 재능 있는 선수들이 속속 배출되고 있다.

요사이 축구협회는 외국인 지도자를 물색하느라 부산하다. 그런데 이조차도 매끄럽게 진행되지 못하고 있다. 이때 '우리가 길러낸 훌륭한 지도자가 있었다면' 하는 아쉬움이 큰 것은 당연하다. 지금의 위기상황을 거울삼아 적어도 이제 다시는 지도자가 없어 고민하는 일은 없어졌으면 하는 간절한 바람을 가져본다. 나도 언젠가 내가 그토록 사랑하는 축구의 어느 한 분야에서 한국축구의 발전을 위해 한몫을 하고 싶다. _2004년 6월, 학보

2002월드컵 4강에 진출한 날(6.22) 감격을 가눌 수 없어 현수막을 주문했다. 아직도 서재에 걸려 있다. _2002.6

2002월드컵 폴란드 팬들과. We are the world! _2002.6.14

## 혹시나 했더니 아직도

며칠 전 모처럼 휴일을 맞아 조카가 선수로 뛰는 중등부 축구경기를 보러 갔다. 여러 가지 사정이 있었지만 워낙 축구 마니아이고 평소 조카에 대한 기대감도 있기에 설렘을 안고 달려갔다. 경기장소가 이제 막 조성된 체육공원이라 차량 안내지도에 등록도 되어 있지 않아 계속 통화를 하며 예상 도착시각을 넘겨 어렵사리 현장에 도착하였다. 그늘이 없어 아쉬웠지만 잘 조성된 인조축구장에서 경기하는 그 애들이 부럽기도 하였다.

경기는 전반전을 마치고 후반전이 한창 진행 중이었다. 2학년인 조카는 대부분의 주전이 3학년인 팀의 후반 교체선수로 출전하고 있었다. 애초 기대했던 것보다 신체발육이 더뎌 조카에 대한 걱정이 컸다. 키는 물론 덩치도 왜소하여 거친 축구경기에서 적잖은 핸디캡을 안고 있는 터이다. 하지만 우려와는 달리 경기력이 많이 향상되었고, 팀에도 잘 적응하고 있는 듯해 다행이었다.

조카네 팀의 완승으로 끝나 뿌듯한 마음으로 조카를 격려해 주었다. 아이 엄마가 먼 길을 달려와 다음 일정을 위해 가야겠기에 서둘러 보내고, 나는 온 김에 이어지는 경기를 좀 더 지켜볼 요량으로 스탠드 한쪽에 자리를 잡았다.

곧 다음 경기가 이어졌다. 우연히 내 자리 바로 앞에 코치석이 있었다. 전용축구장이 아니기에 임시로 큰 파라솔을 치고 의자 두 개를 놓아 감독과 코치가 선수들을 독려하는 곳이다. 그런데 경기가 시작되고 얼마 지나지 않아 코치석에서 이내 듣기 거북한 표현들이 쏟아져 나오기 시작한다. "야 이 새끼야, 지금 드로링이잖아. 가차이 붙어야지!", "죽을래?", "저 새낀 껨만 들어가면 어슬렁거려, 뒤질라구.", "야~ 스크램 짜! 새끼야, 빨리." 기가 막힌다.

이런 몰상식한 지시를 받은 애들은 하나같이 "예", "예"를 외치며 뛰고 또 뛰었다. 마치 잘못된 프로그램 명령을 받은 불량기계들이 삐걱 삐걱 소리를 내며 힘겹게 돌아가는 것 같았다. 끊이지 않는 욕설과 엉터리 축구용어들, 거기다 한마디 끝날 때마다 파란 잔디 위에 뱉어대는 침. 또다시 한국축구를 망가뜨릴 거라는 두려움이 밀려온다. 월드컵 4강의 위업을 달성한 이 나라에 아직도 저런 지도자들이 학원스포츠를 틀어쥐고 앉아 있다는 사실이 무섭다. 혹시나 했더니 아직도 이게 현실이다.

설렘을 안고 찾은 축구장에서 갑자기 머리가 복잡해진다. 저렇게 살벌한 분위기에서 축구를 배운 애들이 과연 창의적인 축구를 구사하고, 축구를 자신의 천직으로 생각하며 진정 즐길 수 있을까? 기대하기 매우 힘들지만 더 나아가서 인격과 실력을 갖춘 축구선수로 성장할 수 있을까? 더욱 중요한 것은 학원스포츠(단계적으로 폐지되고 클럽스포츠로 전환되어야 하지만 현재로선 엄연히 존재하는)의 현장에서 비교육적이며 엉터리 지도를 받은 저들이 훗날 훌륭한 지도자가 될 수 있단 말인가? 생각조차 하기 싫다. 내가 그토록 좋아하는 축구에 실망한 슬픈 날이었다. _2008년. 여름

# 사람들은
# 왜 축구에 열광하는가

축구장 앞에 도착한다. 스타디움 안은 벌써 떠들썩하다. 쿵 쿵 울려대는 웅장한 북소리, 대형 스피커에서 흘러나오는 홈 팀의 응원가, 관중들의 웅성거림이 어우러져 열기를 내뿜는다. 심장이 뛴다. 마음이 급해진다. 최대한 빨리 입장해야 한다.

파란 그라운드가 눈에 들어오는 순간 가슴이 뻥 뚫린다. 골대 뒤편에는 양 팀 서포터들이 이미 진을 치고 기세를 올리고 있다. 골수팬들은 벌써 얼굴이 상기되어 있다. 어른들을 따라온 어린이들은 신이 나서 노래를 따라 부르거나 먹을거리를 사 나르느라 천둥에 강아지 뛰듯이 뛰어다닌다.

웃통을 벗어부치고 고래고래 고함을 지르는가 하면, 노래에 주문을 담아 창공에 날려 보낸다. 쩌렁쩌렁, 울긋불긋, 쿵 쿵, 각양각색, 시끌벅적……. 시각과 청각이 곤두선다. 이것만으로도 축구는 이미 원색의 향연이요, 원시의 축제다. 그곳에 가면 무언가 야성을 느끼게 하는 원시의 냄새가 있다. 그곳은 콘크리트 정글에 갇혀 있던 사람들이 그리워하던 야성의 숲이며, 원시의 냄새가 나는 곳이다. 온몸을 던져 싸우는 황야의 늑대들이 있고, 그들을 보며 울부짖는 늑대들이 있다. 축구장에는 광기狂氣가 서려 있다.

하지만 사람들이 축구에 열광하는 이유를 광기로만 설명하기엔 부족하다. 내가 생각하는 이유는 이렇다.

첫째는 원시성이다. 축구장에서 '느끼는' 원시성과는 다른 차원의 원시성이다. 축구 자체가 갖는 원시성이요, 인간의 몸이 갖는 속성과 관련된 원시성 말이다. 축구는 발로 무엇인가를 차는 인간의 본능에서 유래했다. 돌을 차고, 해골을 차고, 풀도 끊어질 때까지 차고 또 찬다. 처음에는 그냥 차다가 나중에는 목표를 정하고 찬다. 안 되면 될 때까지 찬다. 처음에는 멈춰서 차다가 나중에는 달리면서 찬다. 돌을 몰고 뛰어도 본다. 장애물을 피해서도 달려 본다.

원래 인간의 몸은 움직여야 살도록 되어 있다. 몸을 움직이면 땀샘은 더 활발하게 작동한다. 그러기에 인간은 본능적으로 달린다. 새는 날고, 인간은 달린다. 인간은 가장 오래 뛰는 동물이다. 멕시코 인디언 타라우마라 족은 사슴 한 마리를 잡기 위해 며칠씩이나 사슴을 쫓는다 한다. 사슴이 쓰러질 때까지 쫓아가 쓰러지면 비로소 목을 자른다. 아이들은 나무 공을 몰고 달리는 놀이를 하며 자란다. 축구에서는 시간을 정해 놓고 공을 향해 달리다가 상대가 허점을 보이는 순간 골을 꽂아 넣고는 광란의 축제를 벌인다. 시간의 차이가 있을 뿐 축구는 인디언들의 원시성과 맞닿아 있다.

두 번째는 공격성이다. 축구의 묘미는 뭐니 뭐니 해도 공격에 있다. 아니 축구에 있어서 공격은 묘미가 아니라 속성이다. 공격이 없는 축구는 상상할 수 없다. 공격 또 공격이다. 골이 들어가든 안 들어가든 공격한다. 온몸을 던져 막으려 드는 수비수들이 있지만 상관하지 않는다. 수비수들이 온몸을 던지면 공격수는 필살기를 들고 달려든다.

인간은 매일 반복되는 일상을 좋아하지 않는다. 그것으로 내재된 원시성을 충족시킬 수는 없다. 그러기에 공격성이 강한 축구에 열광하는 것이다. 축구는 남성성과 공격성이 강한 남성호르몬 테스토스테론의 분비를 증가시키는 것으로 알려져 있다. 축구경기가 시작되면 선수도, 관중도 테스토스테론의 분비가 증가한다는 연구결과도 있다. 말하자면 축구는 인간의 원시DNA를 발현하는 매우 간편한 행위인 셈이다. 선수는 굶주린 늑대가 되어 골을 사냥하고, 관중은 늑대의 울음소리를 들으며 사냥구경을 즐긴다. 선수는 상대를 공격함으로써 원시성을 충족하고, 관중은 끊임없이 상대를 공격하는 선수들을 보면서 원시성의 대리만족을 경험한다.

세 번째는 원시성 뒤에 숨어있는 과학성이다. 축구는 원시성이 강하지만, 그렇다고 무대뽀로 싸우지는 않는다. 고도의 절제된 동작과 전술 · 전략을 들고 싸운다. 순간순간 변화하는 공격과 수비의 기하학적 조합은 가히 과학적이라 할 수밖에 없다. 그것도 그냥 평면기하학이 아니라 3D 입체기하학이다. 발생 가능한 조합의 수도 무한대인 데다 도무지 예측하기도 어렵다. 어떤 것이 최적의 조합인가? 어떤 기하학적 구도를 가지면 골을 넣을 수 있을까? 경기에서 승리하기 위한 최우선 조건은 탁월한 개인능력인가, 아니면 팀워크인가? 정답은 없다. 그러나 분명히 더 효율적인 방법은 있다. 순간적으로 그걸 찾아 수행하는 선수와 팀이 경기를 지배하고 승리하게 된다. 그렇기에 축구 경기에서 임기응변능력과 축구지능이 강조되는 것이다. 원시성에 극명하게 대립되는 과학성 또한 사람들을 축구에 열광하게 한다.

축구에 미치면 뙤약볕도, 폭우도 두렵지 않다!
_2007.7.28

축구장은 굶주린 야수들로 즐비하다. 원시DNA를 꺼내들고 보란 듯이 뛰고 외친다. 인간이 갖고 있는 원시성과 공격성을 통쾌하게 표출하는 시공時空을 경험하는 현장이다. 일상에서 도저히 맛볼 수 없는 또 하나의 쾌락이 그곳에 있다. 그런가 하면 그곳에는 분명히 설명하기 힘든 과학성도 있다. 오늘도 지구촌 곳곳에서 사람들이 축구에 열광하는 이유다. _2010년 3월

## 축구가 좋다

나는 축구가 좋다. 참 좋다. 남들이 물으면 그냥 좋다고 하지만, 조금만 생각을 해보면 좋은 이유가 있다. 축구의 매력은 첫째로 골의 희소성에 있다. 희소성은 경제학에서도 가장 중요한 개념들 중의 하나다. 진주가 돌멩이보다 비싼 이유는 희소성 때문이다. 배부를 때 먹으라고 주는 빵은 야속하지만, 배고플 때 건네는 빵 한 조각은 생명을 살리는 동아줄처럼 반갑다. 축구 경기에서 골은 운이 좋으면 몇 번 구경할 수 있지만, 전혀 못 보는 경우도 허다하다. 그만큼 희소가치가 크다. 그 희소가치만큼이나 만들어지는 과정도 힘들다. 그러기에 우여곡절, 파란만장, 절치부심, 때로는 새옹지마, 전화위복을 거쳐 골을 만들어내는 과정을 지켜보노라면 전율이 느껴진다.

두 번째 매력은 속도감이다. 속도도 그냥 속도가 아니라 변화를 동반한 속도감이다. 그 변화의 정도는 구체적으로 표현하기 곤란하다. 분명한 것은 축구에서는 매우 복잡한 변화를 수반한 속도감이 느껴진다는 사실이다. 그냥 속도로만 경쟁을 한다면 스프린터가 최고겠지만 100m 주파속도는 다소 늦어도 공을 갖고 달리거나 공을 쫓아 달리는 속도는 매우 빠르다. 더구나 축구에는 육상경기의 정해진 레인이나 코스도 없으므로 스스로 유리한 코스를 결정해서 달리면 상대를 이길 수 있다. 달리기뿐 아니라 공의 스피드도 그렇다. 최단 코스를 선택하여 공을 차면 궤적을 최소화할 수 있고, 짧은 궤

홍콩중문대학, 한국 교수들로 구성된 [행복드림]팀 해외 원정경기 _2014.3.1

적의 공은 빠르고 긴 궤적을 갖는 공보다 목적지에 먼저 도착할 수 있기 때문이다. 생각의 속도 또한 그렇다. 얼마나 빨리 판단하고 이를 실천에 옮기느냐가 관건이다.

세 번째 매력은 의외성이다. 본시 스포츠의 특성 중의 하나가 의외성이긴 하지만 축구만큼 의외성이 강한 스포츠도 드물다. 그것은 앞에서 언급한 골의 희소성과도 깊은 관계가 있다. 다른 구기종목과 달리 축구에서는 대개 한두 골로 승부가 결정되기에 그만큼 의외성이 큰 것이다. 신체조건에 있어서도 의외성이 있다. 축구는 신체조건이 유리하다고 결과까지 절대 유리하지는 않다. 작은 체구를 가졌지만 뛰어난 축구선수가 얼마든지 있다. 펠레, 마라도나, 오베르마스, 카를로스, 이회택, 이영무, 조광래 등 국내외를 막론하고 고금의 뛰어난 선수들 상당수가 작은 체구를 가졌지만 한 시대를 풍미하였다. 의외성을 보여주는 또 한 가지 사실은 강팀이 반드시 약팀을 이긴다는 보장이 없다는 것이다. 좀 더 정확하게 말하자면 그럴 가능성이 다른 종목에 비해 적다고 하는 편이 옳을 것이다. 즉 약팀도 얼마든지 강팀을 이길 수 있다는 사실이다. 이러한 의외성은 또한 스포츠가 추구하는 공정성과 맞닿아 있다. 체구가 어떻든지, 강팀이든 약팀이든 과정에 충실하다 보면 결과에서 얼마든지 예상을 뒤엎을 수 있다는 '공정성'이 내재되어 있다.

마지막으로 축구의 또 한 가지 매력은 축구장에서 느끼는 흥분과 감동이다. 축구경기장은 매우 넓어서 열기가 분산되고, 흥분을 일으키기 어려울 것 같지만 실제로 축구장에 가 있으면 어디에서도 느낄 수 없는 묘한 흥분에 휩싸이게 된다. 경기장은 드넓어도 함성은 어느 스포츠 경기보다 드높고 끊이질 않는다. 시간이 지날수록 몸의 열기가 느껴지고, 흥분이 고조된다. 경기가 펼쳐지는 내내 그 시각, 그 자리에 있다는 것만으로도 감격적이다. 특히 빅 매치가 벌어질 때에는 주체할 수 없는 감동이 밀려온다. 더구나 축구 마니아라면 그 순간 자신이 세계의 중심에 서 있는 듯한 기분이 든다. 평범한 시민이 축구장이 아닌 다른 곳에서는 도저히 체험할 수 없는 희열을 느낄 수 있다.

골의 희소성, 속도감, 의외성 등 축구가 갖는 본질적인 속성만으로도 충분한데 경기장에서 느끼는 감동과 흥분이라니. 거기에 가끔은 보너스로 세계의 중심에 서 있는 듯한 행복한 착각이라니. 그래서 나는 축구를 좋아한다. 아무리 보아도, 아무리 해도 질리지 않는 걸 보면 말이다. 50대인데도 그 광기(?)가 식을 줄을 모른다.
_2010년 10월

## 우리 집

나는 아파트 1층에 산다. 1층을 싫어하는 사람들이 더 많지만, 1층에 살아서 좋은 점도 많다. 아침이면 하루가 시작되는 생동감을 집안에서도 고스란히 느낄 수 있다. 우유와 신문을 배달하는 사람들의 동동걸음 소리가 그렇고, 바쁘게 출근하는 사람들이 엘리베이터에서 쏟아져 나오는 소리를 듣는 것이 그렇다. 하루를 시작하는 사람들의 삶의 환희와 고통이 잠시 머릿속에 그려진다.

아침이면 땅바닥을 치고 창문에 반사되는 은은한 햇볕이 정겹고, 창문을 열면 살짝 들어오는 흙 내음이 좋다. 베란다에 나가서면 붉은 벽돌 담장을 타고 올라가는 장미넝쿨이 빛나고 있고, 정돈되지 않은 수목들이 불협화음을 내고 있다. 이유는 모르지만 우리 집 앞의 나무와 화초들은 제대로 된 관상용은 아닌 듯하다. 큰 나무는 기울어져 있고, 작은 수목들은 정돈되어 있지 않다. 가지들도 전지剪枝를 제대로 하지 않은 건지, 아니면 서툰 솜씨 탓인지 아무튼 매우 엉성하다. 그건 나도 해본 적은 없지만 어린 시절 과수원집 아들로 자란 내 눈으로 금방 알아차릴 수 있다.

종종 이름 모를 새들이 찾아와 나무 열매를 쪼느라 바쁘다. 어린 시절 시골에 살면서 많은 새들을 잡아도 보고, 쫓아다녀도 봤지만 솔직히 새 이름은 잘 모른다. 아무튼 참새보다 작은 놈부터 비둘기만한 놈까지 우리 집 앞은 새들이 곧잘 모이는 곳이다.

큰 놈들은 나뭇가지에서 열매를 쪼아 먹고, 거기에 꼽사리 끼지 못한 작은 놈들은 아래로 떨어지는 열매 부스러기를 주워 먹느라 정신이 없다. 한참을 보고 있자면 생존을 위한 몸놀림인지, 같이 놀고 있는 건지 구분이 안 된다. 하지만 가끔은 먹이를 놓고 다투기도 한다. 그들이 내는 소리도 각양각색이다. 짹짹, 꾸욱 꾸욱, 구구구구, 끼억 끼억, 흉내도 낼 수 없는 소리들을 내며 하여튼 바쁘게 움직인다.

그들을 보면서 생각한다. 재들은 어디서 왔을까? 밤새 어디서 자고 아침 일찍 여기로 몰려온 걸까? 만나기로 약속은 했을까? 계급(?)이 다른데도 같이 놀기로 한 걸까? 아니면 적당한 행동규범을 정하고 지키기로 협상을 했나? 혹시 우리 집에만 오는 건가? 언젠가는 베란다 문을 열어 놨더니 작은 놈 한 마리가 베란다로 들어온 적도 있다. 나갈 생각이 없어 보인다. 어릴 때 같았으면 영락없이 그 놈은 내 손에 잡혔을 텐데 지금은 그럴 생각이 전혀 없다. 어떻게 움직이나, 뭘 하나 그냥 지켜볼 뿐이다. 그래도 우리 집이 네가 들어올 만큼 정겹고 만만했단 말이지? 그저 귀엽고 고마울 따름이다. 그래, 놀다 가거라. 거실 문을 닫고 소파에 앉아 한참을 지켜보았다. 행복감이 밀려온다. 가끔은 까치 떼가 몰려와 담벼락에서, 나뭇가지에 매달려, 땅바닥에 앉아서 나를 보고 기쁜 소식을 전하는 듯 나를 보고 까~악 까~악 한다. 그럴 때는 정말로 반가운 손님이 찾아올 것만 같은 예감이 든다.

그러나 이런 것들은 내가 1층을 선호하는 진짜 이유는 아니다. 그것은 1층에 살면서 얻는 소득일 뿐이다. 내가 1층에 살게 된 이유는 참으로 어이없다. 어떤 때는 나도 웃음이 나온다. 그것은 다름 아닌 아들과의 묵시적인 약속 같은 것 때문이다. 우리 부자는 축구광이다. 나누는 대화의 절반 정도가 축구 얘기며, 함께 하는 활동의 절반 이상이 축구다. 야외에서 하는 것으로도 모자라 실내에서도 할 수 있는 묘안을 고민한 적이 있었다. 그때는 3층에 살았는데 때로는 아들의 성화에, 때로는 나의 제안으로 집에서 공놀이를 할라치면 문구점에서 파는 완구용 공으로 까치발을 하고 놀았다. 최대한 조심을 한다고 해도 가끔 2층에 사는 할머니가 올라와서 혼이 나곤 했다. 그때 생각해 낸 것이 1층으로 이사를 가는 것이었다. 여러 가지 사정을 고려해서 이사를 하기로 작정한 때는 이미 그 집에서 9년을 살았고, 아들은 어느새 고등학교 3학년이 되었다. 늦은 감이 있지만 어찌나 좋던지 어린애처럼 마음이 설렜다.

전에 살던 집에 비하면 엄청나게 넓지만 거실에는 장식품이 거의 없다. 특히 바닥에 놓는 장식물이나 잘 깨지는 물건은 가급적 두지 않는다. 역시 축구를 위해서다. 우리 집에는 여러 종류의 공이 있다. 집에서 축구를 할 때는 문구점에서 파는 완구용 공이 제격이다. 말랑말랑 촉감도 좋지만 다치거나 다른 물건을 파손할 염려도 거의 없다. 1층이긴 하지만 혹시라도 있을 수 있는 위층에 주는 피해를 최소화하는 데도 적격이다. 말하자면 그 공이 우리에겐 '메디신 볼'이다.

우리 집 현관모습. 축구에 미친 부자(父子)가 산다! _2016.3

제95회 전국체전 시상식 마치고. 나한테 축구를 배운 아들은 순수 아마추어임에도 불구하고 중국 동포팀으로 출전하여 동메달을 획득하였다. _2014.10.31

넓찍한 거실에서 아들과 실내축구를 언제나 할 수 있다. 우리가 하는 실내축구는 절대로 게임이 아니다. 기술훈련이다. 한 사람이 공을 던져주면 다른 사람은 머리로, 가슴으로, 무릎으로, 발등으로, 발 안쪽으로 공을 받거나 차서 보낸다. 이런 기본 기술을 응용하면 할 수 있는 여러 가지 훈련프로그램도 생긴다. 마라도나의 자서전을 보면 걸음마를 시작하면서부터 집안의 가구들 사이로 드리블을 하고 놀았다는 매우 반가운(?) 대목도 나온다. 결과적으로 우리의 실내축구는 아주 소프트한 기술훈련인 셈이다. 때로는 질투가 난 딸도, 아내도 끼어들어 가관이다. 이런 우스꽝스런 짓들이 가족을 가장 편안한 공동체로 이어주는 끈이 되기도 한다.

사실 1층은 불편한 점도 많다. 사생활이 상당부분 노출되고, (견딜 만은 하지만) 온종일 이어지는 소음이 있으며, 그 외에 환기와 에너지 효율에도 다소간의 문제가 있다. 그러나 우리가 느끼는 장단점은 생각하기 나름이다. 효율을 중시하느냐, 아니면 다소 불편하더라도 소박한 행복을 얻을 것이냐는 우리 생각의 몫이다. 내가 생각하는 삶의 두 주제 '효용'과 '낭만'은 오늘도 어김없이 나에게 묻는다. "효용이냐? 낭만이냐?" _2010년 10월, 푸른 제천

## 축구,<br>그 신나는 인간의 놀이

스포츠를 간단히 정의하면 '제도화된 신체경쟁'이다. 간단하지만 매우 적절한 정의다. 스포츠는 기본적으로 몸으로 경쟁을 하는 것이다. 그런데 아무런 제약이 없는 신체경쟁이 아니라 일정한 규칙을 정해놓고, 그 규칙을 준수하면서 경쟁하는 것이다. 말하자면 신체경쟁을 제도화시킨 셈이다. 하지만 스포츠도 넓은 의미에서는 인간의 '놀이'이므로 제도가 너무 복잡하면 놀이의 재미가 반감된다.

'제도'란 넓은 의미에서 경기규칙이나 예절, 묵시적인 관례 등을 포함한다. 스포츠는 종목별로 각기 다른 제도를 갖고 있다. 축구는

구기종목 가운데서도 다른 종목에 비해 규칙이 매우 간단하다. 축구의 규칙은 주로 사람, 공, 라인 이 세 가지 변수에 기인한다. 즉 사람이 공을 갖고 라인 안에서 목표를 달성하면 된다.

그러나 배구, 탁구, 배드민턴, 테니스 등 네트를 사이에 두고 하는 구기종목은 이 세 가지 변수에 네트라는 변수가 하나 더 있다. 그런데 네트는 그냥 산술적으로 변수 하나가 더 있는 게 아니다. 네트 하나로 인해서 복잡한 규칙과 부수적인 예의나 관례 등이 수반된다.

농구는 같은 구기종목이고 경기 스타일도 축구와 매우 흡사하지만 스텝이나 손의 동작 상황에 따라 반칙을 규정하는 무수히 많은 규칙들이 존재한다. 심지어는 공격자와 수비자의 몸의 각도에 따라서도 반칙이기도 하고, 아니기도 하다.

필드하키는 축구와 가장 흡사한 스포츠다. 단지 스틱을 사용하여 공을 다룬다는 점이 다를 뿐 선수 숫자나 포지션, 전술에 이르기까지 축구와 거의 같다. 그러나 스틱과 관련한 수많은 규칙이 존재하고, 스틱의 높이나 스틱으로 다루는 공의 높이, 나아가서 스틱을 이용한 슈팅 지점 등과 관련해서도 많은 규칙들을 포함하고 있다.

한편, '신체경쟁'은 몸을 부대끼는 것은 물론 달리기, 회전, 점프, 정지 등 몸으로 행하는 모든 행위의 경쟁을 의미한다. 신체경쟁에 관한 한 축구는 타의 추종을 불허할 만큼 격렬하다.

우리가 매우 격렬하다고 알고 있는 미식축구나 럭비는 몸싸움이 심하게 이루어지지만 까다로운 규칙 때문에 경기가 계속해서 중단되는 지루함이 있고, 대부분 정지된 상태에서 몸싸움이 시작되는

몸은 예전 같지 않지만 공을 만나는 설렘은 변치 않는다! _2016.6.19

까닭에 축구에 비하면 격렬한 신체경쟁이 덜하다고 할 수 있다. 앞에서 예로 든 농구나 하키의 경우도 몸싸움 자체는 축구 못지않게 많지만 상당부분이 반칙에 해당되므로 실제로 허용되는 신체경쟁으로는 축구에 못 미친다.

요컨대 축구는 매우 간단한 규칙으로 격렬한 신체경쟁을 하는 스포츠인 것이다. 손을 제외한 모든 신체부위를 이용하여 어떤 형태로 공을 다루든 상관없다. 오버스텝이나 트래블링도 없다. 물론 스틱파울이나 네트 터치를 신경 쓸 필요도 없다. 최소한의 규칙만 지키면 된다. 그렇지만 신체경쟁은 매우 극심하다. 그것도 정지된 상태가 아닌 동적인 상황에서 계속해서 신체경쟁이 벌어진다. 그러기에 선수 자신이 스스로 판단하고 행동할 수 있는 여지가 많다. 이것이 축구가 갖는 매력이다.

스포츠에 있어서 규칙은 꼭 필요하다. 그러나 규칙이 너무 까다롭거나 복잡하면 흥미가 반감되고, 경기가 자주 중단된다. 신체경쟁은 인간이 스포츠를 하는 가장 근본적인 이유 중 하나다. 인간은 본능적으로 신체경쟁을 통하여 개인과 집단의 우열을 확인하고 싶어 한다. 그러므로 아주 간단한 규칙으로 매우 격렬한 신체경쟁을 하는 축구야말로 스포츠의 정의에 매우 부합되는 스포츠라 할 수 있다.

전 세계적으로 축구가 최고의 인기 스포츠로 각광받고 있는 것도 아마 여기에 연유하리라. 나는 축구를 좋아한다. 축구가 갖는 스포츠로서의 단순함(제도)과 남성성(신체경쟁)이 내가 축구를 좋아하는 이유다. 사랑하는 사람을 놓칠세라 쫓아다니듯 예쁘디예쁜(?) 공을 쫓아 특별한 제약도 받지 않고 달리노라면 내 몸은 행복에 겨워 탄성을 질러댄다. 나는 아직까지 축구보다 재미있는 놀이를 경험해 보지 못했다. 축구, 그 신나는 인간의 놀이가 좋다. 참 좋다.

_2010년 11월 15일. 전국교수공제회보

• 02 •

# 축구 지상강좌

2005년 창단 때부터 지금까지 감독을 맡고 있는 아마추어 축구클럽은 '알고 하는 축구, 즐기는 축구'를 지향한다. 그런데 축구를 알지 못하면 즐길 수 없다. 축구를 알고 즐기기 위해서는 기량 못지않게 기본적인 축구지식이 필요하다.

그러나 현실은 필드에 모여서 몸을 쓰기에도 시간이 충분하지 않다. 시간적 · 공간적 제약으로 인하여 필드에서 전달할 수 없는 축구이론과 지식을 클럽 카페의 〈축구 지상강좌〉 란에 간간이 제공해왔다. 그 자료들 중 일부를 여기에 소개한다. 이 내용들은 순수 아마추어인 우리 클럽의 회원들을 대상으로 한 지상강좌임을 밝혀 둔다. 따라서 전문적인 축구이론이라도 가볍고 알기 쉽게, 때로는 예를 들어가며 서술하였다.

우리 축구클럽의 훈련모습. 아마추어지만 제대로 하기 위해 부단히 노력한다. _2010. 가을

초청경기. 강원도에서 장교로 근무하던 아들은 주말 외출을 받아 충남까지 와서 경기를 하고는 그곳에서 바로 귀대하였다. _2010.10.10

왜 이렇게 안 풀리지? 머리가 복잡해진다. _2016.4.23

## 축구의 5대 기술

축구는 기본적으로 공을 발로 차는 운동이지만 손을 제외한 모든 신체부위를 이용하여 공을 다루는 스포츠이기에 축구의 기술은 수도 없이 많다. 그 기술을 세분하여 설명하는 것은 아마 엄청난 시간과 지면이 필요할 터이지만 여기서는 가장 기본이 되는 다섯 가지 기술을 소개하고자 한다. 아마추어는 이 기술만 제대로 익혀도 축구를 즐기기에 충분할 것이다.

### 1. 킥Kicking

축구는 문자 그대로 발로 공球을 차는蹴 운동이다. 따라서 킥은 축구에서 가장 기본이 되는 기술이다. 킥 하나만 제대로 해도 축구를 즐길 수 있다. 아마추어는 물론 프로선수도 가끔 어이없는 킥을 하는 경우가 있으므로 평소에 킥 연습을 꾸준히 할 필요가 있다.

실제로 아마추어에서는 축구를 꽤 오래 했다는 사람도 킥을 '예쁘게' 하는 경우가 흔치 않다. 그것은 그냥 게임 위주로 공을 찼을 뿐 기본기를 익히지 않고 잘못된 킥 동작이 몸에 밴 결과이다. 선수들은 예쁜 킥 한번을 위해 수천, 수만 번의 킥 연습을 한 결과 무의식적으로도 좋은 킥을 할 수 있게 된 것이다.

### 2. 트래핑Ball Trapping

트래핑 또한 축구에서 중요한 기술 중 하나다. 왜냐하면 축구는 공을 차는 것이고, 공을 잘 차려면 움직이는 공을 잘 잡아놓는 기술이 선결되어야 하기 때문이다. 국가대표 출신이면서 프로선수 시절 득점왕과 어시스트 왕을 동시에 획득한 후배에게 단도직입적으로 물어본 적이 있다. "아마추어가 축구를 잘하기 위해서는 무슨 훈련을 중점적으로 해야 되나?" 몰라서 물어본 게 아니다. 내심 확인하고 싶었기 때문이다. 후배 대답은 너무도 간결했다. "축구는 공을 잡아서 차는 것 아닙니까? 결국 잘 잡고, 잘 차는 훈련만 하면 됩니다." 평소 내 생각과 완전히 일치했다. 물론 그게 축구의 전부는 아니지만 그만큼 매우 핵심적인 사항이다. 아마추어에게는 더욱 그렇다. 축구에서는 손을 제외한 모든 신체부위를 이용하여 움직이는 공을 자유자재로 잡아놓을 수만 있다면 그 다음 문제는 한결 수월해진다.

### 3. 드리블Dribbling

축구를 하다보면 일정한 지점에서 공을 잡아 차는 것이 비효율적이거나 곤란한 경우가 있다. 공을 특정방향으로 일정한 거리만큼 운반해야 하는 경우다. 이때 손을 제외한 신체부위를 이용하여 공을 운반하는 기술을 '드리블Dribble'이라 한다. 강조하건대 '드리볼'이 아니고, '드리블'이다. 누구나 알 만한 훌륭한 선수출신이며 TV해설까지 하는 전문가인데도 말끝마다 '드리볼'을 외치는 어처구니없는 경우를 종종 본다. 그 이유는 분명하다. 오랜 세월 운동을 했지만 운동장에서 귀동냥을 했을 뿐 한 번도 전문서적을 주의 깊게 본 적이 없기 때문이다. 'Driball'이란 단어는 아예 존재하지도 않는다. 그래서 '알고 하는 축구'가 중요하다.

드리블을 잘할 수 있다면 대단한 프리미엄을 갖고 있는 셈이다. 드리블 중에서도 화려한 기술인 이영표 선수의 전매특허 '스텝오버Step-over'는 수비수가 알면서도 속고, 그것 하나로 결정적인 득점기회를 맞을 수 있으며, 더 나아가서는 보는 이로 하여금 축구의 묘미를 만끽하게 하는 '선물'을 주지 않는가? '선물' 하니까 생각나는 게 있다. 히딩크 감독의 이영표 선수에 대한 특별한 평가다. "이영표는 감독에게 선물을 주는 선수다." 감독이 선수에게 하는 최고의 찬사다. 감독에게만이 아니다. 이영표 선수는 관중에게도 선물을 준다. 나는 이영표야말로 축구를 제대로 이해하고 있으며, 철학이 있는 축구선수로 꼽는 데 주저하지 않는다. 감독의 입장이 아닌 관중의 입장에서 보더라도 이영표는 최고의 축구선수로서 손색이 없다.

### 4. 헤딩Heading

축구의 묘미 중 하나는 바로 '헤딩'이다. 순우리말로 하면 '머리받기'다. 즉, 머리로 공을 쳐서 보내는 기술이다. 헤딩은 매우 어려운 기술이지만 잘만 익혀두면 강력한 무기가 된다. 헤딩의 강점은 방향이 순식간에 바뀌므로 상대방의 허를 찌를 수 있다는 것이다. 공도 둥글고 머리도 둥글기 때문에 공의 이동궤적은 360도 가능하다. 또한 날아오는 공에 각도를 조준하여 공의 강도를 이용하면 파괴력을 한층 높일 수 있다. 단지, 아마추어에게 고도의 헤딩훈련을 요구하기에는 무리가 있다. 실은 나도 젊을 때 경기 중에 점프헤딩을 하다가 상대방의 등에 올라탔다 떨어지는 바람에 졸도했던 끔찍한 기억이 있다. 그 후로는 무의식적으로 거의 헤딩을 하지 않게 되었다. 그러나 헤딩의 기본을 익히는 것은 축구에 있어서 필수다.

### 5. 슈팅Shooting

슈팅은 축구의 마무리 기술이다. 킥도, 볼트래핑도, 드리블도, 헤딩도 궁극적인 목적은 골을 넣는 것이다. 슈팅은 골을 넣을 목적으로 골문에 공을 쳐서 넣는 기술이다. 슈팅의 생명은 정확성이다.

대개 슈팅을 할 때는 강도만을 염두에 둔 나머지 정확성이 떨어지는 경우가 허다한데, 잘못된 습관에서 기인한다. 심지어 대표선수도 너무나 손쉬운 상황에서 어이없는 슛을 하는 경우가 있다. 강하게 들어가나, 데굴데굴 굴러 들어가나 똑같이 한 골인데도 말이다.

따라서 슈팅의 요점은 골키퍼의 위치와 움직임을 읽고 정확하게 슛하는 것이다. 물론 슈팅의 기본적인 몇 가지 훈련패턴이 있지만 실전에서는 변수가 너무 많아 성공률을 높이기가 쉽지 않다. 많은 훈련이 필요하다. _2005년 9월 7일

## 축구의 3요소(3S)

축구를 하는 데는 많은 신체적 · 정신적 요소들이 필요하다. 그러나 그 중에서 가장 핵심적인 것은 기술, 스피드, 체력 세 가지다. 이것은 축구선수에게 꼭 필요한 요소이므로 '축구의 3요소'라고 하며, 이들은 모두 영문 이니셜 S로 시작되므로 '3S'라고도 한다. 3S는 축구에 있어서 선택이 아니라 필수다.

### 1. 기술Skill

모든 스포츠는 그 종목 고유의 기술이 있고, 그 기술을 구사하는 데 필요한 근육과 특유의 운동원리가 있다. 사실 모든 스포츠가 그

고유의 명칭과 정체성을 갖는 것도 이러한 연유緣由에서다.

축구는 축구 고유의 기술이 있고, 이를 잘 익혀야 축구를 잘할 수 있다. 복싱 선수는 하체가 매우 발달했지만, 공을 잘 다루거나 축구 경기 중에 잘 달린다는 보장은 전혀 없다. 또 마라톤에서 달리는 것과 축구에서의 달리기는 전혀 성질이 다르다. 축구에서 공을 다루는 기술이 전제되지 않고는 그 달리기가 무의미하다.

이렇듯 축구에서의 기술은 축구를 하는 데 필요한 제일의 요소이다. 극단적으로 말하면 배가 나와서 달리기가 형편없고 체력이 많이 떨어진 사람이라 할지라도 기술이 뛰어나다면 최소한의 움직임만으로도 축구를 즐길 수 있다. 한편, 체력도 왕성하고 달리기도 잘하는데 공을 다루는 기술이 없다면 불필요한 체력만 낭비할 뿐 효율적인 축구를 할 수 없다.

기술이 중요한 또 한 가지 이유는 스피드나 체력은 선천적인 성격이 강하지만 기술은 후천적으로 얼마든지 개발이 가능하기 때문이다. 그래서 전문 선수들도 끊임없이 기술훈련을 하고 있으며, 그것도 모자라 남몰래 개인훈련을 한다. 그러면 아마추어에게도 기술이 중요한가? 물론이다. 아마추어일수록 기술이 중요하다. 왜냐하면 아마추어에게 전 경기를 쉬지 않고 뛸 수 있는 체력이나 고도의 스피드를 요구할 수는 없기 때문이다. 모든 아마추어들의 목표인 '즐기는 축구'를 하려면 무엇보다도 기술연마가 필요하다. 그래서 볼 트래핑 하나, 킥 하나에서 짜릿한 쾌감을 느끼고, 그 매력에 빠져서 계속해서 축구를 즐길 수 있는 모티브가 마련되어야 한다. 모름지기 축구에 있어서 기술은 절체절명의 요소인 것이다.

### 2. 스피드Speed

축구에서 빠르다는 것은 엄청난 이점을 갖는다. 축구는 한마디로 시간과 공간의 싸움이기 때문이다. 스피드는 시간과 공간이라는 두 가지 요소 중 한 가지, 즉 시간을 지배할 수 있으므로 축구에서 절대적으로 유리한 입장에 서게 하는 요소다.

같은 기술을 갖고 있는 경우에 스피드가 앞선 사람이 우위를 점할 수 있음은 당연하다. 역설적으로 말하면 기술이 좀 떨어져도 스피드가 뛰어나면 어느 정도 기술을 극복할 수 있다. 역대 K리그에서 정재권, 서정원, 김대의 등은 다른 선수들에 비해 개인기가 특별히 뛰어나지 않았음에도 불구하고 상대방에게 위협적인 공격수로서 그 위력을 발휘했던 선수들이다. 해외에서는 오베르마스(네덜란드), 카를로스(브라질), 로벤(네덜란드) 등이 대표적이다. 이들은 기술보다는 자신의 장기인 뛰어난 스피드를 앞세워 한 시대를 풍미했던 선수들로 팬들의 뇌리에 강하게 각인되어 있다.

한 가지 중요한 사실은 축구에서의 스피드가 갖는 속성이다. 축구에서 필요로 하는 스피드는 장거리 경주나 100m 달리기에서 요구하는 것과 다르다. 축구에서는 10m나 20m의 짧은 거리를 순간적으로, 볼을 취급하면서 빠르게 움직여야 한다. 여기서 '볼을 취급한다' 함은 드리블을 하거나 터치하는 것뿐 아니라 볼을 보는 것, 상대방이 취급하는 볼을 주시하는 것, 볼을 간접시야에 넣어두는 것 등 볼의 움직임과 관련된 모든 것을 뜻한다.

현대축구는 '속도와의 전쟁'이라 불릴 만큼 스피드를 중시하므로 스피드는 축구에서 점점 더 중요한 요소로 간주되고 있다.

### 3. 체력Stamina

아무리 뛰어난 축구기술과 스피드를 갖췄다 하더라도 체력이 뒷받침되지 않으면 별 의미가 없다. 축구 경기장은 국제 규격 기준으로 보면 가로 68m, 세로 105m에 이르는 광대한 공간이므로 90분간 이 넓은 경기장에서 자신이 가진 기술과 스피드를 적절히 활용하여 경기를 하려면 기본적으로 체력이 있어야 한다.

체력은 크게 근력, 지구력, 순발력 등으로 구분하는데 스포츠 종목에 따라 필요로 하는 체력 요소가 조금씩 다르다. 물론 대부분의 종목이 이들 세 가지 체력 요소들을 골고루 필요로 하지만 역도에서는 주로 근력과 순발력을, 마라톤에서는 주로 지구력을, 탁구에서는 주로 순발력을 요구한다.

축구는 종합 체력을 요하는 종목이므로 이들 세 가지 체력 요소들을 골고루 필요로 한다. 그러나 굳이 중요도를 따진다면 근력보다는 순발력을, 파워보다는 지구력을 요한다. 축구에서는 마라토너처럼 처음부터 끝까지 줄기차게 뛰는 것보다는 왕복 달리기처럼 interval running이 더 많으며, 스프린터처럼 같은 속도로 전력질주하기보다는 그때그때 완급을 조절하면서 체중을 옮겨야 하기 때문에 순발력이 중요하다. 그런가 하면 어쨌든 90분간 움직여야 하므로 역도 선수처럼 힘을 한꺼번에 다 소진하기보다는 조금씩 아껴서 나누어 쓰는 지구력의 발휘가 중요하다.

축구의 3요소를 향상시키는 특별훈련이 따로 있기는 하지만 대개 축구와 관련된 훈련을 오래 하면 이들 요소가 서서히 향상되어 축구를 하는 데 크게 부족함이 없다. 전문 선수들은 선수 개인의 신체적 성Physical Fitness이나 포지션, 감독의 의도에 따라 요소별로 집중적인 훈련을 시도할 수 있으나 아마추어에서는 정상적인 축구훈련만으로도 충분하다. _2005년 9월 19일

## 축구의 3원칙

축구경기를 하는 데는 개인 또는 팀 전체가 지키고 해야 할 일들이 있다. 축구는 11명의 선수가 한 팀을 이루어 하는 단체경기지만 팀 전체의 경기력을 결정짓는 것은 기본적으로 각 선수가 갖고 있는 개인능력이다. 왜냐하면 경기력은 개인의 능력이 모여서 나타나기 때문이다. 이번에는 개인능력 중에서도 기술적인 능력이 아니라 경기를 할 때 선수 각자가 지켜야 할 세 가지 원칙에 대해 알아보자. 선수 각자가 이들 원칙을 잘 지키는 팀이 경기를 지배할 수 있으며, 바람직한 결과를 얻을 수 있다.

원칙 1. 주위를 살펴라!

축구는 한마디로 시간과 공간의 싸움이다. 싸움의 두 가지 요소 중의 하나인 공간을 지배하기 위한 중요한 전제조건이 바로 주위를 살피는 것이다. 축구의 기본적인 프로세스는 '보고(관찰, 판단), 공을 잡아서(트래핑), 보내는(킥, 패스)' 것이다. 따라서 빨리, 정확하게 보는 것이 무엇보다도 우선이다. 보는 것이 잘 안되면 잘 잡고, 잘 차는 것이 불가능하거나 아니면 무의미해지기 때문이다. 또 편의상 시간과 공간을 구분하지만 사실은 이들이 서로 독립적이지 않다. 말하자면, 선수가 유리한 공간을 확보하거나 볼을 유리한 공간으로 보내는 것이 단지 '공간'만의 문제가 될 수 없는 것이다. 잘 보면 유리한 공간을 점할 수 있을 뿐 아니라 시간을 절약할 수 있다. 결국 잘 보는 것은 유리한 공간과 시간을 확보하기 위한 전제조건이다. 주위를 살피는 것이야말로 개인전술 중에서 가장 중요한 것이다.

그럼, 무엇을 살펴야 하는가? 무엇보다도 상대방과 우군友軍의 위치를 잘 봐 두는 것이 중요하다. '나'를 제외한 21명의 선수들의 위치에 따라서 나의 판단과 행동이 달라지기 때문이다. 또한 공을 봐야 한다. 축구경기에서 사용하는 기구는 오직 공이다. 공의 움직임에 따라 22명의 시선과 몸이 움직인다. 어떠한 경우에도 볼에서 시선을 떼어서는 안 된다. 특히 힘들거나 낙담하여 땅바닥을 내려다보는 것은 금물이다. 그리고 공간과 골문, 각종 라인(골라인, 페널티라인, 터치라인, 하프 라인 등)도 끊임없이 살펴야 한다. 그렇지 않으면 나에게 기회가 왔을 때 규칙을 위반하지 않으면서 최상의 판단으로 최고의 플레이를 전개할 수 없다.

언제 주위를 살펴야 하는가? 이건 우문愚問 같지만 대단히 중요하다. 볼을 갖고 있으면서 주위를 살피는 것도 중요하다. 하지만 더 중요한 것은 볼을 갖고 있지 않을 때 충분히 주변을 살펴두는 것이다. 그래야 짧은 시간에, 정확한 판단으로, 효율적인 플레이를 전개할 수 있다.

주위를 살피는 것이 볼을 차는 것보다 분명히 중요함에도 불구하고 실제 경기에서는 마음이 앞서서 볼만 내려다보고 급하게 서두르는 경우를 종종 본다. 그러나 그렇게 애써서 취급한 볼을 보내야 하는 방향이 정해져 있지 않거나, 엉뚱한 곳으로 보내면 효율은 당연히 떨어지게 된다. 때로는 미리 보아 두고, 때로는 순간적으로 잽싸게 주변을 보고(선수들은 이를 '눈치'라 한다) 판단하는 것이 볼을 차는 것보다 훨씬 중요하다. 올바른 상황 판단을 하기 위해서는 주위를 살피지 않으면 안 된다. 축구는 상황 판단의 경기다. 기억하자! "차는 것보다 보는 것이 먼저다. 뛰는 것보다 보는 것이 먼저다. Look around!"

원칙 2. 주고 뛰어라!

축구는 한마디로 패스 게임이다. 물론 볼을 드리블하며 전진하는 경우도 있고, 한 번에 멀리 보내는 롱 킥도 필요하지만, 기본적으로는 패스를 주고받으며 적진을 하나하나 무너뜨려 골을 얻어내는 패스 게임이다.

따라서 축구에서는 동료를 믿고 적시에 볼을 넘겨주는 협동심이 무엇보다도 요구된다. 동료가 좋은 위치에서, 유리한 상황을 만들어놓고 볼을 기다리거나, 달라고 소리를 질러대는데도 볼을 몰고 앞만 보고 달리는 미련한 플레이는 팀에 결코 도움이 되지 않는다. 그렇게 하면 본인도 불필요하게 체력을 소모하게 되어 다음 플레이를 제대로 수행할 수 없게 된다. 가장 쉬운 축구는 패스를 끊임없이 주고받는 플레이를 하는 것이다.

상대방의 저지를 피하여 동료에게 볼을 넘겨주고 빈 공간으로 이동하면 상대가 예상하지 못한 공간을 창출할 수 있어서 불필요하게 체력을 소모하지 않고도 효율적인 축구를 구사할 수 있다. 또 혼자 드리블을 하는 경우에는 수비수에게 순식간에 압박을 당하여 어려운 지경에 이르게 되지만, 주고 움직이는 전술은 오히려 수비를 순간적으로 무너뜨리는 바람직한 결과를 가져올 수 있다.

자신의 스피드가 뛰어난 경우나 패스할 동료가 없을 때는 치고 달리는kick and rush 방법도 물론 생각할 수 있다. 그러나 역시 가장 효율적 전술은 주고 뛰는 것이다. 그래서 축구에서 가장 기본적이면서도 가장 좋은 부분전술은 2:1 패스라고 한다. 2:1이 능숙해지면 3:1, 3:2 또는 4:2나 4:3 등 다양한 숫자게임을 통하여 적진을 공략할 수 있다. 기억하자! “죽어라고 달리기보다는 호흡을 가다듬고 생각을 하자. 드리블이 옳은지, 패스가 필요한지. 볼보다 빠른 선수는 없다!”

원칙 3. 볼을 기다리지 말라!

축구는 22명이 주어진 공간에서 벌이는 제도화된 경쟁이지만, 개인과 볼이 만나는 순간에는 볼과 나와의 1:1 싸움이 된다. 그때부터 움직이는 볼을 어떻게 맞이하고 제압하느냐가 관건이다. '볼을 제압한다'는 것은 '정확한 볼 트래핑'을 의미하며, 정확한 볼 트래핑을 위해서는 볼을 친절하게 맞이해야 한다. '친절하게 맞이한다'는 것은 볼이 몸에 닿는 순간 몸의 힘을 뺀 상태에서 당기듯 해야 함을 뜻한다. 그 부위가 발이건, 가슴이건, 머리건 할 것 없이 힘이 들어간 상태에서는 볼이 튀어나가 내 볼을 만들 수 없다.

이를 위해서는 볼이 올 때까지 기다리지 말고 '얼른' 나가서 기다리다가 맞이하는 친절함이 있어야 한다. 볼이 나한테 올 때까지 기다려서는 절대로 움직이는 볼을 곱게 잡아 둘 수 없다. 볼이 오기를 기다리지 말고, 볼이 나를 '애타게' 기다리고 있음을 명심해야 한다. 볼은 말을 하지 않는다. 아무런 의사표시가 없더라도 볼의 '마음'을 헤아리는 지혜가 필요하다. 볼을 기다리지 않고 마중 나가면 내가 볼을 빨리 만날 수 있을 뿐만 아니라, 상대에게 차단당하지 않는 혜택도 덤으로 볼 수 있다. 축구가 볼을 가지고 벌이는 경쟁일진대 볼을 빨리 만날 수 있다면, 그것도 '예쁘게' 맞이할 수 있다면 이미 주도권을 확보하는 셈이다. 기억하자! "볼이 나에게 오기를 기다리지 말고, 내가 먼저 볼을 향해 마중 나가자!"

축구의 3원칙을 향상시키기 위한 별도의 훈련은 없다. 반복적인 훈련 속에서 각자 터득해야 할 뿐이다. 어떤 선수가 '지능적인 플레이를 한다'고 할 때, 이는 바로 축구의 세 가지 원칙에 충실한 선수로 보아도 크게 틀리지 않는다. 지능이나 개인기술, 축구경력 등 개인차는 엄연히 존재하지만 늘 원칙을 생각하면서 축구를 즐긴다면 '재미있는 축구, 알고 하는 축구, 효율적인 축구'를 할 수 있을 것이다. _2005년 10월 10일

## 쓰리 백과 포 백

축구에서 흔히 '시스템'이라고 하는 것은 정확하게 말하면 '포메이션'이나. 포메이션은 간단히 말해서 11명의 선수를 정해진 경기장에 공간적으로 배치하는 것(positioning)을 말한다. 편의상 종縱으로는 1선(FW)−2선(MF)−3선(DF)으로, 횡橫으로는 左(Left)−中(Center)−右(Right)로 구분한다.

포메이션은 얼마든지 다양한 형태가 있을 수 있다. 그 중에서 가장 보편화된 포메이션으로 4−3−3, 3−5−2, 4−4−2, 3−4−3 등을 들 수 있다. 이들 포메이션의 장단점과 특징을 구체적으로 설명하면 매우 복잡하고 이론적일 수 있지만, 이들 전체를 관통하는 가장 두드러진 구분은 한마디로 '쓰리 백'이냐 '포 백'이냐다.

사실 포메이션이 경기에 미치는 영향은 미지수다. 아니 극히 미

미하다고 하는 편이 차라리 옳을 것이다. 왜냐하면 포메이션은 정적靜的인 상황에서의 위치를 정하는 것일 뿐 일단 경기가 시작되고 나면 애초의 형태를 유지하기가 거의 불가능하기 때문이다. 그럼에도 불구하고 축구경기에서 항상 포메이션이 거론되는 이유는 포메이션이 전술 운용의 기본 프레임인 동시에 선수를 배치하고 활용하는 기준이 되기 때문이다.

경기력 향상에 관해서 보다 정직하게 말한다면 포메이션보다는 선수 개개인의 기량을 향상시켜서 각자의 역할을 강화하는 편이 훨씬 효과적이다. 다시 말하면 경기력에 미치는 영향은 선수의 '위치position'보다 '역할role'이 훨씬 크다.

그러나 축구경기를 이해하고 포지션에 따른 기본적인 역할을 수행하기 위해서는 포메이션을 알아야 한다. 포메이션에 대한 자세한 설명은 생략하고, 여기서는 '쓰리 백'과 '포 백'에 대한 설명만 하기로 한다.

1. 쓰리 백

쓰리 백Three Back은 문자 그대로 최종 수비 지역에 세 명을 배치하는 것으로 우리나라에서도 전통적으로 많이 사용해 온 수비 시스템이다. 쓰리 백은 기본적으로 수비 라인 맨 뒤 꼭짓점에 스위퍼Sweeper를 두어 가운데를 책임지게 하고 수비 전체를 지휘하게 하는 전형典型이다. 수비능력과 리더십이 뛰어난 수비수가 있을 때 주로 사용한다. 대표적인 스위퍼로 홍명보, 이에로(스페인) 등을 들 수 있다. 홍명보야말로 한국 축구사에 큰 족적을 남긴 선수라 할 수 있다. 그는 뛰어난 스위퍼였을 뿐 아니라 '리베로Libero(자유인)'라는 새로운 역할수행자로서 기억될 것이다.

쓰리 백은 상대방 스트라이커가 두 명Two Top일 때 주로 사용한다. 이는 상대 골게터(스트라이커)를 대인방어對人防禦, Man To Man Defence 하겠다는 의지의 표현이기도 하다. 스위퍼를 제외한 두 명의 수비수가 앞에서 대인방어를 펼치고, 스위퍼는 흐르는 볼을 최종적으로 쓸어내는Sweeping 역할을 하는 개념의 수비 시스템인 것이다.

쓰리 백은 좌우 측면 공격에 대한 대비가 다소 취약할 뿐 아니라, 수비수의 공격 가담이 어렵다는 단점을 갖고 있지만, 미드필더들을 다용도로 활용함으로써 전술운용의 융통성이 있는 시스템이다. 결국 쓰리 백은 (수비수의 공격 가담이 불가능한 것은 아니지만) 기본적으로는 최근 세계적인 추세에 있는 윙백의 개념이 배제되어 있는 수비 시스템이다. 따라서 쓰리 백은 수비에 더 비중을 두는 시스템이며, 필요시 측면 미드필더가 윙백 역할을 수행한다.

### 2. 포 백

포 백Four Back은 최종 수비 라인에 네 명을 배치하는 수비 시스템으로 최근 세계적인 추세에 있다. 포 백은 기본적으로 좌우 측면에 윙백을 두어 상대의 측면 공격에 대비하고, 공격 시에는 이들을 공격에 적극 가담시키는 전형이다. 이 전형에서는 수비능력과 측면 돌파 능력을 겸비한 윙 백의 존재가 필수조건이다.

포 백은 상대방 스트라이커가 한 명일 때 주로 사용한다. 이는 상대 골게터(스트라이커)에 대한 대인방어보다는 상대 공격 전반에 대한 지역방어Zone Defence를 펼치겠다는 의미를 갖고 있다. 수비 시에는 네 명의 수비수가 중앙과 측면에 대한 방어를 든든히 하고, 윙백의 공격 가담 시에는 나머지 세 명의 수비수가 순간적으로 좌우 폭을 넓히는 한편 공수의 간격을 좁혀 수비 부담을 스스로 줄여나가는 높은 수준의 전술적 이해를 요구한다.

따라서 포 백은 좌우 측면 공격에 대한 대비를 철저히 하면서도 수비수의 적극적인 공격 가담이 가능하다는 장점이 있다. 또 포 백은 수비수들의 호흡만 잘 맞는다면 상대를 오프사이드 트랩에 쉽게 유인할 수도 있다. 하지만 포 백을 무리 없이 소화하기 위해서는 뛰어난 체력, 선수간의 호흡 일치, 높은 전술 이해도 등이 요구된다. _2006년 4월 25일

## 축구를 잘하기 위한 세 가지 조건(3B)

축구를 잘하기 위해서는 몇 가지 조건을 갖추어야 한다. 즉 축구를 잘하기 위해서는 기본적으로 기술과 기본요건들을 갖추어야 하고 원칙에 충실해야 하지만 축구를 제대로 이해하고 더 높은 수준의

축구를 하기 위해서는 세 가지 조건을 충족할 필요가 있다. 이들은 모두 영문자 B로 시작되므로 흔히 '3B'라 부른다. 인체의 움직임은 '몸'만으로는 이루어지지 않는다. 인체의 움직임은 기본적으로 대뇌, 신경, 근육의 유기적인 연결 외에 이들과 관련된 관절, 인대 등의 구조적 상호작용과 복잡한 정신작용Mentality에 의해 이루어진다. 축구와 직접적인 관련이 없는 것처럼 보이는 요소들도 경기력에 영향을 미치는 이유다.

### 조건 1. 볼 컨트롤Ball Control

축구를 쉽게 설명하면 '공을 잡아서 차는' 운동이다. '축구蹴球'라는 단어 자체는 알다시피 '찰 축', '공 구'인데 문제는 공이 대부분 멈추어 있지 않다는 것이다. 그러므로 다양한 높이와 거리, 각도로 움직이는 공을 어떻게 잡아 놓느냐가 공을 잘 찰 수 있는 전제조건이 된다.

공을 잘 잡고, 마음대로 조절할 수 있는 능력을 Ball Control이라 하는데 이것이 바로 축구를 잘하기 위한 첫 번째 조건이다. 축구중계에서도 종종 '이번에는 첫 번째 터치가 좋지 않아서'라는 표현을 듣게 되는데 이것이 볼 컨트롤의 중요성을 설명하는 대표적인 예라 할 수 있다. 말하자면, 잘 차려고 해도 컨트롤이 좋지 않으면 그렇게 할 수 없다는 얘기다.

비단 공을 잘 차기 위해서 뿐만이 아니다. 공이 움직이는 상태에서 그대로 공의 방향을 원하는 방향으로 바꾸어 놓는 것도 볼 컨트롤이다. 사실 그냥 공을 멈추는 것보다 이게 더 어렵다. 공을 원하는 대로 자유자재로 다룰 수 있다면 축구가 완성되었다 해도 무방하다.

축구경기에서 볼 컨트롤의 중요성은 아무리 강조해도 지나치지 않다. 그러나 세계적인 선수들도 움직이는 공을 완벽하게 마음대로 컨트롤할 수는 없다. 그것은 축구가 우리 신체 중에서 신경이 가장 둔한 발로 하는 운동일 뿐 아니라 둥근 공을 다루어야 하기 때문이다. 그럼에도 불구하고 축구를 잘하기 위해서는 공을 자유자재로 처리할 수 있는 볼 컨트롤 능력이 요구된다. 따라서 축구를 잘하려면 무엇보다도 오랜 시간 반복적인 훈련을 통하여 공과 친해져서 소위 '공이 몸에 달라붙는' 경지에 이르러야 한다.

현재 볼 컨트롤에 관한 한 타의 추종을 불허하는 두 명의 선수를 꼽는다면 단연 호나우징유(브라질)와 C. 호나우두(포르투갈)를 들 수 있다. 호나우징유가 '부드러운' 컨트롤의 상징이라면 C. 호나우두는 '절도 있는' 컨트롤의 상징이리라. 그들이야말로 축구를 예술의 경지로 승화시킨 축구의 지존이다. 그들의 플레이를 보고 있노라면 설명할 수 없는 전율을 느낀다. 아마도 그들은 볼 컨트롤에 관한 한 축구사에 길이 남을 전설이 될 것이다.

### 조건 2. 신체균형Body Balance

모든 운동은 '몸'으로 한다. 축구도 마찬가지다. 따라서 몸을 원하는 대로 움직여야 운동수행능력이 향상된다. 그러려면 몸의 균형을 잘 잡아야 한다. 특히 축구에서는 빠르게 달리면서, 다양한 상황에서, 그것도 공을 주시하면서 상대를 견제하며 몸의 균형을 유지해야 한다. 그래야 공을 원하는 대로 자유자재로 다룰 수 있고, 우군의 플레이를 도우며, 상대를 속일 수 있다. 몸의 균형을 잘 잡으면 넘어지는 자세에서도 유리한 동작을 이끌어내어 이득을 취할 수 있지만, 반대로 몸의 균형을 잃으면 아주 쉬운 상황에서도 어이없는 실수를 유발하게 된다.

신체균형을 유지하는 데 가장 중요한 것은 무게중심을 잡는 일이다. 기본적으로는 무게중심을 낮게 하여 제2의 동작을 신속하게 취해야 하지만 항상 그렇지는 않다. 때로는 몸을 공중에 띄우거나 넘어짐으로써 유리한 동작을 이끌어내는가 하면, 파울을 유도하기도 하고, 부상을 방지하기도 한다.

무게중심을 잡는 데 '무게'만이 변수는 아니다. 몸의 각도나 팔의 자세, 머리의 각도, 보폭 등이 종합적으로 무게중심에 작용한다. 또 한 가지 아주 중요한 것은 스텝이다. 축구에서는 동적인 상황에서 몸의 균형을 유지해야 하므로 발의 움직임이 매우 중요하다. 즉 스텝을 어떻게 하느냐에 따라 몸의 균형이 결정된다. 그래서 사실 축구훈련에서 매우 중요한 훈련은 스텝훈련이다.

축구경기에서 공을 다루는 능력이 같다고 할 때 몸의 균형을 잘 잡는 사람이 훨씬 유리하다. 왜냐하면 신체균형능력이 좋은 사람이 더 빠르게 공에 접근할 수 있고, 더 정확하게 공을 터치할 수 있으며, 상대보다 더 유리한 자세를 취할 수 있기 때문이다. 신체균형능력은 몸의 평형감각, 유연성, 민첩성, 근력 등이 종합적으로 작용하여 나타나는 결과이다. 따라서 이러한 신체능력을 향상시키는 훈련이 요구된다.

### 조건 3. 지능Brain

운동은 기본적으로 근육을 사용하지만, 중추신경계의 CPU에 해당하는 대뇌에서 정보를 입수하여 처리한 정보를 필요에 따라 적절히 활용하는 것이 무엇보다 중요하다. 왜냐하면 운동의 과정은 감각 수용기受容器가 자극을 수용하여 감각신경을 통하여 중추신경계로 자극을 전달하면, 중추신경계가 정보를 해석하고 운동반응을 결정하고, 운동신경을 통하여 운동자극을 전달함으로써 근섬유가 반응을 일으키는 것이기 때문이다.

따라서 축구경기에서 근육의 사용 못지않게 머리를 쓰는 일이 중요하다. 흔히 '지능적인 플레이를 한다'고 할 때 이는 '근육의 사용'에 상대적인 개념으로 '운동정보의 활용과 처리 및 심리적인 요소의 효율적인 사용'을 의미한다. 말하자면 대뇌를 포함한 중추신경계(흔히 '지능'이라 칭함)를 최대한 활용하는 것이다. 같은 운동능력을 가진 경우, 지능을 최대한 활용하면 당연히 훨씬 나은 결과를 얻을 수 있다. 물론 근육의 사용능력과 지능의 활용능력이 완전히 별개일 수는 없다. 그러나 이것들은 분명히 구분된다. 어떤 선수는 체격도 뛰어나고 근력도 우수하여 축구에 적합한 신체조건을 갖추고 있지만 효율적인 경기를 하지 못하는 경우가 있는가 하면, 어떤 선수는 축구에 부적합한 불리한 체격조건임에도 불구하고 경기를 수행하는 능력이 탁월한 경우가 허다하다. 이는 그 선수가 지능의 효율적인 사용과 뛰어난 심리적 작용 능력Mentality을 갖고 있기 때문이다.

여기에 해당하는 대표적인 선수를 든다면 해외에는 폴 스콜스(잉글랜드), 데쿠(포르투갈) 등이 있으며 국내선수 중에는 윤정환, 최문식, 박강조(전 성남, 재일교포) 등이 있다. 이들은 다른 선수들에 비해 왜소한 신체조건에다 그다지 발이 빠르지도 않지만 지능적인 플레이로 한 시대를 풍미한 선수로 팬들의 기억에 오래 남을 것이다. 피터 크라우치(잉글랜드)는 축구선수 몸으로는 오히려 불편할 정도로 지나치게 큰 키에 빈약한 근육의 소유자지만 영양가 만점의 플레이를 펼치는 '지능적인' 선수로 정평이 나 있다.

일정 수준의 기능을 갖추었다는 전제 하에서는 축구의 기능적인 측면보다 지능적인 측면이 더 중요할 수도 있다. 기억하자! "육체를 지배하는 것은 정신이고, 정신을 지배하는 것은 영혼이다. 인간은 호모 사피엔스다."

이상의 세 가지 조건 중에서 Ball Control과 Body Balance가 하드웨어에 해당된다면, Brain은 소프트웨어에 해당된다. 앞의 두 가지가 눈에 보이는, 기능으로 익혀야 할 조건이라면 Brain은 눈에 보이지 않는, 기능으로 익히기에는 어려운 조건이다. 지능은 대개 선천적으로 결정되는 경우가 많지만 '생각하는 축구'를 꾸준히 하다 보면 조금씩 향상된다. 컴퓨터(하드웨어)가 아무리 좋아도 이 기계를 움직이는 프로그램(소프트웨어)이 부실하다면 좋은 컴퓨터가 무용지

물이 되기 십상이다. 신체조건이 우수하고 기능이 뛰어나다 하더라도 영리한 플레이를 하지 못한다면 그만큼 효율은 반감된다. 따라서 '생각하는 축구'가 요청되는 것이다. _2007년 1월17일

## 좋은 선수의 기준(TIPS)

축구선수가 갖추어야 할 요소는 매우 많다. 그러나 그 많은 요소들도 신체적인 요소와 정신적인 요소 두 가지로 압축할 수 있다. 유리한 신체조건을 갖추고, 지속적으로 기능을 연마한다면 일단은 좋은 선수가 될 수 있다. 게다가 자신을 적절히 통제하고 동료들과의 팀워크를 유지하면서 지능적인 플레이를 할 수 있다면 뛰어난 선수의 조건을 모두 갖추었다 할 수 있다.

체계적인 축구 이론과 훌륭한 지도방식으로 가장 유명한 네덜란드의 축구클럽인 아약스Ajax에서는 좋은 선수의 기준으로 네 가지를 강조한다. 이른 바 'TIPS'라는 것인데 기술Technique, 지능Intelligence 또는 통찰력Insight, 개성, 인성Personality 그리고 속도Speed이다.

아약스는 TIPS 시스템을 기본으로 하는 유소년 프로그램을 통해 세계적인 선수를 무수히 배출했다. 베르캄프, 오베르마스, 시도르프, 크루이베르트, 다비즈, 프랑크 · 로날드 데 부르 형제 등은 TIPS 시스템을 체계적으로 체득하여 명실 공히 세계 최정상급 선수

로 성장하였다.

### 1. 기술Technique

축구를 잘하려면 무엇보다도 공을 다루는 기술이 뛰어나야 한다. 축구선수가 몸으로 다루는 기구는 오로지 '공'이다. 따라서 공을 자유자재로 다룰 수 있다는 것은 뛰어난 축구선수가 되는 데 절대적으로 유리한 조건이다. 여기서 기술의 핵심은 Ball Control 능력이다.

공은 둥글다. 그리고 축구경기에서 공은 항상 움직인다. 이 둥글고 움직이는 공을 원하는 대로 다루어야 한다. 물론 쉽지 않은 일이다. 그러나 축구는 공으로 하는 운동이므로 공을 다루는 능력이 매우 중요하다. 그렇기에 축구의 요소 중에 가장 먼저 '볼 컨트롤'을 들 수밖에 없다. 극단적으로는 스피드가 좀 떨어져도, 체중이 많이 나가도 축구를 잘할 수 있지만 기술이 없으면 절대로 축구를 잘할 수 없다. 특히 '볼 컨트롤'이 안 되고서는 축구를 잘할 수 없다.

아약스에서는 무엇보다도 기술을 중시한다. 유소년 클럽에서는 종종 공인구의 절반 정도 크기의 작은 'Skill Ball'로 볼 다루는 기술을 익힌다. 작은 공은 큰 공에 비해 컨트롤하기가 훨씬 어렵다. Skill Ball을 발등, 안쪽과 바깥쪽, 발바닥, 허벅지, 가슴, 머리 등 팔을 제외한 모든 신체부위를 사용하여 자유롭게 다룰 수 있도록 훈련한다.

### 2. 축구지능Intelligence or Insight

'지능' 또는 '통찰력'으로 표현되는 이 요소는 정신적인 요소로서 신체적 요소인 기술을 제대로 발휘하기 위한 소프트웨어에 해당한다. 지능은 결국 '생각하는 능력'이며, 이는 경기를 꿰뚫어보는 통찰력인 셈이다. 아무리 뛰어난 기술을 가진 선수라 할지라도 경기를 읽는 능력과 순간순간 생각하는 능력이 모자란다면 결코 좋은 선수라 할 수 없다. 그런 선수는 경기에 전혀 도움이 되지 않는다.

기술이 다소 부족해도 늘 생각하면서 경기의 흐름을 이해하는 선수는 좋은 선수가 될 수 있다. 나는 평소 박지성 선수를 보면서 신기하다는 생각을 많이 한다. 특별히 화려한 기술이 있는 것도 아니고 신체조건도 불리한데 팀에 꼭 필요한 선수로 인성받고 있다. 그것도 세계 최고의 리그에서 말이다. 지능 또는 통찰력의 승리라 할 수 있다.

### 3. 개성, 인성Personality

선수 개개인의 신체적 · 정신적 능력은 단순히 기술과 지능(통찰력)만으로 양분할 수 없다. 딱 잘라 표현하기 곤란한 개인능력들도 많다. 여기서 'Personality'는 선수 개인의 '개성 또는 인성Individual Character'을 의미한다.

개인의 능력과 개성을 충분히 발휘하되 팀의 경기력과 조화시키는 지능과 통찰력을 지닌 선수가 많은 팀이 강팀이다. 훌륭한 선수는 대부분 기술이 뛰어나고, 지능적인 플레이도 잘하지만 무엇보다도 자기만의 독특한 특징을 갖고 있다. 경기력을 손상시키지 않으면서 자기 특유의 축구 스타일을 갖추는 것도 축구를 잘하기 위한 조건이다.

#### 4. 속도Speed

여기서 Speed는 단순히 달리기 속도를 의미하지 않는다. 축구에서 필요로 하는 Speed는 '신체반응속도'와 '달리기' 두 가지다. 움직이는 공에 대하여, 상대방의 움직임에 대하여, 자신의 현재 신체상황에 대하여 그리고 경기 흐름에 따른 시간적 · 공간적 상황에 빠르게 반응하는 것은 매우 중요하다. 뿐만 아니라 공에 최대한 빨리 접근하기 위하여, 공을 몰고 상대 진영으로 신속히 전진하기 위하여, 공격해오는 상대를 효율적으로 저지하기 위하여 빠른 달리기가 요구된다.

현대축구를 일컬어 '속도와의 전쟁'이라고도 하는데, 그만큼 축구에서 속도가 경기력을 좌우하는 중요한 요소라는 사실을 말해준다. 사실 축구경기에서 '빠르다'는 것은 엄청난 프리미엄이다. 기술이 좀 모자라도 빠른 선수는 많은 혜택을 누리게 된다. 축구는 속도전이다.

이상의 네 가지 요소 중에서 기술Technique과 속도Speed는 신체적인 요소, 통찰력Insight, 지능Intelligence와 개성, 인성Personality는 정신적인 요소에 해당한다. 결국 축구는 신체적인 능력과 정신적인 능력을 함께 발휘함으로써 수행되는 것이다. 따라서 기술과 스피드를 배양하는 일과, 이를 제대로 구현하기 위한 정신적인 노력이 끊임없이 수반될 때 좋은 축구선수가 될 수 있다. _2008년 1월 25일

## 듀얼 헥사곤 포메이션

축구경기를 하기 위해서는 경기에 임하는 최소한의 포맷이 필요하다. 선수들이 마구잡이로 되는대로 적당한 위치에서 뛰어다녀서는 결코 상대를 이길 수 없다. 소위 '시스템'이라고 하는 '포메이션'이 필요하다. 포메이션은 11명의 선수를 적소에 배치하여 경기 수행능력을 극대화하기 위한 기본 프레임이다. 포메이션이 경기 결과에 절대적이지는 않다 해도(특히, 아마추어에서는) 기본적인 프레임은 있어야 상대와 싸울 수 있다.

듀얼 헥사곤Dual Hexagon은 육각형Hexagon 두 개가 이중으로Dual 겹쳐 있는 형상이어서 붙여진 이름이다. 이 포메이션은 내가 2001년 개발하고, 2003년 논문으로 발표하였으며, 「중앙일보」에 소개된 바 있다.

듀얼 헥사곤은 기본적으로 각 플레이어가 공간을 균등하게 분할하여 사용함으로써 공간밸런스를 유지하는 것을 특징으로 한다. 기

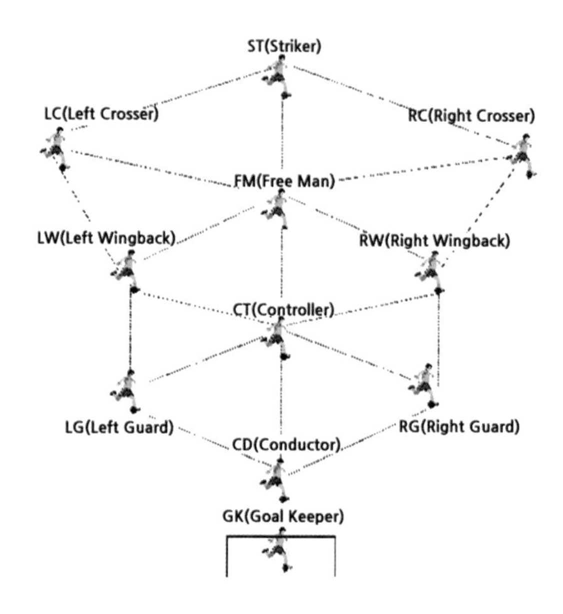


본적으로는 공격수와 수비수, 미드필더 등 위치가 정해져 있지만 각 포지션이 일자 형태가 아닌 삼각형 또는 마름모 형태여서 언제든지 포지션 체인지를 하기에 유리하도록 설계되어 있다. 당연히 각 포지션의 임무도 유연하다. 따라서 위치 그 자체보다는 역할을 중시하는 시스템이라 할 수 있다.

또 그림에서 보듯이 위의 육각형보다 아래 육각형이 작은 이유는 수비 위치로 내려올수록 공간밀도를 조밀하게 하여 위험도를 줄이기 위해서다. 공격위치에서 실수하면 만회할 시간적 · 공간적 여유가 있지만, 수비위치에서의 실수는 골을 허용할 위험성이 훨씬 크다. 그러므로 수비위치에서는 조밀한 포지셔닝이 유리함을 반영한 것이다.

듀얼 헥사곤에서의 포지션 명칭은 파격적이다. 위치보다는 역할을 중시하므로 각 포지션에 있는 선수들의 ‘역할’에 초점을 맞추어 명명命名하였다. 심지어는 농구에서 사용하는 포지션 명칭도 과감하게 도입하였다. 굳이 과거의 포지션 명칭에 집착할 필요는 없다고 본다.

• 03 •

# 이래 저래 축구다

아직도 나의 축구사랑은 끝나지 않았다. 칼럼, 지상강좌로 표현하지 못한 축구사랑의 징표들을 모아 보았다. 편지, 안내문, 회고사, 호소문, 일기, 심지어는 경기 중에 있었던 어이없는 심판판정에 대한 제재 요청시까지 실로 다양하다. 이것도 내 축구생활의 일부분이다. 읽다 보면 축구에 '미친' 나를 발견할 수 있을 것이다.

# 납득할 수 없는 심판판정에 대하여

〈제재 요청서〉

축구발전을 위해 불철주야 애쓰시는 축구협회장님과 임직원들의 노고에 감사를 드리며, 격려와 박수를 보냅니다. 업무가 과중하실 줄 아오나 너무나 어이없는 사건이 발생하여 생활축구 ○○연합회에서는 아래의 상황을 설명 드리고, 이에 대한 조처를 받고자 합니다.

상황

1999년 6월 20일 ○○대학교에서 진행된 〈제1회 월드컵 전국생활체육 축구대회〉 ○○시 예선전 ○구 대표 ○○ vs ○구 대표 ○○○의 경기 중에 다음과 같은 상황이 발생하였습니다.

1:1 동점상황에서 후반 종반 ○○ 팀의 공격수가 슈팅한 볼이 골문 뒤에 설치해 놓은 그물펜스를 넘어갔고, 주심은 본부석에 비치된 예비 시합구를 요청하여 새 볼이 투입되었습니다.(본 대회 공식 지정 사용구인 KIKA 백구)

심판의 사인에 따라 ○○○ 팀의 골키퍼는 볼을 골 에어리어 내에 놓고 자기편 수비수에게 패스함으로써 경기가 재개되었는데 패스를 받는 수비수가 이를 제대로 처리하지 못하자 ○○ 팀의 11번(정○○ 선수)이 인터셉트하여 한번 컨트롤한 후 슈팅, 골로 연결시켰습니다. 그때까지 심판은 어떤 사인도 한 적이 없으며 경기 자체에 하등의 문제가 없는 인플레이 상황이었습니다.

그런데 골이 들어가자 심판이 느닷없이 노골을 선언하고 경기재개를 지시하는 것이었습니다. 어이없는 심판의 판정에 ○○팀에서는 강력한 항의를 하였으며, 관중석에서도 야유와 함께 폭소가 터져 나왔습니다. 심지어는 상대팀에서도 오심을 인정하면서 경기에 임해 줄 것을 종용하는 한심한 지경에 이르게 된 것입니다.

해명

항의에 대한 심판의 해명은 이런 것이었습니다. '○○○ 팀의 골키퍼가 골라인 아웃이 되어 골킥을 한 것이 아니라 오프사이드 반칙이 발생한 것으로 착각하고 프리킥을 하라고 우군에게 볼을 건네준 것'으로 보았다는 것입니다. 즉 심판이 '골키퍼의 착각을 알아차려 동정을 보냈나'는 것입니다.

여기에는 주심의 자실과 판단능력을 의심게 하는 몇 가지 확실한 증거와 논리적 근거가 있습니다. 첫째, 심판의 판정은 선수의 심리적 상태를 판단하는 것이 아니라 물리적 결과에 대한 판정을 내리는 것입니다. 스포츠는 결과를 갖고 말합니다. 과정이 어떻든지, 더구나 선수가 어떤 생각을 가지고 운동행위를 하였든지 물리적 결과는 심리적 상태에 우선해야 한다는 것은 상식입니다.

둘째, 일어나지도 않은 오프사이드, 그래서 자신이 선언하지도 않은 오프사이드로 착각한 골키퍼의 심리적 상태를 어떻게 동정한다는 말입니까? 또 백번 양보하여 만일 오프사이드 반칙이 발생했다면 즉시 휘슬을 불어 경기를 중단시키고 그 위치를 지정하여 경기를 재개했어야 합니다. 선심의 오프사이드 사인도 없었고, 주심의 휘슬도 없었으며, 골라인 아웃이 된 후에도 어떤 시그널도 육성의 지시도 없었을 뿐 아니라 새 볼이 투입된 후 골키퍼에게 경기재개 사인을 보낸 주심이 한참 후에 골이 들어가자 노골을 선언하여 골키퍼의 착각을 동정하는 논리의 판정을 내리는 것은 도저히 설명할 수 없는 과실입니다.

셋째, 만일 골킥이 이루어지는 과정에서 오류가 있었다면 정정 또는 상대 팀에게 간접프리킥을 선언했어야 합니다. 그 어떤 상황의 발생도 없었으며, 심판의 사인도 없다가 골이 들어간 후 경기를 중단하여 노골을 선언하는 것은 말도 안 되는 부당한 처사입니다.

사실 그 일이 있기 전에도 ○○○ 팀의 페널티 에어리어 내에서의 고의성이 있는 핸들링 파울을 잡아내지 않은 것이라든지 도저히 이해할 수 없는 오프사이드 판정 등으로 ○○ 팀으로서는 도저히 상대를 이길 수 없는 심판의 편파판정에 50여 분을 시달려야 했습니다.

결국 경기는 승부차기로 이어졌고, 흥분해 있는 ○구 대표 ○○ 팀의 키커들이 실축함으로써 패하고 말았습니다. 그들은 억울하지만 경기 결과에 승복했습니다. 어떤 역학적 구도가 작용했는지는 알 수가 없고, 알고 싶지도 않습니다. 또 여러 가지 의문에 대해서는 심증만 있을 뿐이어서 사건에 대한 더 이상의 진전은 원치 않습니다.

요청사항

우리 ○구연합회 임원들과 각 단위축구회 회원들은 참을 수 없는 분노를 느끼며 몹시 흥분해 있습니다. 우리는 축구를 그 무엇보다도 사랑하는 축구인들입니다. 이제 생활축구도 많이 발전하여 경기를 관전하는 수준이나 판단능력이 엄청나게 향상되었습니다. 물론 생활체육의 심판들도 생활축구인입니다. 우리는 그들도 축구를 사랑하고 즐기는 우리의 동료라는 의식을 갖고 있습니다. 하지만 우리 모두가 이토록 좋아하는 생활축구가 한 단계 도약하고 건전한 국민생활체육에 일익을 감당하기 위해서는 각자의 직책에 맞는 책임을 추궁할 때가 되었다고 봅니다. 어떤 과실에 대해서도 책임을 묻지 않는다면 생활축구의 발전은 언제까지나 요원할 것입니다.

우리 ○구연합회는 임원들과 각 단위축구회의 뜻을 모아 해당경기의 심판(주심)에 대하여 납득할 만한 제재조치를 내려주실 것을 요청합니다.

심판 인적사항

성명 : ○○○

직책 : 주심

소속 : ○○광역시 생활축구협의회

_1999년 6월 26일

생활축구 ○구연합회 회장 ○○○ 외 임원일동

* 대회가 끝난 뒤 각 단위축구회 임원들이 모여 도저히 납득할 수 없는 이날의 심판 판정은 요즘 말로 하면 뭔가 승부조작의 냄새가 짙다고 판단하여 시市 축구협회에 제재 요청서를 제출하기로 결의하였고 그 문안을 내가 작성하였다. 현장에서 소리를 높여 싸우거나 우격다짐을 하기보다는 정중하게 우리의 요구사항을 전달하는 것이 더 합리적이라는 생각에서 시도를 했지만 속 시원한 답변을 듣지 못해 지금도 아쉬움으로 남아 있다. 이런 처사가 축구발전의 발목을 잡는 저해요소가 될 것이라고 생각하니 씁쓸하다.

## '축구사랑' 오직 한뜻으로

〈호소문〉

혹한이 몰아친 가운데 한해가 저물어 가고 있습니다. 남은 기간 동안도 회원님 모두 건강하시고, 뜻한 바가 이루어지길 빕니다. 2001년이 저물어 가면서 우리나라에는 지구촌 60억의 축구제전인 2002 한일월드컵 무드가 고조되고 있습니다. 이미 본선 조 추첨이 끝난 상태에서 우리나라는 혹시나 하고 기대했던 '행운'이 '불운'으로 대체된 가운데 온 국민이 그토록 갈망하는 16강 염원을 달성하기 위한 전략을 수립하고, 상대팀에 대한 정보수집과 실전을 가상한 훈련에 여념이 없습니다. 우리 모두 2002월드컵에서 우리나라가

16강이라는 전대미문의 이정표를 세울 수 있도록 마음으로 기원하면서 성원을 아끼지 말아야 하겠습니다.

1994년 축구를 좋아하는 뜻있는 사람들이 역경을 무릅쓰고 ○○축구회를 창단했습니다. 그간 우여곡절이 많았지만 지금까지 명맥을 유지할 수 있었던 것은 보이지 않는 회원들의 수고와 희생이 있었기 때문이라 믿습니다. 수고한 모든 이들에게 박수와 감사를 보냅니다. 초창기에 비하면 기술적으로나 경기능력에서 많은 진보도 있었습니다. 저는 1995년 4월에 ○○축구회에 가입하여 지금까지 감독을 역임하면서 회원 모두가 열심히 운동하여 기술을 향상시키고 경기능력을 증대시켜서 축구라는 운동 자체만을 진정으로 즐기기를 간절히 원해 왔습니다. 지금도 그 소망은 변함이 없습니다.

그런데 언제부턴가 우리 축구회는 운동에 대한 열의가 식어갔고, 축구를 좋아하기보다 그것 이외의 것들에 관심을 갖기 시작했습니다. 그 결과 날이 갈수록 축구에 대한 애정은 식어갔고, 결속력과 응집력이 약화되었으며, 회원 상호간에 불신마저 불거져 나오게 되었습니다. 마침내 금년도 정기총회의 성사여부를 걱정해야 하는 지경까지 이르게 되어 임원진에서는 매우 염려스런 날들을 보내야만 했습니다. 그러나 우여곡절 끝에 정기총회를 열어 그간의 축구회 운영을 매듭지을 필요는 있다고 판단하여 지난 12월 11일 2001년도 정기총회를 개최한 바 있습니다.

예상보다는 많은 회원들이 참석하여 진지한 논의가 있었습니다. 논의 결과 현재의 상태로는 더 이상 ○○축구회를 유지할 수 없다는 데 의견의 일치를 보았고, 현재 시점에서 ㅇㅇ축구회를 일단 해체하는 것으로 결정하였습니다. 그러나 8년 가까운 긴 세월 동안 많은 회원들의 노고와 희생으로 가꾸어 온 우리의 축구공동체가 일거에 사라지는 것은 너무도 큰 아픔이기에 여러 가지 의견이 개진된 가운데 다행히 다음과 같은 합의안을 도출하게 되었습니다.

정기총회에서 결의된 사항은 크게 두 가지입니다. 첫째는, 가칭 '비상대책위원장'이 회원들에게 드리는 글을 통하여 새로 개편될 팀에 가입할 것인지 그 여부를 확인하고, 가입을 희망하는 사람들로 팀을 새로 구성한다는 것입니다. 둘째는, 그동안 여러 차례 제기되어왔던 팀 명칭을 이번 기회에 개칭하자는 것이었습니다. 축구선진국들은 이미 오래 전부터 축구가 '클럽'제로 운영되면서 활성화되었으며, 전문선수들 또는 프로팀들과 긴밀하게 연계되어 있습니다. 예상컨대 우리나라도 내년도 월드컵대회가 끝나면 우후죽순처럼 축구 '클럽'들이 생겨날 것으로 생각됩니다. 이미 전국에 상당수의 클럽들이 출범하여 활동하고 있습니다. 우리 축구회도 새로운 각오로 변신을 시도하는 차제에 앞서가는 마인드로 '축구회'라는 명칭을 버리고 '축구클럽'으로 새 출발하기로 결의하였습니다. 그래서 그날 결정된 팀 명칭은 '축구클럽 ㅇㅇ'입니다.

그 자리에서 제가 '비상대책위원장'을 맡기로 결정되어 우리 팀이 처한 현재의 난국을 극복하고 새로운 출발을 책임지는 일을 맞게 되었습니다. 의욕은 충만하지만 막중한 부담감 때문에 선뜻 일을 시도하기가 쉽지 않았고, 차라리 포기할까 여러 번 생각했습니다. 하지만 저에게는 축구를 사랑하는 뜨거운 열정이 있으며, 우리 회원들 또한 저의 축구사랑을 헤아려 양해해 주실 것으로 믿고 감히 이 글을 쓰게 되었습니다.

지금까지는 그간의 진행상황을 말씀드렸습니다. 기존의 생활체육 '○○축구회'는 2001년 12월 11일자로 막을 내렸습니다. 이제 회원 여러분에게 묻겠습니다. 정기총회에서 결정된 바에 따라 새로 출범하는 축구클럽 ○○에 가입하여 축구를 계속하기를 원하십니까? 가입여부를 밝혀 주십시오. 가입을 희망하시는 분들로만 새로운 축구클럽 ○○를 구성할 것입니다. 단, 앞으로 ○○에서는 축구만을 사랑하고, 운동장에서는 축구만을 생각하기로 각오가 된 사람만 가입을 희망하십시오. 이것은 제 개인의 요구가 아니라 정기총회에서 결의된 내용이며 우리들의 의지가 함축된 것입니다.

과거의 살살못을 모두 묻어 버리고, 새로운 각오로 새 출발하는 축구클럽 ○○에 가입을 희망하시는 분은 12월 31일까지 아래 선화번호로 의사를 표시해 주시기 바랍니다. 그러면 1월초에 창립총회를 개최하여 새로운 조직을 출범하고, 앞으로의 계획을 수립할 것입니다. 저는 거기까지만 책임을 지고, 평 회원으로 돌아갈 것을 분명히 밝힙니다.

혹 표현능력이 부족하여 회원 여러분의 마음에 불편함을 드렸다면 너그러이 용서해 주시길 바랍니다. 저무는 해와 함께 과거의 아픈 기억들은 모두 잊어버리고 새로운 각오와 다짐으로 새 출발하는 축구클럽 ○○에서 '축구사랑' 오직 한 뜻으로 즐겁게 운동하는 그날을 기다리겠습니다.

_2001년 12월 20일

축구클럽 ㅇㅇ(구, 생활체육 ㅇㅇ축구회) 비상대책위원장 최동순 올림

* 감독을 맡고 있던 축구팀에서 언제부턴가 운동 자체가 흐지부지해지며 분열조짐이 보여 정기총회에서 특단의 조치를 취하지 않으면 안 된다는 자성의 목소리가 나오게 되었다. 그때 내가 비상대책위원장으로 내정되어 회원들에게 그간의 진행상황을 보고하고 새 출발을 해보자는 취지에서 작성한 호소문(안내문)이다. 그 덕분인지 해체위기를 맞았던 그 축구팀은 새로운 전기를 마련하여 (많은 시간이 지나 멤버들은 대부분 바뀌었지만) 지금까지 잘 운영되고 있다.

## 눈밭축구, 그 행복한 추억

〈일기〉

오늘은 하루 종일 사나운 눈발이 몰아치는 매서운 겨울날씨였다. 나는 매주 토요일 아마추어 축구클럽의 축구를 가르치고 있다. 그런데 날씨가 개 같고 고양이 같으니 이 일을 어쩌랴! 회원들 모두 이날을 얼마나 손꼽아 기다리는데.

사실 애당초 어떤 조건도 없이 지도요청에 응했었고, 축구사랑 한마음으로 황금 같은 주말에 최대한 다른 스케줄도 잡지 않고 있는데 날씨가 좋지 않으면 나도 왠지 서운하다. 아직 부족한 점이 많지만 나름대로 준비된 축구이론과 실기능력으로 열심히 가르치고 있다. 선수들도 나를 전적으로 신뢰하고 있어 고맙고 다행스럽다.

각설하고, 오늘은 정말 내 생에 가장 악조건에서 축구를 한 하루였다. 눈보라가 드넓은 운동장을 사정없이 몰아치고, 온몸은 살을 에는 추위에 오그라들었지만 축구를 향한 뜨거운 열정으로 무장한 우리의 젊음을 잠재우진 못했다. 솔직히 혼자 같으면 그만두고 싶었다. 단단히 방한防寒 무장을 했건만 그 강력한 추위와 눈보라를 막아내기에는 역부족이었다. 그래도 평소와 다름없이 스트레칭과 웜 업, 그리고 기본기 훈련과 간단한 부분전술 훈련까지 단축 실시하고 게임을 진행하였다. 정식 경기는 아니지만 한 치의 양보도 없는 공방전이 거듭된다. 오늘따라 수원에서 친구 따라 내려온 선수 출신 한 명이 가세하여 그야말로 경기는 한 수준 'up' 되었다. 운동을 해본 사람은 잘 알겠지만 원래 운동을 좀 하는 사람은 잘하는 사람하고 같이 하기를 원하며, 그럴 때 경기수준이 올라가는 것이다. 이럴 때 나는 신이 난다. 오십을 코앞에 두고 있지만 이제 막 현역에서 은퇴한 20대 후반의 선수와 지지 않기 위해 피 튀기는 경쟁을 벌인다. 이럴 때 나는 전율을 느낀다. "아직 내가 살아 있구나! 아직도 젊음의 끓는 피가 내 안에 있단 말인가? 아니 아직도 내 기량이 녹슬지 않았구나!" 행복한 착각(?)에 빠져 정신없이 게임에 몰두한다.

2시간 여 치열한 경기가 끝나고 혼자 결산을 해본다. 경기력은 당연히 그 친구가 나보다 낫지만 믿기지 않게도 기록상으로는 오히려 내가 이겼다. 참 묘한 일이다. 1골에 2도움, 공격 포인트 3점을 올렸다. 포인트 자체는 그날의 컨디션이나 운도 작용하는 것이어서 한두 경기를 갖고 단언하기에는 무리가 있지만 어쨌거나 나는 행복하다. 젊은이들과 함께 눈밭을 뒹굴 수 있는 열정이 있고, 이제는 서서히 하향곡선을 긋고 있지만 아직은 쓸 만한 내 기량이 남아 있으니 다행이다.

운동이 끝나고 목욕을 하러 간 곳이 또 묘하다. 2002 월드컵 때 대표선수들이 묵었던 호텔에 들어서니 영광의 태극전사들이 우릴 맞는다. 사진 속의 선수들이 일어나 그때의 영광을 다시 소리치는 듯하다. 서로 알몸을 보이며 우정(?)을 확인하는 순간도 정겹다. 나는 축구를 사랑하고, 아직껏 즐기고 있다는 사실 하나만으로도 한없이 행복하다.

오늘은 우리 축구클럽의 송년회를 하는 날이기도 하다. 많은 인원이 푸짐하게, 왁자지껄 송년회를 하기에는 삼겹살집이 제격이다. 널찍한 삼겹살집 군데군데에는 벌써 몇 팀이 연기를 피워 올리며 고기를 구겨 넣고 있다. 간단한 회의와 식사, 그리고 이어지는 연말시상. 그야말로 왁자지껄, 허허실실, 좌충우돌 가관이다. 그걸 지켜보는 것도 참 재미있다. 그 와중에 갑자기 모든 시선이 나한테로 집중되는 것을 느낀다. 무슨 일인가? 소리가 잘 들리지 않아 아무리 귀를 기울여 봐도 주변이 너무 시끄러워 도무지 알아들을 수가 없다. 한참 후에 옆에 앉아있던 회장이 재방송을 하는데, 요는 "감독님, 한 해 동안 잘 가르쳐 주셔서 고맙습니다." 하는 멘트였다. 그러더니 봉투 하나를 건넨다. 우레와 같은 박수가 터져 나오고 난 머쓱해졌다. 그저 축구사랑으로 한 것뿐인데 예상 밖의 선물을 받고 보니 쑥스럽다. 개봉해 보니 선물도 축구용품 상품권이다. 어쩔 수가 없다. 눈밭에서 축구할 때부터 알아봤다. 축구에 미친놈들이다.

멤버 중엔 내 아들(대학 1년)도 있다. 어릴 때 몸이 약해서 내가 하는 어린이 축구교실에 항상 제일 먼저 등록시켜 열심히 가르치고, 집에서는 개인훈련까지 시켰더니 지금은 아주 잘한다. 나와는 선의의 경쟁을 하려는 듯 둘이 붙으면 치열한 볼 쟁탈전이 벌어진다. 내 자녀교육의 최대 성공작이라 감히 말한다. 부모와 함께 운동하는 자식은 절대 탈선하지 않는다는 믿음도 있다.

나는 1층으로만 이사 다닐 작정이다. 아들과 함께 축구를 하기 위해서다. 지금도 널찍한 거실에는 꼭 필요한 물건 외에는 두지 않는다. 축구를 하기 위해서다. 우리는 조그마한 skill ball로 집에서도 축구기술을 익힌다.

너무도 추웠지만 행복했던 하루가 저물어 간다. 이런 행복한 날이 나에게 영원하길 기도한다. 열심히 주어진 일을 하고, 일한 만큼 소유하고, 좋아하는 것을 즐길 수 있다면 인생 최고의 행복은 이미 내 안에 있다고 나는 믿는다. 난 오늘도 행복하다. _2005년 12월17일

## 대전의 행복, 대전시티즌

〈편지〉

시티즌이 대전을 연고로 출범한 지 10년째. 시티즌이 출범할 때의 흥분을 간직하며 기대를 안고 경기장을 찾을 때마다 묘한 설렘과 기대가 밀려옵니다. 하지만 그 기대가 항상 충족될 수는 없는 법. 때로는 환희를 안고, 때로는 아쉬움을 안고 다음 경기를 기대하며 경기장을 빠져나가는 선수와 팬들의 모습은 언제나 축구에 대한 애증愛憎으로 점철되어 있습니다.

그 가운데 지난 10월 29일은 가장 행복한 날이었습니다. 10년 동안 수없이 많은 패배와 승리가 있었지만 그날 광주전은 참으로 멋진 경기였습니다. 3:1의 역전승이 그렇고, 경기내용이 그렇습니다. 그러나 그 무엇보다도 마지막 홈경기에서 보여준 근사한 팬 서비스가 우리를 한없이 행복하게 했습니다. 사람들이 경기장을 다 빠져나갈 때까지 파란 그라운드를 바라보며 그 순간의 흥분과 감동을 놓지 않고 싶었습니다. 스포츠가 인간에게 주는 감동의 진수를 보여준 선수들에게 끝없이 박수를 보내고 서있었습니다.

저는 그날 또 한 번 생각했습니다. 현재 상황이 어려운 시민구단에게도 살 길은 있다고. 대전도 밀라노나 마드리드 같은 축구도시가 될 수 있다고. 축구를 너무도 사랑하는 사람, 저는 축구사랑의 연장선상에서 대학원에 진학하여 늦깎이로 체육을 공부할 수 있는 기회를 얻었습니다. 당연히 축구에 관한 논문을 썼고, 하필이면 시티즌에 관한 것입니다. 연구의 결과물은 공유하고 활용될 때 그 가치가 있기에 그동안 망설이던 저의 졸작拙作 논문을 용기를 내어 구단에 보내기로 '그날 그 자리에서' 마음먹었습니다. 이 연구의 결과물이 구단 발전에 조금이나마 도움이 될 수 있다면 저에게 큰 기쁨이 될 것입니다.

시티즌을 사랑하며 끝없는 성원을 보내는 팬들이 있기에 시티즌은 영원히 대전 시민의 곁에서 행복을 가져다주는 문화콘텐츠가 될 것을 믿어 의심치 않습니다. 원컨대 대전 시티즌이 감정을 잘 드러내지 않는 우리 충청인의 가슴에 열정의 불을 지펴서 우리 지역 문화와 경제를 발전시키고, 나아가서 '사회통합'이라는 스포츠의 기능을 다해 줄 것을 기대합니다. 구단의 무궁한 발전을 기원합니다.

_2006년 11월 4일

축구를 사랑하는 사람 최동순 올림

# 어린이 축구교실을 다시 시작하며

〈안내문〉

유난히 비가 많이 내리던 지루한 여름이 지나가고 아침저녁으로 선선한 바람이 불어와 초가을을 느끼게 합니다.

지난 여름방학 비와 무더위 가운데 진행된 축구교실의 친구들이 눈에 어른거립니다. 참으로 귀엽고 사랑스러웠습니다. 저의 어린 시절을 보는 것 같아 감회도 새로웠습니다. 그들과 함께한 한 달이 저에게도 소중한 추억으로 남을 것입니다.

어려서부터 그토록 좋아하던 축구를 결국 업業으로 택하지는 못했지만 50대 중반인 지금도 저의 삶의 일부가 되어 즐기고 있습니다. 곰곰이 생각해보면 결과적으로 더 잘된 일이지만 여전히 축구와의 끈질긴 인연을 끊지 못하고 있습니다.

한 달 만에 끝나는 축구교실을 아이들이 어찌나 아쉬워하던지, 마치던 날 자리를 뜨지 못하고 주위를 맴돌던 아이들의 모습에 가슴이 뭉클했습니다. 저도 아쉬움이 컸습니다. 다시 교장선생님을 만났습니다. 축구교실을 이어가기로 하였습니다.

이번 2차를 진행하면서는 축구에 대한 열정, 성실성, 출석률, 기량 등을 나름대로 평가하여 3차 과정 선발에 반영할 예정입니다. 혼자서 많은 선수를 제대로 지도하기가 어렵기 때문이기도 하지만, 주어진 과제에 대하여 동일한 과정을 거치면서 스스로 노력하여 진보를 이룩하고 선의의 경쟁을 하는 법을 가르치려는 교육적 의미도 있습니다.

그러나 제가 지향하는 목표는 전문선수를 육성하는 게 아닙니다. 제 경험으로나 주변의 선수들을 보면 그 길이 얼마나 힘들고, 성공 확률이 낮으며, 은퇴 후의 생활이 애매한지 잘 알고 있기 때문입니다. 그러나 정말 소질이 있고 본인이 간절히 원한다면 그 길을 가는 것은 차후 본인의 결정에 따르면 될 것입니다.

저는 축구를 통하여 자신을 극복하고, 동료와 협동할 줄 알며, 이웃을 돌아볼 줄 아는 품성을 갖춘 건강한 어린이를 기르는 것을 지향하고 있습니다. 거기에다 축구를 잘하는 매력 있는, 멋진 아이들로 키우고 싶습니다.

자라나는 어린이들에게 교육의 목표를 달성하기 위한 일환으로 시행되는 축구교실에 부모님들의 이해와 관심, 성원을 당부 드립니다.

_2011년 9월 1일

○○초등학교 어린이 축구교실 지도자 최동순 올림

* 교장선생님과 의기투합하여 축구교실을 운영하기로 하였다. 한창 뛰어놀아야 할 어린이들이 학원으로, 공부방으로 반복적인 문제풀이식 학습에만 온통 매달려 있는 현실이 안타깝다는 현실인식에 공감한 것이다. 전에도 여러 번 축구교실을 운영했던 경험이 있지만 새로운 아이들을 만나 그들과 함께 땀 흘리며 축구기술을 가르쳐 주는 일은 보람 있었다.

결국 인연의 끈을 끊지 못하고 3년 반을 아이들과 축구하며 놀았다. (아이들의 성화에 못 이겨) 어둠이 완전히 내려앉을 때까지 운동을 하고 나서 그라운드에 누워 밤하늘을 쳐다보던 그때의 기억이 새롭다. 우리 집에서 1박 2일을 함께 지내며 파티를 열어 그간의 활동을 점검하고 즐기던 추억이 쌓여있다. 그 녀석들과는 지금도 소통하며 우정(?)을 나누고 있다. 1기생들은 벌써 고등학생이다.

어린이축구교실 파티 하던 날. 아이들은 한 학기가 끝날 때마다 우리 집에서 1박하며 파티를 하자고 성화다. 덩달아 나도 즐겁다(?) _2012.7.27

20여 년 전 처음으로 시작한 어린이 축구교실 2년차. 내 아들도 그때 축구를 처음 배웠다.
_1997.8

캄보디아 단기봉사활동, 1일 축구교실 _2012.2

# 태양처럼 뜨겁고,
# 하늘처럼 순수하게

〈회고사〉

본격적인 여름을 예고하는 뜨거운 태양이 작열하고 있었다. 천연 잔디라고는 하지만 잔디가 듬성듬성한, 풀밭에 가까운 KISTI(한국과학기술정보연구원)의 운동장이 왠지 친밀감이 들었다. 몇 그룹의 축구 마니아들이 모여 '건강과 재미'라는 두 마리 토끼를 잡기 위해 다듬어지지 않은 발길질을 하고 있었다.

지난겨울 김○○ 초대회장의 부탁에 못 이겨 충남대 남부운동장을 따라간 게 인연의 끈이 되었다. 충남대 생물학과 동문들을 중심으로 [Run & Gun]이라는 팀이 운동을 하고 있는데, 동문이 아닌 김 회장도 함께하고 있단다. 하지만 체계적인 운동이 되지 않으니 와서 좀 지도를 해주면 좋겠다는 부탁에 흔쾌히 응하면서 일단 [Run & Gun]과의 만남이 시작되었다.

당시 나는 본업이 아님에도 불구하고 축구 포메이션을 개발하여 논문으로 발표한 내용이 신문에 소개되는가 하면 축구를 좀 더 깊이 연구해 볼 요량으로 체육 대학원에 진학하여 공부하고 있었다. 축구사랑의 정점에 있을 때라 축구와 관련된 일이라면 무엇이든 하고자 하는 열정으로 충만해 있었다.

그러던 어느 봄날 KISTI의 한 연구원으로부터 전화를 받았다. 연구소 내에 축구동호회가 있는데 제대로 축구를 배우고 싶다며 지도를 부탁한 것이다. 신문기사와 인터넷 검색을 통해 나를 찾았다며 꼭 부탁한다는 당부를 하기에 기꺼이 허락을 했다.

그리하여 주중에는 저녁시간을 이용하여 KISTI 동호회 [Welkins]와, 주말에는 [Run & Gun]과 운동하게 되었다. 사실 꾸준히 축구를 연구하며 어느 정도 실력이 갖춰진 팀에서 오랫동안 운동하던 내게 그 팀들이 성에 찰 리 만무했다. 하지만 인원이 많든 적든, 잘하든 못하든 그것은 내게 문제가 되지 않았다. 오히려 인원이 적어야 제대로 지도할 수 있다는 걸 어린이 축구교실을 지도하면서 익히 알고 있었다.

그러던 중 시간이 지나면서 자연스럽게 두 팀을 합병하자는 의견이 오가고, 서서히 주말에 함께 운동하는 시스템으로 변해 갔다. 그렇게 봄날이 지나갈 무렵 마침내 두 팀의 연합으로 구성된 새로운 '클럽'을 만들기로 의견이 모아졌다. 기존의 [Run & Gun] 멤버들이 주축을 이루고 [Welkins] 멤버 일부와 기타 외부인들이 합류하는 형식으로 드디어 [FC 싸카]가 출범하게 되었다. 새 유니폼을 맞춰 입고 파이팅을 외치던 뜨거운 그날의 감격을 잊을 수 없다. 우리의 축구열정은 태양처럼 뜨겁고, 축구사랑은 하늘처럼 순수했다. 하지만 연구원들의 업무 특성상 그 후 우리와 계속 함께하지 못한 [Welkins] 멤버들을 생각하면 아쉬움과 안타까움이 크다.

사정에 따라 KISTI, 갑천변, KAIST, 충남대 등으로 운동장을 옮겨 다녔지만 우리의 시스템은 변함없이 가동되었다. 무조건 경기만 하는 팀이 아니라 웜 업, 스트레칭, 스텝 훈련, 기본기 훈련에 간단한 부분전술 훈련, 가끔은 축구이론 강의까지 제대로 된 축구클럽의 면모를 차츰 갖추어 나가게 되었다. 축구의 재미를 흠뻑 느끼며 알아가게 된 셈이다. 그 시스템은 지금도 변함이 없다.

비바람도, 눈보라도, 명절도 우리의 축구사랑을 막을 수는 없었다. 10년 동안 단 한 주도 운동을 거른 적이 없는 이해할 수 없는(?) 팀 정신을 지켜왔다. 어떤 때는 장소가 잘못 공지되어 풋살장에서 비를 맞으며 혼자 두 시간을 운동하고 가는 회원도 있었으니 팀의 정신이 얼마나 소중한 것인지를 알 수 있다. 축구를 진정으로 사랑한다는 것이 무엇을 의미하는지 말이 아니라 실천으로 보여주는 사례라 하겠다.

폭우 속에서도 쉼 없이 달리던 여름날의 추억, 발목까지 빠지는 눈밭에서 턱없이 미끄러지며 공을 쫓아다니던 즐거움, 한겨울 갑천에 뛰어들어 물에 빠진 공을 건져내고는 사시나무처럼 떨다가 급기야 귀가할 수밖에 없었던 고귀한(?) 사연은 우리만이 간직한 아름다운 추억이 되어 영원히 [FC 사카]의 심장을 지켜줄 것이다. 회고사를 쓰면서 지금 이 대목에서 나는 가슴이 뭉클하여 눈시울을 적신다.

팀 창단 이전부터 우리 멤버들과 함께해 온 나에게 [FC 싸카]의 10년의 역사는 나의 중년을 건강하게 지켜준 고마운 친구이자 축구사랑의 결정체다. 결코 짧지 않은 10년을 회고하면서 헌신적인 노력으로 클럽 발전의 초석을 다진 김○○ 초대 회장과 지○○ 초대 주장, 어려운 시기에 팀 운영을 맡아 고생한 이○○ 2대 회장, 그리고 현재의 안정적인 팀 운영에 헌신하고 있는 권○○ 회장과 임원 모두의 노고에 치하와 박수를 보낸다.

우리 회원 모두의 사랑과 헌신이 녹아 있는 [FC 싸카]의 창단 10주년을 마음깊이 자축하며 대를 이어 계속 좋은 역사를 써가는 아마추어 축구클럽의 모델이 될 것을 기대한다. 언제까지나 우리의 축구열정이 태양처럼 뜨겁고, 축구사랑이 하늘처럼 순수하기를 간절히 소망한다. 회고사를 쓸 수 있는 건 현재 팀이 건재하다는 방증이며, 앞날의 희망이 있기 때문이다. 그것 때문에 나는 또 행복하다!
_2015년 7월

* 2005년 창단한 우리 축구클럽은 2015년 창단 10주년을 맞아 『FC 싸카 10년사』를 발간하였다. 아마추어 축구클럽에서 쉽지 않은 일이지만 이런 것들이 매우 의미 있는 일이라 생각한다. 그간의 추억들을 글로, 사진으로 모아 기념 책자를 발행하고, 자그마한 호텔을 빌려 조촐한 기념식도 거행하였다. 회원 가족들과, 꾸준히 교류해 온 인근 축구팀들의 축하를 받으며 언론사의 취재까지 곁들여져 뜻 깊은 10주년을 맞이하였다. 이 글은 팀 창단 당시부터 지금까지 감독을 맡고 있는 [FC 싸카]의 10년사에 게재한 〈회고사〉다.

축구클럽 10년의 발자취 _2015.11

축구클럽 10주년 기념식 _2015.11.7

3부

# 병영생활

# 병영 생활

여자들이 제일 싫어하는 얘기가 군대 얘기다. 반면에 남자들은 군대 얘기만 나오면 흥분한다. 근무부대에 관계없이 무용담이 강을 이루고, 과장된 리액션으로 후끈 달아오른다.

아무튼 군대를 알거나, 이해하거나, 그리워하는 이들은 그 시절을 추억하고 싶어 한다. 하지만 군대를 모르거나, 가 본 적이 없어도 괜찮다. 착각인지는 몰라도 군대를 무지하게 궁금해 하는 여성들도 있을 것이다. 책을 읽는 지루함을 덜어주는 효과도 기대한다.

이 글들은 아주 오래된 전설 같은 얘기다. 글의 수준도 허접하다. 내 나이 20대 초반의 애송이 시절에, 그것도 생각과 행동의 자유에 상당한 구속이 있던 군대에서 쓴 글이니 오죽하랴! 그래도 내게는 정겹다. 아마도 군대 생활의 추억이 있는 이들에게는 다들 그러하리라. 혹은 군대를 궁금해 하는 이들에게도 재미가 있을 것이란 무지막지한(?) 착각에 힘입어 기록으로 남아있는 군대 생활의 일부를 살짝 밝힌다.

여기 소개하는 글들은 군대 생활 중에 끄적여 놓은 노트 원본에서 발췌한 것이다. 일기, 단상斷想, 가상 작전 시나리오, 주례사, 전역기 등을 가급적 그 당시 표현을 살려 소개한다. 책 내용이 다소 딱딱할 수 있어 양념 삼아 삽입하였다.

전역 직전, 축구대회 마치고. 아마 컬러TV가 걸린 중대 대항대회였던 걸로 기억한다.
_1982.2

일병시절, 전우들과 _1979.12

# 훈련소에서

〈단상〉

5월의 아주 화창한 봄날이었다. 온통 신경을 써서 길러온 더벅머리를 싹둑 잘라 버렸다. 내 청춘이 더벅머리와 함께 이발소 바닥에 나가 떨어졌다. 거울에 비친 하얀 머리가 어찌나 낯설던지. 슬프기도 하고 우습기도 했다. 앞으로 펼쳐질 파란만장한 군 생활을 생각하면 슬프지만 성공한(?) 청춘의 상징 같아서 그냥 웃어 버렸다.

군용열차가 플랫폼에 들어올 때는 머리가 온통 하얘지고 심장이 멈추는 듯했다. 눈에는 아무 것도 보이지 않고 귀에는 아무 소리도 들리지 않는 '마취' 상태가 꽤나 길게 이어졌다. 무얼 어떻게 해야 할지 도무지 갈피를 잡을 수가 없었다. 마침내 열차가 출발할 때 ○○이 녀석은 그 큰 덩치로 어찌나 소리 내어 울어대던지. 친구의 울음에 여기저기서 흐느끼는 소리가 들려오자 나도 속으로 울고 있었다. 우리의 이별이 눈앞에 다가온 것이다. 친구들을 뒤로 하고 이제 떠나야 한다. 억장이 무너져 내리는 것 같았다. 하지만 참아야 한다. 눈물을 보여서는 안 된다. 슬픔을 그저 꿀꺽 삼켰다.

논산에서 열흘을 대기하고 난 후 영문도 모른 채 군용트럭에 오르자마자 인솔병사가 잔뜩 겁을 준다. 이 트럭에 오른 놈들은 죽었다 복창하라고. 칠흑 같은 어둠을 뚫고 오랜 야간주행 끝에 다다른 강원도 이곳. 그 이름도 악명 높은 보병 제○○사단 신병교육대에 도착했다. 온몸 수색에 이은 관물정돈, 그리고 이어지는 입소 절차는 고비 고비 군기교육대를 방불케 했다. 생각하기도 싫은 악몽의 시간이 지나고 잠시 눈을 붙인 뒤 바로 이어진 신병교육은 난생 처음 경험하는 고난의 연속이다.

3년 이상 긴 머리에 덮여있던 뽀얀 귀가 오뉴월 땡볕에 갈라터진다. 흙먼지가 땀에 범벅이 되어 내 귀는 고물 묻힌 인절미 같다. 50

분 교육이 끝날 때마다 소금 한줌을 털어 넣고는 연병장 옆 도랑에 흐르는 물을 소처럼 들이킨다. 순간 자괴감이 들기도 하지만 부모 형제와 조국을 위해 내가 할 수 있는 소중한 임무의 대열에 올라 있다는 자부심이 발동한다. 이겨내야 한다.

육체적으로 견디기 힘든 훈련에다 정신적으로 참기 힘든 순간순간이 정신없이 계속된다. 정말 눈코 뜰 새가 없고, 정신을 차리기가 쉽지 않다. 그래도 하루 일과가 끝나면 전우들의 우정이 있고, 약간의 휴식이 있는 내무반이 기다린다. 넉넉한 형편은 아니었지만 그동안의 내 생활이 얼마나 안락하고 평화로웠는지 새삼 반성하며 마음을 다잡아본다. 8주만 참자. 자대에 가면 조금은 낫겠지, 스스로를 위로하며 눈을 감는다. 그런데 갑자기 드는 생각 하나, 국방부 시계는 너무도 천천히 간다. _1979년 7월. 어느 날

## 1980년 8월 1일

〈일기〉

봄바람인지, 가을바람인지 서늘한 바람이 이 여름에 불어온다. 수마가 할퀴고 지나간 폐허의 현장에도 이 바람이 가 닿았으면 좋겠다. 그래서 복구민들의 땀을 식혀줬으면 좋겠다.

오늘 김 목사님 떠나시다. 어젯밤 전역예배는 참 성대했다. 우리 모든 신우회원은 뜨거운 기도로 그의 앞길이 형통하기를 기원했다. 온 교회가 열기로 뜨거웠다. 그 열기는 그가 우리에게 남기고 가는 선물 같았다. 생각해 보니 군에서 이런 일이 있다는 게 참 신기하다.

자칫 삭막하고, 신앙을 망각한 채 생활하기 쉬운 병영에 복음의 씨앗을 뿌리는 고마운 분이었는데. 인간적으로 섭섭함을 금할 길이 없으나 새 출발을 하는 종의 발걸음은 그래도 희망적이라 스스로를 위로해 본다.

그의 순수한 눈빛을 난 참 좋아했다. 박력과 기지를 겸비한 내 또래의 젊은이여서 더 좋아했다. 목자이기 이전에 젊음을 함께 나누던 전우였다. 목사님의 앞길에 두 손을 모아본다. 전우의 전역에 부치는 글과 함께.

*놓여진 새처럼 길 떠나는 아침에*
*기쁠 때나 슬플 때나 뒤돌아보라.*
*머물던 병영의 지붕 위에는*

오늘도 새들이 연기 피어나는 고향을 생각한다.
웃고 울던 순간들이 일시에 일어나서 거룩한 빛이 되듯
가는 이의 앞길에도 희망의 빛이 타올라라.

## 1981년 4월 4일

〈일기〉

아주 조용히 봄비가 내린다.
정들었던 이들이 하나둘 떠나간다.
이럴 때마다 텅 빈 가슴은 홀로 남은 것 같은 허전함에 허탈해진다.

마음을 가다듬고 다시 병영생활에 열중해 본다.
부산히 움직이는 손길 하나하나가 든든함을 준다.
개인의 이[利]를 위함이 아닐진대 모두가 능동적이다.
잠시 감상에 젖어 게을렀던 자신이 부끄럽다.

가늘게 뿌리던 비가 금세 그쳤다.
한낮의 햇살을 따갑게 받아 쐬며 완전군장에 12km 구보를 나간다.
매일 하는 구보가 오늘따라 지겹지 않음이 이상하다.
온통 땀으로 범벅이 된 뜨거운 육체에서 무럭무럭 김이 오른다.

금방 소금으로 변해버릴 농도 짙은 액체가 줄줄 흐른다.

'이게 과연 젊음이구나' 생각하는 새에 이번엔 사격집합이다.
관물대 수건을 벗겨 대강 물기만 닦아내고는 쏜살같이 달려 나간다.
사격장 옆 다랑이 밭에 냉이가 담뿍 모여 있다.
온 신경을 곤두세우고 표적에 정조준을 한다.
몸은 힘든데 집중이 잘 되어 적중률은 오히려 높다.

체력향상을 위한 운동시간이다.
아령을 든 팔뚝에 불끈불끈 근육이 솟아오른다.
아령, 역기, 완력기, 축구, 격구……. 늘 하는 것인데도 싫지 않다.
사회 같으면 감히 이런 시간을 낼 수도 없을 뿐더러
하릴없이 한데 모일 사람도 없을 거다.
군에 온 것이 축복이라는 생각이 든다.

일과가 끝난 병영에 활기가 넘친다.
병영의 하루는 쉴 틈이 없다.
식기세척장에 모인 졸병들의 표정이 밝다.
'또 하루가 지나갔구나' 하는 안도감이 역력하다.
정신없이 지나간 일과였지만 같이 웃을 수 있음이 즐거운가 보다.
이젠 그런 위치에서 벗어나 후배들을 잘 이끌어가야 할 책임을 느

끼는 걸 보니

내게도 차츰 영광의 날이 다가오고 있구나.

장난 같은 소원을 빌어본다.

"세월아, 구보해라! 청춘아, 동작 그만!"

## 특공훈련 단상

가도 가도 끝이 없는 녹음綠陰골을 지나면 우뚝 가로막아 서는 능선과 이어지는 계곡. 어느 산 삼백 고지에 야영을 정하고 어스름 새벽이면 이름 모를 산동네의 인적을 뒤로 하고 떠나야 하는 운명을 타고 났다.

갑자기 시기먼 구름이 하늘을 뒤덮고 사정없이 퍼붓는 빗줄기 속에서도 살아 꿈틀거리는 생명이 있다. 야수처럼, 가축처럼, 전장에서 살아남은 국군처럼. 빗방울 맞으며 이 고지 저 능선을 타고 넘을 때 풀벌레 소리는 더없이 다정한데 집 떠난 이내 맘엔 향수가 밀려온다.

짊어진 군장은 점점 무거워져 어깨를 짓눌러오고 두 다리는 마냥 휘청거리는데 어느 소녀와의 펜팔이 성사될 것인가를 생각하며 발걸음을 옮기는 졸병의 안면에는 숨은 미소가 있다. 아무 데나 주저앉으면 거기가 안방이요, 발길 가는 곳이 고향이다.

파란 하늘이 금세 방긋 웃는다. 멀리 크고 작은 봉우리들이 안개 속에 어렴풋이 형체를 드러내고 있다. 하늘을 지붕 삼고 산야를 자리 삼아 누운 병사의 휴식시간은 보석보다 귀하다.

깊은 계곡 흐르는 물에 모듬밥을 지어놓고 마주 앉은 분대원들이 아직 덜 꺼진 모닥불 연기를 타고 하늘에 오른다. 고달프지만 한가한 시간이다. 스릴 만점의 멋진 캠프다. 감상에 젖는 사이 어느새 훈련이 끝나 간다. 돌아가자, 아늑한 내무반으로. _1981년 7월 4일

## 유격장 다람쥐 소탕작전

1. 작전명

8 · 30 유격장 다람쥐 소탕작전

2. 상황 개요

1981년 8월 30일 18시 06분 보병 제○○사단 유격장에서 석식을 끝내고 내무반으로 복귀하던 최동순 하사는 다람쥐 한 마리가 부식고 지붕 약 5m 상단에서 분주하게 움직이다 도주하여 인근 굴로 들어가는 것을 발견, 본부에 이 사실을 통보하였다.

### 3. 임무

4~5명으로 구성된 특공대를 조직하여 적을 생포한다.

### 4. 지휘 및 통신

통신은 부대에 연결된 46선을 이용하며, 필요시 무전기를 긴급 조달하여 활용한다. 통신장비는 작전지, 내무반, 취사장 등을 연결하는 TA-312 P/T를 이용한다.

작전 지휘부는 내무반에 위치하여 작전 현장과 긴밀한 연락체계를 유지하며 현장의 원활한 작전을 돕는다.

### 5. 행정 및 군수

행정은 자대 상황실에서 담당하는 것을 원칙으로 하고, 필요시 작전 현장에 상황실을 설치하여 운영한다.

군수軍需는 부대 내 모든 장비와 물품을 동원하고, 추가 필요시 사단 본부에 조달을 요청한다. 2 · 4종 창고에 군수 보급 조를 설치하는 한편, 취사장에는 취사 보급 조를 설치하여 효율적인 군수 및 식량을 지원한다. 군수 및 식량의 운반은 전투력의 손실을 최소화하기 위하여 올빼미(유격 피교육생)들이 전담하도록 한다.

### 6. 작전 전개

지휘부의 작전회의 결과에 따라 최동순 하사를 비롯한 김○○, 백○○, 김○○, 이○○ 등 5명으로 구성된 특공대가 즉시 출동, 굴

유격장 조교시절 _1981.8

을 넓히고 솔가지와 마른 풀을 이용하여 불을 피우기 시작했다. 10여 분간 불을 피웠으나 아무런 반응이 없자 '반대편의 다른 구멍으로 탈출했을지도 모른다'는 주장과 '굴속에서 이미 질식사했을 것'이라는 주장으로 잠시 의견대립이 있었다.

긴급 작전회의 끝에 일단 굴을 따라 파고 들어가기로 결의, 즉시 작업에 착수했다. 굴착병 이○○ 일병이 20cm 간격으로 굴을 절단하면서 약 1m쯤 파 들어갔을 때 탐지병 김○○ 병장은 굴속에서 뭔가 꿈틀거리는 물체를 발견하였다.

포획 조 백○○ 병장, 김○○ 병장은 굴 입구에서 전투복 상의로 이들을 덮칠 만반의 태세를 취하였다. 그래도 움직임이 없어 탐지봉으로 조심스럽게 굴을 몇 번인가 찌르자 총구에서 총알이 튀는 듯한 일련의 움직임이 있었다.

순간 삼엄한 경계망을 뚫고 도주하는 적을 굴착병 이○○ 일병이 들고 있던 삽으로 내리쳤다. 꼬리 2cm가량이 절단된 적은 잽싸게 우측 약 6m 지점으로 이동, 어디론가 사라져 버렸다.

그곳엔 두 개의 굴이 있었는데 하나는 하단부에 작게 나있었고, 다른 하나는 우측 상단에 위치한 직경 10cm 정도의 타원형 굴이었다. 큰 굴로 들어갔으리라는 최동순 하사의 의견에 따라 5분간 불을 피운 후 다시 파 들어가기 시작하였다. 70~80cm쯤 파 들어갔을 때 탐지병 김○○ 병장은 흙인지 아닌지 구분하기 곤란하지만 어렴풋이 둥근 물체를 발견하였다. 자세히 관측한 결과 적의 두부頭部임에 틀림없었다. 준비하고 있던 전투복 상의로 조심스러우면서도 날랜 동작으로 감싸 쥐었을 때 적은 이미 힘없이 축 늘어져 있었다.

한편 최초의 굴속에는 또 다른 공비들이 은거해 있을지도 모른다는 대원들의 의견이 있어 입구로부터 주도면밀하게 추적한 끝에 네 마리의 새끼 다람쥐를 체포하는 데 성공하였다. 아직 눈도 뜨지 못한 상태에서 둔하게 꿈틀거리고 있었으나 벌써 몸은 다 자란 상태였다.

이로써 최정예 대원들로 구성된 특공대는 적을 생포하는 데는 실패했지만 끝까지 적을 추적하여 사살하는 집요함을 보였다. 아울러 적의 은거지에 주둔하고 있는 차세대 공비들까지 생포함으로써 적의 추후 도발을 근본적으로 차단하는 부수적인 전과戰果도 얻었다.

7. 평가

금번 [8 · 30 유격장 다람쥐 소탕작전]은 우리 육군의 최정예 부대인 제○○○○부대 유격대의 전술전기를 대내 · 외에 과시하고, 평소 무장한 정신전력의 결실로 얻어진 육군 초유의 전과였다. 이는 사단 내 전 장 · 사병에게 유격훈련을 시켜야 하는 바쁜 조교생활 중에도 틈틈이 연마한 교육훈련의 성과이며, 잔악한 부식고 공비들의 만행에 제동을 건 우리 군의 승리로 높이 평가된다. (보병 제○○사단 유격장 보도국 최동순 기자)

* 유격장 조교로 근무할 당시 있었던 실화를 가상 작전 시나리오로 구성해 본 것이다. 자칫 삭막하고 힘들게만 느껴지는 군 생활을 어떻게든 '즐기려는' 나의 몸부림으로 기억된다. 이 역시 형식 없이 기록해 놓은 노트의 한 면을 그대로 옮긴 것이다. 아득한 옛날의 손때 묻은 노트를 보면서 그때를 회상한다. 그냥 스쳐 지나갈 일상의 단면을 나름 군대식으로 표현해 놓은 기록이 지금 나에게는 또 하나의 추억이다.

## 주례사 1

가을을 흔히들 천고마비의 계절이라고 합니다. 하늘이 높고 말이 살찌는 풍요로운 계절에 우리는 오늘 보금자리를 찾은 한 쌍의 청춘 남녀를 축복하기 위해 이 자리에 모였습니다. 독일의 시인 헤르만 헤세는 사랑을 이렇게 노래했습니다.

*나는 사슴이고 당신은 노루*
*당신은 작은 새 나는 수목*
*당신은 태양이고 나는 눈*
*당신은 대낮이며 나는 꿈*

*한밤에 잠든 나의 입에서*
*황금새가 당신에게 날아갑니다*
*티 없이 맑은 소리 아름다운 것*
*새는 당신에게 노래합니다*
*사랑의 노래를 나의 노래를*

참으로 아름다운 사랑의 노래입니다. 사랑은 인간에게 있어서 가장 고귀한 것입니다. 이토록 아름다운 사랑의 열매를 추수하는 두 사람의 백년가약을 진심으로 축하하는 바입니다.

오늘 결혼하는 신랑 김○○ 군과 신부 ○○○ 양은 이제 생사고락을 함께할 부부가 되었습니다. 이제는 둘이 아니라 하나입니다. 앞으로 닥칠 인생의 그 많은 희로애락을 동반자로서, 반려자로서 같이 지고 가야 합니다.

특별히 신랑 김○○ 군은 젊음을 조국에 바친 군인입니다. 군에서 닦은 강인한 체력과 불굴의 투지는 성공적인 삶을 살아가기에 충분하고도 남음이 있습니다. 아픈 다리를 절며 이 고지 저 능선을 넘어 군화軍靴를 끌던 전우의 피곤함을 보았습니다. 진정한 용기와 애국심이 무엇인지 몸소 체험해 왔습니다.

저는 이런 멋진 남성에게 사랑을 고백한 신부에게 박수를 보냅니다. 그렇기에 남편은 아내를 사랑하고, 아내는 남편을 존경하는 이상적인 결혼생활이 될 것이라고 믿어 의심치 않습니다. 진정 남자는 여자를 아름답게 하고, 여자는 남자를 위대하게 만드는 것입니다.

지금 두 사람의 마음이 뜨거운 것처럼 정열적이고 적극적인 인생을 살아갈 때 번영과 행복은 반드시 찾아 올 것입니다. 어려운 때일수록 서로를 위로하며 용기를 갖는 것이 중요합니다. 어느 철인은 '네 생애의 가장 찬란한 날은 소위 성공한 날이 아니고, 비탄과 절망 속에서 이제 막 모든 것을 해내고 말 테다 하는 용기가 솟아오르는 것을 느끼는 날이다'라고 했습니다.

만남은 곧 시작을 뜻합니다. 모쪼록 오늘 새 삶을 시작하는 두 사람의 아름다운 사랑이 생을 다하는 그날까지 지속되길 기원하면서 주례사로 갈음합니다. 행복하십시오!

_1981년 9월 26일

주례 ○○○

* 정신없이 바쁜 훈련과 일과 중에 틈틈이 써 두었던 빛바랜 나의 '병영노트'에는 참으로 다양한 기록들이 실려 있다. 그 중에는 선임하사(중사)의 결혼식 주례를 맡은 대대장이 내린 명(?)을 받들어 썼던 주례사도 있다. 아직 장가도 안 간 놈이, 그것도 20대 초반의 철부지가 선임하사님의 결혼식 주례사를 쓰다니 가소롭기까지 하다. 지금 읽어보면 어이가 없다.

대대장님은 나에게 3분 이내의 간단한 주례사를 부탁했다. 역시 군인다운 주문이다. 짧아서 그나마 다행이었지만, 그래도 내겐 정말 힘든 일이었다. 그 당시 내무반에는 전우신문과 대통령의 치적을 소개한 자서전 비슷한 책, 그리고 군 관련 교재 몇 권외에는 참고할 만한 어떤 자료도 없었다. 주례사 내필 명령을 받고 얼마나 고민을 했던지 잠을 이룰 수가 없었다. 천만다행으로 애송하던 헤르만 헤세의 시가 온전히 생각나서 시작할 수 있었다. 비록 짤막한 주례사지만 피를 말리는 고통 끝에 내놓은 철부지의 결과물이다.

현재는 미래의 예고편인가? 너무도 황당한, 그러나 거역할 수 없는 상관의 명을 받고 엄청난 고민을 거듭하면서 얼떨결에 주례사를 쓴 것은 우연이 아니었던가? 우연이 현실로 나타나는 데는 오랜 시간이 걸리지 않았다. 그 괘씸한(?) 인연으로 나는 서른일곱 살에 첫 주례를 하는 '사고'를 치고, 그 후로 수많은 주례를 하게 되었다.

# 쓸쓸한 청춘대학이여!

〈전역기〉

잿빛 하늘이 영광보다는 서글픔으로 얼룩진다. 피눈물 추억들의 잊지 못할 시간들! 막상 떠나려는 자의 동공엔 한 줄기 흰 구름 실루엣 된다. 희로애락의 숱한 잔해들을 헝클어뜨리며 사그리 감춰두고 떠나고픈 간절함만큼이나 떼어놓을 수 없는 아쉬움이 이내 심장을 맴돈다.

생사를 걸고 동고동락하면서 한 솥 쌀을 삼키며 먼지투성이, 냄새나는 모포를 덮고도 우린 즐거웠다. 헤아릴 수도 없는 수많은 계곡, 능선을 칼바람 뺨을 깎는 눈보라 속에 타고 넘을 때 뼈 속 깊이 젖어든 전우애를 뒤로 하고 이렇게 따나려 함에 송구함을 감출 길 없으나 언제나 일기당천의 기상과 무적 수색의 신념으로 막강 수색대가 계속되길 기원해 본다.

정신없이 뛰고 굴렀건만 아무것도 이루지 못한 허무함에 저 먼 창공으로 시선을 꽂는다. 정문에 매달린 백마가 힘차게 승천한다. 창살 없는 감옥이여, 쓸쓸한 청춘대학이여, 영원히 안녕!

_1982년 2월

보병 제○○○○부대 수색대 하사 최동순

* 전역을 앞두고 작성한 전역기轉役記다. 기억이 정확하진 않지만 이 글은 아마 아주 엉뚱했던 후배 전우가 제대 기념으로 내게 써준 글에 공감하여 기본 정신이 훼손되지 않는 범위 내에서 최소한의 손질을 해두었던 것으로 기억된다. 그래도 의도적인 미사여구가 군데군데 보인다. 지금 보니 좀 유치하긴 하다.

4부

# 나의 삶,
# 나의 생각

앞서 소개한 카테고리에는 딱히 들지 않지만 살아가면서 틈틈이 써 두었던 글들도 꽤 있다. 나의 삶, 나의 생각을 잘 보여주는 것들이다. 생각은 삶이 되고, 삶은 생각이 된다. 그리고 그것은 글로 표현되어 영원히 남는다.

칼럼 형식의 글은 〈나의 생각〉에, 기타의 글들은 〈나의 삶〉으로 구분하여 정리하였다. 이 글들은 나의 삶과 철저히 맞닿아 있다. 모든 사람은 생각이 각기 다르다. 따라서 이 글들에 공감할 수도, 다른 생각을 가질 수도 있다. 공감해도 좋고, 생각이 달라도 된다. 박수를 쳐도 좋고, 화를 내도 괜찮다. 그건 독자들의 자유다.

내 삶을 가장 잘 보여주는 장면. 자유, 효용, 낭만이 다 보인다! _2013.12

• 01 •

# 나의 생각

내 생각과 삶의 엑기스가 담겨 있는 글들이다. 나는 전문 칼럼니스트나 에세이스트는 아니다. 평소 뭔가에 생각이 꽂히면 그 생각이 머리를 떠나지 않고 맴돈다. 생각에 생각을 거듭하다가 그 생각을 버릴 수 없거나 내용이 정리되면 바로 글을 쓴다. 또는 감동적인 일을 경험했거나 나의 감성이 고조되어 그 순간의 감정을 꼭 기록으로 남겨두고 싶을 때 글을 쓴다. 사회를 향해서 외치지 않고는 견딜 수 없는 '고독'이 느껴질 때도 쓴다. 그 편린들을 모아 보았다.

## 황금률의 경제

과학과 문화를 같은 맥락에서 설명하기는 참으로 어렵다. 더구나 경제와 마음의 문제를 연관 지어 생각하기는 더욱 어렵다.

그런데 최근 경제와 마음의 문제를 관련지어 설명하는 경제학의 관점이 있다. 요컨대 어떤 경제단위의 경제발전은 인간의 마음과 깊이 연관되어 있다는 것이다. 그래서 그와 관련된 많은 연구가 진행되고 있다. 예컨대 근면 · 검소 · 청렴 · 강직을 생활신조로 하고, 천직사상 또는 소명의식에 입각하여 직업에 종사하는 것이 소망스럽다는 주장이 제기되고 있다. 또 어떤 경제학자는 일본경제의 고도성장은 일본인의 친절과 저자세 정신 또는 겸손한 마음가짐 때문이라고 한다. 이러한 사실에 근거하여 금세기 제일의 경제학자인 MIT대학의 폴 사뮤엘슨 교수는 21세기는 일본의 세기가 될 것이라고 예언했디.

그런가 하면 앞으로의 경제발전 전망에 대해서도 유교사상이 짙게 깔려있는 극동의 한국, 일본, 대만을 비롯한 한자문화권의 나라들이 매우 유리하다는 주장도 있다. 왜냐하면 유교의 경제적 사상은 맹자의 말처럼 생활에 필요한 재산 즉 항산恒産을 갖게 되면 흔들리지 않는 마음恒心이 생기게 되므로 선량한 국민이 될 수 있고, 재산이 더 늘어날 희망이 있을 때는 더 열심히 일하게 된다는 것이다. 말하자면 치부致富나 사치의 목적이 아닌 선량한 백성이 되기 위해 열심히 일하려는 기본적인 마음가짐이 동양인에게 충만하다는 것이다.

동양철학과 유교사상의 세계적인 권위자인 하버드 대학의 투 웨이밍杜維明, Tu Wei-Ming 교수는 동양 전래의 유교사상과 서양의 기독교 윤리를 결합하여 신유교윤리New Confucian Ethic를 주창하였다. 싱가포르에서는 몇 해 전 투 웨이밍 교수를 초빙하여 신유교윤리를 바탕으로 자본주의 정신을 개발하는 국가적인 연구사업 [공자프로젝트]를 실시한 바 있을 정도로 경제학에서 마음의 문제가 중시되고 있다.

예수님이 산 위에서 제자들에게 가르친 산상수훈Sermon on the Mount 중에 '남에게 대접을 받고자 하는 대로 너희도 남을 대접하라.Do for others what you want them to do for you.'는 교훈은 기독교의 핵심사상 중 하나로서 '황금률The Golden Rule'이라고도 한다. 이는 수요자(받는 자)가 바라는 대로 공급자(주는 자)가 제공해 주는 것이 황금처럼 귀하다는 경제적 의미를 가진 계율이다. 여기서 수요자와 공급자는 재화의 수수授受에 의해서만 성립되는 관계가 아니다. 유무형의 모든 존재하는 것의 교환에서 상대방이 원하는 것, 좋아하는 것을 제공하여야 하며, 이를 위해서는 상대방을 배려하는 마음이 있어야 한다.

'가치는 공급자나 수요자 어느 일방에 의해서 결정되지 않는다'는 '수요-공급의 원리'는 경제학에서 가장 중요한 법칙이며, 가치결정의 기본원리이다. 그러므로 주는 자가 받는 자의 요구를 최대로 충족시켜 줄 때 가치는 극대화된다. 다시 말하면 경제하는 사람의 마음가짐이 경제적 가치를 결정짓는 중요한 열쇠가 되는 것이다.

교회에도 이러한 원리가 적용되어야 한다. 오늘날 한국교회는 예배와 선교, 그리고 교회 내의 약간의 봉사와 구제는 그런대로 감당하고 있지만 교회 밖의 봉사와 구제, 그리고 사랑을 나누어 주는 일에는 너무 소홀하다. 그것은 교회재정의 용도를 보면 금방 알 수 있다. 지금 우리의 사랑과 도움을 필요로 하는 곳이 너무도 많다. 황금률의 경제적 원리에 따라 필요로 하는 자에게 원하는 것을 줌으로써 가치를 극대화시키는 교회의 경제운동이 일어나야 한다. 황금률에 나타난 예수님의 교훈은 기독교 사상의 정수精髓일 뿐 아니라 경제적 원리를 내포한 독트린이다. _1994년 6월. 복음과 지성

## 눈물의 미학 2

언젠가 '눈물의 미학'이란 칼럼을 쓴 적이 있다. 프로야구 챔피언을 가리는 한국시리즈에서 최종 7차전까지 가는 치열한 접전 끝에 준우승에 머문 감독의 인터뷰 장면을 묘사한 일간지의 기사를 읽고 감명을 받았기 때문이었다.

오늘 나는 또 한 번 '눈물의 미학'을 쓰지 않을 수 없다. 지난 3일 끝난 2007 대통령배 고교야구 결승전의 명승부 뒤에 숨어있는 투수의 눈물 때문이다. 모 일간지는 기사 타이틀을 이렇게 뽑았다. "대통령배 고교야구 승부는 끝났지만 '투혼의 감동'은 끝나지 않았다."

난 거의 모든 스포츠를 좋아하는 마니아지만 사실 야구라는 종목 자체에는 별로 흥미가 없다. 그런데 공교롭게도 그 야구로부터 감동을 받아 두 번씩이나 글을 쓸 수밖에 없게 된 사실은 아이러니하다. 기사 내용을 요약하면 이렇다.

*빼어난 체격과 자질을 갖춘 S고 에이스 L은 결승전 바로 전날 열린 준결승전까지 4경기에서 무려 330개의 공을 던지며 방어율(평균 자책점) 0.9를 기록했으나 결승전에서는 절체절명의 순간에 무너져 우승 문턱에서 주저앉고 말았다. 그는 팀이 9-8로 앞선 9회 말 2사 1,3루에서 동점타를 허용한 직후부터 울기 시작했다. 몸에 맞는 공으로 2사 만루를 허용하고, 마침내 끝내기 안타를 맞기까지 계속 울먹이며 공을 던졌다. TV 화면에 비친 그의 얼굴은 눈물을 참느라 일그러져 있었다. 끝내기 결승타를 얻어맞은 뒤에는 아예 마운드에 주저앉아 한참동안 울먹였다.*

감독의 말을 빌리자면 그는 지난해 어머니를 여읜 뒤 무척 힘들어했다 한다. 그가 흘린 눈물은 정신적으로, 육체적으로 그토록 힘들게 준비해 온 대회의 결승전 박빙의 승부에서, 그것도 승리를 눈앞에 둔 9회 말에 끝내 승리를 지켜내지 못하고 무너진 자책감으로 동료들에게는 미안하고 자신의 능력을 원망하는 통한의 눈물이었으리라.

그 장면을 보거나 전해들은 많은 사람들이 감동을 받았다. 네티즌들은 가슴 찡한 격려와 찬사를 보내며 그를 위로하였다. 한편으로는 단기간에 순위를 가리는 국내 아마추어 야구의 현실에서 당하는 투수의 혹사를 확인하는 대목이기도 하다.

생각해보라. 열여덟 살 어린 선수가 어머니를 여의고 고된 훈련을 참아가며 묵묵히 준비해 온 대회에서 결승전까지 진출하여 승부의 갈림길에서 외롭게 마운드를 지키며 받는 스트레스가 어느 정도일까?

나는 생각한다. 스포츠는 묘한 거라고. 인간은 더 묘한 존재라고. 남은 슬퍼서, 원통해서 우는데 우린 그걸 보고 '감동 먹었다'고 흥분한다. 그렇다. 스포츠도 인간의 삶에 희로애락을 가져다주기 때문에 의미가 있고, 인간의 삶도 마찬가지다. 만일 우리의 삶에 희로애락이 없다면 우리는 너무 따분해서 머리가 돌거나 자살을 할지도 모른다. 그래서 나는 우리를 따분하지 않게 해주는 스포츠, 그 중에서도 감동의 드라마를 연출하는 명승부와 그 뒤에 숨은 사연들을 좋아한다. 즐긴다.

감동을 가져다 준 L 선수와 그 기사를 쓴 기자, 그리고 우리의 삶에 끊임없이 희로애락을 선사하는 스포츠가 고맙다. 아니 감동이 가져다주는 '눈물'이라는 선물이 더 고맙다. 감동의 눈물은 눈물 중에서도 단연 으뜸이다. _2007년 5월 5일

# 아마추어에게 갈채를

얼마 전 인근 대학에서 주최한 문화축제에 갔다. 마침 500회 기념 음악회라 감회가 새로웠다. 개교 이래 20년 넘게 이어온 축제를 기념하고 교직원과 학생, 지역 주민이 함께 즐기는 뜻 깊은 행사였다. 무대는 대강당의 강단을 그대로 이용하였다. 20여 년 만에 500회라니 대학에서 학사일정에 따라 해마다 연례행사로 치러지는 축제가 아니라 연중 수시로 벌어지는 축제임을 금방 알 수 있었다.

평상복을 단정히 갖춰 입고 적소適所에서 활약하는 학생 스태프들의 친절한 미소와, 이리저리 바쁘게 뛰어다니며 준비에 여념이 없는 아마추어 출연자들의 모습을 언뜻언뜻 보면서 기다리는 광경부터가 자연스럽고 편하다. 이미 부드럽고 만만한(?) 음악회를 예고하는 듯했다. 프로 연주자와 교직원, 학생으로 구성된 아마추어 연주자가 반반씩 출연한 음악회는 색다른 맛을 느끼기에 제격이었다.

프로그램의 전반부는 프로 연주자들의 순서로 꾸며져 있었다. 연주자도, 청중도 숨을 죽이고 연주를 기다린다. 무대와 객석에는 실수를 용납할 수 없다는 비장함이 팽팽히 흐르고 있었다. 연주가 시작되자 무대 위에서는 박자, 화음, 모션과 표정까지 한 치의 오차도 허용하지 않으려는 듯 애쓰고 있었다. 그 모습은 참으로 절실해 보였다. 청중들도 당연히 그들의 실수는 있을 수도 없고, 있어서도 안 된다는 암묵적 약속이라도 한 듯하였다. 국악과 클래식이 적절히 배합된 훌륭한 연주에 모두가 매료되었다. 참으로 프로는 근사하다. 그들의 절제된 연주가 그렇고, 철저한 준비와 연주를 위한 생활의 절제마저도 존경할 만하다. 그들의 빼어난 전문성과 프로정신이 그저 부러울 뿐이다.

연주가 중반에 접어들자 학생들의 사물놀이가 이어진다. 천천히, 여리게 시작하여 점점 급하게, 사정없이 몰아치는 사물四物의 소리와 미친 듯이 몰입하는 연주자들의 모습은 형용할 수 없는 감정의 이입을 유발하였다. 국악에 조예가 없는 나로서는 정확한 의미를 알 수는 없지만 국악을 향한 그들의 열정과 최선을 다하는 모습은 활활 타오르는 용광로 같았다. 한 마당이 끝나고 얼굴이 온통 땀으로 범벅이 된 상쇠는 안경을 벗어던지고 또다시 연주에 몰입하는가 하면, 장단에 신이 난 고수는 고개를 어찌나 신명나게 흔들어 댔는지 얼굴이 벌겋게 상기되어 있다. 신명으로 한을 달래고, 삶의 희로애락을 전통악기에 몽땅 담아내려는 처절한 몸부림을 보여주기에 충분하였다.

이날의 백미는 교직원 중창단의 연주였다. 특별히 맞춰 입지도 않았지만 비슷한 색상의 양복에 나비넥타이와 꽃으로 치장하였다. 머리가 하얀 명예 교수로부터 젊은 직원에 이르기까지 다양한 멤버로 구성된 중창단의 편안하면서도 최선을 다하는 모습은 유쾌하기도 하고 감동적이기도 하다. 간간이 보여주는 기지 넘치는 퍼포먼스도 압권이었다. 긴장감으로 팽팽했던 객석은 어느새 흐물흐물한 놀이마당으로 변해 있었다. 이건 연주라기보다는 발표회라는 표현이 더 어울릴 것 같다. 청중도 웃고, 출연자도 웃고 한바탕 분위기의 대반전이 이루어지는 순간이다.

프로그램의 피날레는 학생들이 연주하는 록과 클래식의 크로스오버 뮤직이다. 팀의 이름도 '락 클래식'이다. 여느 로커들과는 달리 일부러 그랬나 싶을 정도로 지극히 평범한 복장이다. 티셔츠, 남방에 바지, 미니스커트 각기 자연스런 복장을 하고 기타, 드럼, 신디사이저에 피아노와 첼로, 바이올린 등으로 구성된 무대 설정부터가 어설퍼 보였지만 풋풋함이 배어난다. 록과 클래식을 크로스오버로 연주한다는 게 결코 쉽지 않은 작업일 텐데도 두려움이 없어 보인다. 용기와 열정이 있을 뿐이다.

오늘의 음악회를 보면서 생각한다. 문화란 무엇인가? 문화는 누가 만들어내며, 누가 향유하는가? 문화는 어떠해야 하는가? 우리는 부지불식간에 문화를 이렇게 규정짓는다. 문화는 의식주와는 거리가 먼 고상한 것이고, 특정한 소수의 사람들이 만들어내며, 제법 학식과 경제적 여유가 있는 사람들이 향유하는 거라고. 그러나 문화는 우리의 삶 속에 녹아들어 있고, 누구나 만들어내고 향유할 수 있으며, 형편이 어떻든지 언제나 우리 곁에 있어야 하는 것이리라. 그런 측면에서 오늘의 음악회에 출연한 아마추어들의 어설픈 도발은 박수 받아 마땅하다.

문화도 인간의 행복을 위한 조건이라는 데 이의가 있을까? 프로에게 고도의 전문성과 절제, 세련미가 있다면 아마추어에게는 용기와 열정, 그리고 도전정신이 있다. 무엇보다도 문화에 대한 동질감이 우릴 편안하게 한다. 오랜만에 소박한 문화를 체험하고 문화의 진정한 의미를 되새기게 한 음악회였다. 어설픈 도전을 서슴지 않는 아마추어들에게 천둥 같은 갈채를 보낸다.
_2009년 5월 7일. 전국교수공제회보

## 우리는 정녕 바보처럼 살 것인가

잔뜩 찌푸린 5월의 토요일 아침 날아든 믿을 수 없는 비보悲報. 노무현 전 대통령이 고향 마을 사저 뒤편 봉하산에서 투신했다는 뉴스 속보에 눈과 귀를 의심하지 않을 수 없었다. 그러나 바꿀 수 없는 사실 앞에 할 말을 잊었다. 무엇 때문에 그런 죽음을 선택했는지 알 수는 없지만 그가 남긴 유서 내용으로 볼 때 자신과 주변에 대한 인간적 의리와 도덕적 책임감이 기저에 짙게 깔려 있음을 알 수 있었다. 또한 그가 추구했던 가치들이 무너지고, 더 이상 추구할 수도 없게 되었음을 절감한 결과로 보인다.

그러나 이건 어디까지나 추측일 뿐 여전히 정확한 이유는 알 길이 없다. 죽은 자는 말이 없다. 서운함이나 원망도 있었으리라. 하지만 모든 책임을 자신이 짊어지고 삶과 죽음을 자연스런 자연의 순리로 받아들이는 의연함이 우리를 더욱 숙연하게 한다.

온 나라가 애도와 추모열기에 휩싸였다. 그에 대한 추모 열기는 봉하 마을은 물론 관공서, 학교, 거리를 가리지 않고 전국적으로 확산되었다. 7일장으로 치러진 조문 기간에 조문객 수가 500만 명을 넘었다 한다. 직장에 휴가를 내고, 학교에 결석을 하면서 원근 각지에서 봉하 마을로 몰려든 조문객만도 100만 명을 넘었다 한다. 어떤 조문객들은 친부모를 잃은 것보다 더 슬프게, 더 심오한 의미를 부여하며 조문하였다. 개인의 생활에 큰 불편을 감수하면서까지 기꺼이 조문행렬에 동참하는 기현상奇現象이 낯설지 않다. 가히 '신드롬'이라 할 만하다.

순식간에 전국을 뒤덮은 추모 열기는 자연스럽게 그의 인간적 면모와 지나간 대통령 재임기간에 대한 긍정적 평가로 이어졌다. 개인적으로 그를 좋아했던 나로서도 슬픔과 서운함이 연일 마음을 짓눌렀다. 그런데 시간이 지날수록 꼭 하고 싶은 말이 생겼다. 안 하고는 도저히 견딜 수 없는 양심의 가책 같은 것이 나를 더욱 압박해 왔다.

요는 이렇다. 그가 우여곡절 끝에 대통령에 당선되자 우리는 우려 반, 기대 반으로 잠시 탐색의 과정을 거쳤다. 그는 과연 기존의 대통령과는 달랐다. 확연히 달랐다. 생각이 달랐고, 말투가 달랐고, 행동이 달랐다. 숨길 수 없는 개성과 소신과 서민적 풍모가 곳곳에서 노출되었다. 권위주의에 익숙했던 국민들은 불안해지기 시작했다. 민심이 서서히 요동치기 시작했다. 불의와 타협하지 않고도 성공할 수 있는 세상을 만들겠다던 그의 신념이 기존의 통념과 충돌하게 된 것이다. 여론은 서서히 그를 비아냥거리기 시작했다.

아마추어다, 권위가 없다, 동네 이장이나 하면 딱 맞을 사람이 어떻게 대통령이 됐는지 모르겠다, 무게감이 없다, 아랫사람도 장악하지 못한다, 데모만 하던 운동권 출신들을 데리고 정치를 한다니 어이가 없다, 포퓰리즘의 극치다, 인재 풀이 바닥났다, 대학을 안 나오니 저 모양이다, 경솔하다, 말이 너무 많다 등 도저히 대통령에 대한 평이라 할 수 없을 정도의 혹독한 평가가 그를 괴롭혔다.

우리가 그동안 갈망했던 혁신적인 대통령의 모습에 힘을 실어 주기는커녕 마침내 대통령직을 정지시키는 '탄핵' 심판이라는 사상 초유의 정치적 수모를 안겨 주었다. 기억컨대 탄핵심판이 결정되었을 때도 그를 배출한 정당의 의원들과 측근들, 그리고 노사모와 탄핵 반대 촛불집회에 참가한 사람들을 제외한 국민 대다수는 심각하게 이의를 제기하거나 저항하지 않았다. 정치인들이 벌이는 파워게임, 정치 쇼라며 그저 흥미 있게(?) 지켜보는 쪽이 훨씬 많았다.

퇴임 후 역대 대통령들과는 달리 서울을 떠나 고향마을로 귀향하여 자연인으로 살아가는 그의 모습은 정녕 보기 좋았다. 하지만 아무리 보기 좋았다 해도 그 사실만으로 (그간의 그에 대한 평가를 송두리째 바꾼 것이 아니라면) 장례기간 동안에 보여준 우리의 태도는 이해하기 힘든 면이 있다. 우리는 정말로 슬퍼했다. 진심으로 그를 추모하였다. 그러나 재임시절 그를 그토록 가혹하게 비판해 놓고 이제 와서 태도를 바꾸어 영웅시하는 냄비기질을 이해하기 힘들며, 그 파장을 우려하는 것이다. 특정 개인이 그렇다는 것이 아니다. 우리 사회 전체적인 분위기가 그렇다는 것이다. 죽음이 그 모든 평가를 반전시키는 묘약이란 말인가?

우리는 외롭게 사는 것에 대한 두려움을 갖고 있다. 바르게 살려고 하다가 생기는 외로움이 싫어서 바르게 살려고 하지 않는다. 불편하니까 싫고, 불안해서 싫다. 손해 보는 것은 더 싫다. 간혹 주위에 그렇게 사는 사람이 있으면 멀리 하고, 때로는 측은해 하며 충고도 한다. 그렇게 살지 말라고, 그렇게 살면 손핸데 뭐 하러 굳이 그렇게 사느냐고. 정작 충고 받아야 할 사람은 자신인데도 말이다.

고인은 남들이 붙여준 별명 중에 '바보'가 가장 마음에 든다고 했다. 불의와 타협하지 않아 손해를 보고, 권력 앞에 동조하지 않아 외로워도 이를 포기하지 않는 바보처럼 정치를 하면 나라가 잘될 거라고, 미래가 있을 거라고 했다. 우리는 진정 '바보 노무현'을 착한 정치인으로, 유능한 대통령으로 인정했는가? '바보 노무현'을 훌륭한 인간으로 평가하는가? 대통령으로서의 그가 권위주의와 비민주非民主에 외롭게, 용감하게 항거하며 스스로는 소탈한 서민의 모습으로 인간적인 삶을 보여 주었다고 인정한다면 왜 우리는 진즉에 그를 추앙하지 않았는가? 심지어는 민주당마저도 '노무현 지우기'에 나서며 성역 없는 수사를 주장하더니 이제 와서 '노무현 정신 계승'으로 태도를 바꾸어 그의 죽음에 대한 책임론을 제기하며 정부를 압박하고 있으니 도대체 정체성이 무엇인지 묻지 않을 수 없다. 이대로라면 현 정부도 엄청난 부담을 면하기 어렵다.

요컨대 적어도 통치권자에 대한 평가가 일관되기를 기대한다. 훗날 그 평가가 잘못된 것을 알게 되면 자신의 판단이 틀렸다고 솔직히 시인하는 정직함이 필요하다. 자신의 잘못된 판단은 모두 과거 속에 묻어 놓고 대통령에 대한 평가를 뒤집어가며 분위기에 편승하여 일희일비한다면 누가 대통령직을 소신껏 수행할 수 있단 말인가? 굳이 대통령이 아니어도 마찬가지다. 우리 사회의 가장 큰 병폐는 단순하다. 인간에 대한 평가도, 일에 대한 기준도 '옳고 그름'이 아니라 '나에게 유리한가 불리한가'이기에 분열과 다툼이 일어나며, 사회통합을 저해하는 것이다. 하지만 이러한 아이러니를 뒤집어보면 우리 국민은 순진하고 인간적인 데가 있다는 것이다. 참으로 다행스럽다. 이 온정주의를 국가적 에너지로 전환한다면 큰 힘을 발휘할 것이다.

늘 서민을 생각하고, 소탈한 삶을 추구했던 고인의 삶을 한마디로 요약하면 '사랑'이라 할진대 사랑은 때로는 원칙에 우선하며, 정책을 능가하는 위대한 힘을 갖는다. 재임시절 우리는 그의 무능과 경솔함, 권위 없음을 질타하며 그를 힘들게 했다. 그러나 스스로 죽음을 선택한 고인에게 이토록 관대한 것처럼 사랑은 모든 것을 뛰어넘는 큰 힘을 갖고 있다. 문제는 분위기에 편승하여 일관되지 못한 평가를 하고, 시간이 지나면 잊어버린다는 것이다. 이제는 우리 가슴 속에 담겨있는 순진함과 인간미를 국민적 에너지로 전환해야 한다. 이를 담보하려면 우리는 다음과 같은 질문에 그리 하겠노라고 약속해야 한다.

첫째, 우리가 그에게 보낸 끝없는 추모와 애도 속에 담겨 있는 그의 서민적 모습을 존중하고, 우리도 서민의 모습으로 기꺼이 살아갈 것인가?

둘째, 그가 우리에게 보여준 것처럼 불의와 타협하지 않아 손해를 보고, 권력 앞에 동조하지 않아 외로워도 이를 포기하지 않고 살 것인가? 그가 보여준 용기, 열정, 소탈, 정직을 존중하고 실천할 것인가?

셋째, 주위에 그처럼 우직한 '바보'가 있으면 그를 비아냥거리거나 충고하기보다는 그에게 박수를 보낼 것인가? 그 '바보'를 정말로 존경할 것인가? 말로만 해서는 안 된다. 진정으로 그리 하겠다고 다짐해야 한다. 그래야 전국을 온통 뒤덮었던 우리의 추모와 애도가 진정성을 얻게 될 것이며, 우리에게 희망이 있다 할 것이다.

너도 나도 말은 많다. 그러나 바보처럼 사는 사람은 너무 적다. 그래서 사회가 혼란하고, 분쟁이 끊이지 않는다. 우리 모두에게 자문해 보자. 우리는 정녕 바보처럼 살 것인가? _2009년 5월 29일

## 교복, 이젠 변해야 한다

길에서 마주치는 중고등학생들을 보면 디자인이나 색상에 약간의 차이가 있을 뿐 교복을 입은 모습은 크게 다르지 않다. 내가 고등학교를 졸업한 지 30년이 훨씬 넘었지만 아직도 예의 그 교복은 변함이 없다. 아니 그보다 훨씬 전부터 그 교복은 있어 왔으니 아마도 우리 교육현장에서 가장 오래 변하지 않은 게 지금의 교복이 아닌가 싶다.

돌이켜보면 멋도 모르고 그 교복을 입고 지나간 시절이 아련한 추억으로 남아있지만 어른이 되어 생각이 많아진 지금 그들이 입고 있는 교복을 보면 숨이 막힌다. 현재의 교복은 바뀌어야 한다고 오래전부터 생각해 왔다. 그 이유는 크게 두 가지다.

첫째, 현재의 교복은 청소년의 특성에 맞지 않는다. 양복이나 양장 스타일의 교복은 신체활동이 왕성한 청소년들을 옭아매는 올무다. 동복의 경우 대개 속에는 셔츠나 블라우스를 입은 다음 넥타이 또는 리본을 매고, 겉에는 양복저고리를 걸쳐 입는 타입이다. 이는 청소년들의 활동성을 고려하지 않은 전형적인 고정관념의 산물이다. 하복의 경우 소매가 짧고 약간의 차이는 있으나 신축성이 없는 재질과 획일적인 디자인이라는 점에서 동복과 크게 다르지 않다. 하복에는 넥타이 또는 리본을 안 매기도 하지만 대부분 흰색 또는 하늘색 계통의 밝은 색상을 띠고 있어서 청소년의 활동성을 제약하기는 마찬가지다.

신체활동이 절정에 이른 청소년들은 때로 땅바닥에 주저앉기도 하고, 수목이나 흙먼지 속에서 신체활동을 해야 하는데 현재의 교복으로는 어렵다. 조심스러울 수밖에 없고, 불편할 수밖에 없다. 편하게 생각하고 활동했다가는 뒷감당을 해낼 수가 없다. 혹자는 요즘 중고등학생들은 신체활동을 할 일이 거의 없다고 할 것이다. 그것 또한 심각한 문제가 아닐 수 없다. 청소년들을 새벽부터 깊은 밤까지 책상에 붙들어 매놓는 '학습지상주의'가 가져다준 불행한 현실이다. 체격은 비교가 안 될 만큼 좋아졌지만 체력은 형편도 없는 청소년들은 우리 어른들이 만들었다.

둘째, 현재의 교복은 시대 상황에 맞지 않는다. 대부분의 부모들이 맞벌이를 하므로 정장 타입의 교복을 관리해 주기에는 너무 벅차다. 하복이나 셔츠의 경우 거의 매일 세탁과 다림질을 해야 하지만 이를 날마다 실행하기는 너무 어렵다. 특히 셔츠나 블라우스는 신경 써서 손질하지 않으면 찌든 때가 그대로 남아 있고 다림질하지 않은 상태로는 입기 곤란하다. 더구나 한밤중에 귀가해서 새벽같이 등교하는 고등학생의 경우 이를 실천하기란 언감생심이다. 실제로 연년생 자녀를 둔 우리도 (지금은 지난 일이 되었지만) 애들의 교복을 제대로 관리해 주지 못해 늘 마음이 쓰였다. 얼룩이 지고 주름이 잡힌 교복을 볼 때마다 마음이 편치 않았다.

차제에 기존 교복의 과감한 혁신을 제안한다. 물론 이 제안은 '유니폼'이라는 교복의 본래 의미와 활동성, 경제성, 그리고 사용 편의성을 모두 고려한 것이다. 요컨대 겨울에는 목이 올라오는 따뜻한

고3 소풍 때 제천 의림지에서. 부자연스런 교복보다 활동성이 좋은 교련복이 더 좋았다.
_1975

티셔츠를 받쳐 입고 겉에는 방한이 잘 되는 반코트 형식의 외투와 활동성이 좋은 편한 재질의 바지를 똑같이 입으면 될 것이다. 여름에는 구김이 잘 가지 않으면서 활동성이 좋은 합성섬유 재질의 반바지에 칼라가 달린 티셔츠를 똑같이 입으면 좋을 것이다. 필요하다면 학교 이름이나 마크를 새겨 넣으면 된다.

이렇게 하면 교복이 추구하는 본래의 의도를 훼손하지 않으면서 기존의 불편함을 해소할 수 있을 것이다. 즉 학교라는 단체생활에서 지켜야 하는 규율과 절도 있는 생활을 흐트러뜨리지 않으면서 마음 놓고 신체활동을 할 수 있는 활동성, 언제든지 세탁기로 세탁해서 별다른 손질 없이 짧은 시간 내에 다시 입을 수 있는 편의성을 동시에 추구할 수 있다. 아울러 세계에서 가장 값싸고 질 좋은 의류시장인 우리나라에서 학교마다 각기 다른 브랜드의 각기 다른 색상과 디자인을 선택할 수 있어 교복 값 때문에 생기는 복잡한 사회문제도 해결할 수 있다. 용기가 필요하다. _2009년 7월

## 교육일 수 없는 입시교육

우리가 흔히 말하는 '입시교육'이란 용어 자체가 맞는지 의문이다. 말하자면 '입시를 위한 교육'이란 말인데, 입시를 위한 교육이 존재할 수 있는지부터가 의문이다. 그러나 우리는 부지불식간에 입시교육이란 말을 너무도 쉽게, 일상적으로 사용한다.

좋다. 입시교육도 교육이라 치자. 그런데 교육이 무엇인가? 교육은 모름지기 무지하고 불완전한 인간에게 지식과 덕성을 가르쳐서 지혜롭고 온전한 인간으로 길러내는 것이 아닌가? 이렇게 말하면 '맞다, 무지에서 앎으로 이행하려면 혹독하게 공부를 해야 한다'고 맞장구를 칠 것이다. 그럼 '공부'란 무엇인가? 공부는 자신의 몸과 지력을 사용하여 새로운 것을 깨닫는 것이 아니던가? 여기에 대해서도 '맞다, 새로운 것을 깨닫기 위해서 공부한다'고 또 맞장구를 칠 것이다.

하지만 문제는 지금 우리가 하고 있는 교육과 공부의 목적이 무엇인가이다. 지식과 덕성을 익히고, 새로운 것을 깨달아서 어디에 쓸 것인가 하는 문제를 곰곰이 생각해야 한다. 정직하게 말해서 우리가 지금 하고 있는 소위 '입시교육(포괄적으로 공부도 포함)'은 경쟁의 도구다. 더 정확하게 말하면 순위를 매기기 위한 수단에 불과하다. 경쟁 자체를 무시하는 건 아니다. 인간 사회에는 언제나, 어디서나 경쟁이 존재한다. 그러나 인간을 인간답게 만드는 과정인 교육조차도 경쟁의 수단으로 사용한다면 문제다. 공자님도 '배우고 때로 익히면 즐겁지 아니한가?'라며 배움의 즐거움을 설파했다. 공부는 경쟁이 아니다. 공부는 기본적으로 즐거워야 하고, 그러기 위해서는 호기심을 갖고 임해야 한다.

그렇기에 교육을 수행하는 가장 바람직한 방법은 호기심을 자극하는 것이다. 그러나 현재 우리의 교육은 전형적인 고비용저효율의 모습을 하고 있다. 새벽부터 밤늦게까지 공부에 '올 인'하지만 학생, 학부모, 교사 모두가 행복해하지 않는다. 더구나 그 교육의 내용마저도 대부분 지나고 나면 반납하고 말 객관식 내지는 단답형 위주의 단편적 지식에 국한되어 있다. 창의성을 일깨우고 체험을 통하여 새로운 지식과 경험을 체득하는 효율성이 결여된 것이다.

학습량은 옛날보다 훨씬 더 많은데 전반적인 지적 수준은 엄청나게 떨어져 있다. 이를 방증하는 조사 자료는 얼마든지 있다. 영어를 잘한다고, 자격증을 몇 개 땄다고 그것으로 우수성을 말한다면 곤란하다. 기본적으로 배움이 즐겁고, 한 번 익힌 것은 잊어버리지 않고 몸속에 체득되어 있어서 언제라도 응용할 수 있는 살아있는 지식 체계가 되어야 한다. 입시교육이 참된 교육일 수 없다면 반드시 수정이 필요하지 않겠는가? _2009년 7월

## 노후의 행복을 찾아서

인간의 생애는 크게 삼등분으로 나눌 수 있다고 한다. 주어진 시간의 삼분의 일은 일을 하고, 삼분의 일은 잠을 자고, 그 나머지 삼분의 일은 식사를 하거나 무얼 타거나 아니면 사람을 만나거나 하는 등에 사용한다는 것이다. 식사를 하거나 무얼 타거나 사람을 만나는 일은 인생을 향유하는 일이다.

그런데 곰곰이 생각해 보면 일을 하고, 잠을 자는 것은 나머지 삼분의 일을 하기 위한 전제조건에 해당된다고 볼 수 있다. 잠을 통해서 건강을 유지하며 재충전을 하고, 일을 통해서 경제력과 성취감, 사회적 지위 등을 얻는다. 그리고 이것들을 이용하여 우리는 인생을 향유하는 것이다.

베이비부머들이 대거 은퇴하고 있다. 이들은 6 · 25 직후에 태어나 배고픔과 온갖 시련 가운데 어린 시절을 보낸 세대다. 많은 형제들 틈에서 밥 한 그릇을 두고도 경쟁하며 자라났다. 학교와 사회에서도 치열한 '생존'의 경쟁을 하며 살았다. 그야말로 정신없이 앞만

보고 살아온 사람들이다. 자연스럽게 가진 거라고는 '헝그리 정신' 하나밖에 없다. 없으면 만들어내고, 안 되면 되게 하는 '깡다구'로 살아왔다. 그런데 이제 그들이 분신처럼 여겨온 '일'을 떠나게 된 것이다. 개중에는 약간의 연금을 손에 쥐고 떠나는 이들도 있지만, 노후가 전혀 보장되지 못한 채 쓸쓸히 떠나는 이들이 더 많다.

현대인들은 노후생활에 대하여 관심이 높다. 인종마다, 국가마다 생각이 다르고 생활패턴이 다르지만 인간의 삶은 대동소이해서 행복한 노후생활에 대한 생각은 별반 다르지 않다.

베이비부머 세대인 나도 언제부턴가 노후생활에 대해 생각하게 되었다. 현직에서 물러난 주변의 사람들을 보면서 많은 생각을 한다. 그런데 공통점 하나를 발견할 수 있다. 노후준비가 안 된, 그래서 살아가기가 힘든 사람이라면 생계를 유지하기 위해 일을 하는 것이 당연하지만 어느 정도의 연금도 받고 재산이 있는 분들도 대부분 새로운 일을 찾아 나선다는 사실이다. '은퇴 후에도 뭔가를 하지 않으면 안 된다'는 이른바 '슈퍼노인 증후군'이다. 우리네 삶의 여정이 그러했기에 충분히 이해는 간다. 열심히 살지 않으면 밥을 먹을 수 없었던 가난했던 그 시절이 은연중에 자꾸 떠오르는 것이다.

그러나 이제는 생각을 바꾸어야 하지 않을까? 모처럼 찾아온 자유에 다시 노동과 의무를 덧씌워서야 되겠는가? 그동안 바쁘게 살아온 시간을 돌아보며 이제는 마음의 여유를 갖고 느리게 사는 삶을 누려야 한다. 그럴 만한 충분한 자격이 있다. 느림은 '도태'나 '낙후'가 아니라 성찰의 기회다. 노후의 행복은 가족, 건강, 취미생활,

사회활동 등이 조화롭게 균형을 이룰 때 가능하다. 많든 적든 그동안 일하면서 얻은 노하우와 경제력으로 여가와 취미생활을 하면서, 축적된 삶의 지혜를 나누어 주는 봉사를 하는 패턴으로 노후생활이 이루어져야 한다. 이러한 삶은 취업난으로 고통 받는 젊은이들에게 일자리를 내어 주는 일석이조의 효과도 있다.

자녀들로부터도 자유로워질 필요가 있다. 지금까지 자녀를 양육하기 위해 노심초사하며 모든 걸 바쳐왔는데 일과 스트레스로부터 해방된 노후에도 그들에게 얽매어 산다면 죽는 날까지 편안한 시간은 보장받을 수 없다. 부모의 도움을 받고 사는 자녀들도 한편으로는 힘들더라도 부모로부터 독립하여 자유의지로 살아가고 싶을 것이다. 성장한 자녀는 부모의 양육의 대상이 아니라 삶의 동반자이다. 차후 부모를 향한 그들의 효행은 별개의 문제로 두어야 한다. 자녀들의 양심과 인간적 도리에 맡겨야 한다. 우리가 익히 알듯이 억지로 되는 문제가 아니지 않던가?

고독을 즐길 수 있다면 금상첨화일 것이다. 인간의 거의 모든 불행은 제대로 고독할 줄 모르는 데서 온다고 한다. 그동안 타인과 외부세계로 뻗어 내린 생각의 촉수들을 철수시키고 자기의 내면세계를 조용히 성찰하면서 인생을 정리한다면 삶의 의미 있는 마침표가 될 터이다. 고독은 인간이 자의식을 깨달은 결과 얻어낸 위대한 대가代價이자 선물이다. _2011년 7월

# 추억의 비가 내린다

열차 안은 조용하기만 하다. 승객들은 모두 각자의 모습으로 차분히 여행을 즐기는 듯하다. 얼핏 보기에 스마트폰을 문질러대는 사람도 없고, 시끄럽게 통화를 하지도 않는다. 끼리끼리 마주 앉아 자기들만의 대화를 하는 무리도 안 보인다. 모두가 조용히 생각에 잠겨 있다. 이게 무궁화호가 맞나? 상당히 격조가 있다.

오랜만에 타 보는 무궁화호. 그런데 이게 웬 떡인가? 좌석은 모두 전면을 향해 있고, 좌석간 거리도 충분하다. 게다가 예의 그 소란함도 없다니. 언제부턴가 열차는 무조건 KTX만 타는 못된(?) 습관이 생겨서 이런 호사豪奢를 모르고 지내왔다. 우린 대개 이렇게 생각한다. 비싸면 좋다, 소위 있는 사람들 속에 들어가서 차별화된 우월감을 느끼며 살아야 폼이 난다고.

오랫동안 무궁화호를 타보지 못했기에 최근의 실상을 잘 알지 못했다. 사실 KTX는 좌석 간격이 비좁고, 통로도 협소하다. 그래서 앉아있기 불편하고, 이동도 원활하지 못하다. 단지 빠르다는 이유와 개인의 자유가 조금 더 보장된다는 이유만으로 현대인의 욕구를 그나마 충족시킬 뿐이다.

게다가 이용자는 무궁화호에 비해서 상대적으로 젊다. 나는 젊은이도 아니고, 그렇다고 아직 노인도 아니지만 세대 간에 피할 수 없는 생각의 차이 때문에 때로는 짜증스럽다. 특히 앉았다 하면 스마트폰을 꺼내들고 문질러대는 그 모습은 나에게 직접적인 피해를 주지 않음에도 불구하고 솔직히 마음에 들지 않는다. 나쁘다는 게 아니라 보기가 싫다. 직업병인지도 모른다. 여태껏 젊은이들을 가르쳐온 때문인지 시간을 무의미하게 사용하는 꼴을 보면 아주 속이 답답하다. 그건 내 자식들에 대해서도 똑같다. 기계 속에 들어가서 자아를 포기한 채 '멍' 때리는 그 모습이 참 보기 싫다.

사색을 하고, 책을 읽고, 의미 있는 대화를 해야 할 시간에 병적으로 스마트폰을 꺼내드는 이 무대책을 어이하랴! 난 늘 강조한다. 인터넷 속에 들어있는 지식과 정보는 내 것이 아니라고. 그리고 거기에는 부정확하거나 별로 도움이 안 되는 정보가 너무 많다고. 그렇기에 잘 활용하면 약이 되지만 맹신하면 독이 될 수 있다고. 참지식과 정보는 '공부'를 통해서만 얻을 수 있다고 강조한다. 심지어 나는 공부의 정의를 이렇게 내린다. "공부란 남의 지식을 내 것으로 만드는 '치열한' 과정이다."

창밖을 본다. 조용히 비가 내린다. 차창에 부딪혀 흩어지는 빗방울마저도 차분해 보인다. 내리는 비를 보다가 먼 산을 본다. 들판을 보다가 철길 옆으로 난 개울을 본다. 식상한 표현이지만 너무도 운치가 있다. 잔잔한 한 폭의 그림을 보는 것 같다. 객실 안 분위기를 살피다가 조용히 눈을 감는다.

나는 지금 부산으로 가고 있다. 어느새 3,40년의 세월이 흘렀지만 열차를 타고 부산과 제천을 오르내리던 내 젊은 날이 떠오른다. 고등학교를 졸업하자마자 아픔과 희망을 동시에 안고 무작정 당도했던 부산. 그곳은 나에게 제2의 고향이 되었다. 그곳에서 공부를

과외하며 열심히 살던 대학시절, 학생들과 낙동강 인근으로 낚시를 갔다. 그 아이들이 보고 싶다! _1978.5.18

하고, 결혼을 하고, 아이 둘도 모두 그곳에서 낳았다. 그렇게 부산에서 산 날이 15년이다.

당시에는 고향엘 가려면 좌석권이 없는 완행열차와 좌석권을 발행하는 보급(보통급행) 두 종류의 열차밖에 없었다. 완행은 새벽 6시에, 보급은 밤 9시에 부산역을 출발했던 걸로 기억된다. 주로 방학이나 명절 때 올라가는데 대체로 밤 열차를 타야 한다. 하지만 학업으로, 아르바이트로 정신이 없는 유학생이 좌석권을 구하기란 하늘의 별 따기였다. 아예 포기하고 입석으로 가곤 했다. 중간 중간에 잠깐씩 자리에 앉는 행운이 오지만 오래 가지 못한다. 8시간 30분을 서서 가는 여정은 결코 만만치 않다. 그 긴 시간은 나에게 많은 생각을 하게 했다. 미래에 대한 꿈도 꿨지만, 불안감도 있었다. 예나 지금이나 젊은이라면 비슷한 고민에 시달리는 게 인지상정이 아닌가? 현재의 삶에 대해서 나 자신이 대견하다는 생각이 들면서도 한편으론 후회도 많았다.

덜컹거리며 엄청 긴 시간을 달려온 것 같은데 아직도 도착하려면 멀고 또 멀었다. 후텁지근한 열차 안의 공기는 점점 악화되고 갈 길은 멀기만 했다. 공기는 그렇더라도 앉을 수만 있다면 얼마나 좋을까. 신문지를 들고 난간에 나가 자리를 잡아 보지만 거기도 만만치 않다. 자리경쟁이 그렇고, 공기가 그렇다. 여름에는 문을 열어놓아 위험하고, 겨울에는 바람이 가당찮게 매섭다.

기차 안에서도 고생이지만 새벽에 내리면 그 살벌한 추위와 집으로 가는 교통수단도 막막하기만 했다. 택시를 타려니 돈이 없다. 역에서 5km쯤 떨어진 고향집까지 가려면 고민이 이만저만이 아니다. 우여곡절 끝에 고향집에 들어서면 비로소 마음이 놓인다. 그곳에 부모님과 형제자매가 있고, 나고 자란 정든 집과 흙냄새가 있다.

희망과 고민이 뒤범벅된 내 젊은 날의 부산생활은 한 편의 드라마다. 온갖 희로애락이 묻어 있다. 의식주를 해결하기가 만만찮았고, 낯선 곳에 적응하기도 쉽지 않았다. 공부를 하지만 성공여부는 여전히 미지수였다. 하숙방에 누워 미래를 고민하며 지새운 밤들, 가정교사를 하며 시간에 쫓겨 끼니를 걸러 가며 뛰어다닌 시간들, 그러나 그 가운데도 즐거운 추억이 서려 있다. 정신없이 바

대학졸업사진 촬영을 끝내고 바닷가로 잠시 일탈 _1983.10.10

뻐게 살았지만 짬짬이 친구들과 어울려 보낸 깨소금 같은 시간들, 70~80년대 대학생활의 낭만은 요즘 학생들은 경험할 수 없는 소중한 추억이다.

그때 그 추억들을 만나러 가는 길이다. 그 길에 비가 내린다. 무궁화호를 타고 그 시절 수없이 타고 내린 추억의 열차를 떠올린다. 어떤 제약도, 고민도 없이 행복한 상상만 하면서. 천천히 달리는 무궁화호에서 그때를 회상하며 상념에 사로잡힌다. 비까지 내려 분위기를 한껏 고조시킨다. 그것도 조용히, 아주 낭만적인 비가 내린다. 내가 가장 좋아하는 분위기다. 이걸로 족하다. _2011년 11월 30일

대학원 시절 가정교사하던 3형제와 계곡에서 망중한.
막내의 "아재요~" 소리가 귀에 쟁쟁하다. _1985.6.6

## 기본을 상실한 교육

교육이 흔들리고 있다. 아주 심하게 균열이 생겼다. 어제 오늘의 일은 아니지만 이제는 묵과할 수 없는 지경에 이르렀다. 특히 대학 교육이 엉망이다. 기본을 상실했기 때문이다. 그 저변에는 '학생'에 대한 개념의 혼동이 있다.

학생이 대학의 '고객'인 것은 맞다. 그러나 고객도 종류가 있다. 학생은 물건을 사러 온 고객이 아니다. AS센터에 서비스를 받으러 온 고객도 아니다. 교육을 받으러 온 고객이다. 대학은 학생들에게 쾌적한 교육환경에서 양질의 교육과 친절한 행정서비스를 당연히 제공하여야 한다. 이것은 대학의 기본적인 책무이며, 학생들 입장에서는 누려야 할 권리다. 그러나 이러한 요구는 아무리 충족시키더라도 끝이 없다. 더 중요한 것은 대학은 영리를 목적으로, 성과를 목표로 하는 기업이 아니라는 점이다. 누가 뭐래도, 아무리 시대가 변해도 대학은 교육기관이고, 이어야 한다.

교육이 무엇인가? 미성숙하고 불완전한 인간을 최대한 성숙하고 완전한 인간으로 만들기 위한 과정이 아니던가? 따라서 대학은 학문뿐 아니라 인간의 삶을 가르치는 전당이어야 한다. 대학이 소위 '스펙'을 쌓는 곳이라면 굳이 대학에 갈 필요가 없다. 맞춤형 스펙을 만들어주는 곳은 얼마든지 있기 때문이다.

최근 대학가에서 등록금에 대한 원색적인 불만의 소리가 높다. 등록금이 너무 비싸다는 것이다. 그런데 정치권에서 정치적인 목적으로 등록금 문제를 제기했다는 것도 문제지만 자신의 책임이나 의무는 다하지 않으면서 등록금 문제가 대학에서 일어나는 만병의 근원인 것처럼 주장하는 것은 더 큰 문제다. 등록금이 비싸다고 생각한다면 기본적으로 이른바 '본전'을 찾기 위한 노력을 최대로 경주해야 할 터이다. 분위기에 부화뇌동하는 것은 교육받는 사람의 바른 자세가 아니다. 교육자와 피교육자는 혈연관계가 아니라 서로 다른 생소한 인격체가 만나 올바른 인간이 되는 것을 목표로 상호 노력하는 관계이다. 그렇다고 비용 대비 처우를 노골적으로 거론하면서 이들의 관계를 단순히 물건을 사고파는 상인과 고객의 관계로 보아서는 곤란하다.

더 심각한 것은 이런 주장을 두려워하여 학생의 잘못을 지적하고 나무라지 못하는 교육현장의 분위기다. 대학생활에 충실하지 못한 학생에게 교육자가 '너는 부모님이 갖은 고생을 해서 번 돈으로, 그리고 국가가 너에게 투자를 해서 교육을 받고 있는 거야. 교육에 성실히 임하지 않으면 부모님에게 불효하는 것이며, 국민들이 낸 혈세를 낭비하는 거야.'라고 엄하게 훈계해야 하지 않는가?

학생을 '고객'으로만 생각하다 보니 그들의 눈치를 보며, 어처구니없는 행동에 대해서도 나무라지 않는 것이 당연시되고 있다. 등록금이 비싸다고 그렇게 집요하게 주장을 하면서도 자신들은 약속을 밥 먹듯이 어기고, 아무런 예고도 없이 시험을 보지 않는가 하면, 온갖 핑계를 대며 습관적으로 무단결석을 하고, 과제를 제출하지 않는다. 그래도 대학은 그들을 따끔하게 나무라거나 그에 응당한 처벌을 하지 않는다. 아니, 못하고 있다. 오히려 눈치를 살피며 비위를 건드리지 않으려고 한다. 소위 비즈니스를 하고 있는 것이다. 이런 상황이라면 대학은 더 이상 교육기관이라고 할 수 없다. 이래서는 희망이 없다. 학생과 소통을 하고 그들이 불편하지 않게 배려하는 것은 꼭 필요하고, 매우 중요하다. 그러나 학생과 협상을 해서는 안 된다. 이건 교육이 아니다.

학생이 '고객'이라는 이유로 그들과 협상을 하면서 어느 하나 불편함이 없도록 배려하는 것은 스스로 교육을 포기하는 셈이다. 교육의 본질에도 어긋난다. 채찍은 가하지 않으면서 당근만 줘서는 안 된다. 때로는 하고 싶은 것도 참아야 하고, 하기 싫은 일도 해야 하는 것이 인간사의 기본이 아니던가? 교육을 받는 동안 어떤 불편함도 경험하지 못한 학생이 사회에 나왔을 때 온통 불편함 투성이인 이 세상을 어떻게 살아갈 수 있단 말인가? 성에 차지 않으면 극복하려고 노력하기보다는 쉽게 포기하거나 손쉬운 방법을 선택하는 '꼼수'를 부리며 살아갈 것이다.

교육이 올바른 인간을 기르는 일일진대 힘들어도, 저항이 있더라도 불편을 참고 견디어 내도록 가르쳐야 한다. 또한 교육자는 잘못된 언행에 대해서 분명히 지적하고 나무라는 '어른'이어야 한다. 학생은 '고객'이지만 미성숙에서 성숙으로, 불완전에서 완전으로 가는 과정에서 가르침을 받는 '피교육자'임을 명심해야 한다. 기본을 상실한 교육이 안타깝다. _2011년 12월

## 스포츠,<br>그 아름다운 인간의 몸짓

조코비치가 라켓을 내던지고 코트에 드러누웠다. 현지시각으로 어제 저녁에 시작된 경기는 오늘 새벽이 돼서야 대단원의 막을 내렸다. 5시간 53분, 테니스 메이저대회 결승전 사상 최장시간 기록이다. 2012 호주오픈테니스대회 남자단식 결승전이 지금 막 끝났다.

전영全英오픈, 프랑스오픈, US오픈과 함께 4대 그랜드슬램대회인 호주오픈의 피날레를 장식한 이 경기는 식상한 표현으로 '각본 없는 한편의 드라마'였다. 게다가 스포츠가 줄 수 있는 온갖 감동까지 선사한 최고의 명승부였다. 나는 이 기막힌 역사적 사실과 그 감동을 '쓰지 않고는' 견딜 수가 없다.

나달Rafael Nadal(26세, 스페인, 2위)과 조코비치Novak Djokovic(25세, 세르비아, 1위) 언제부턴가 그들이 만나면 불꽃이 튄다. 세계랭킹 1위를 질주하던 나달로부터 1위 자리를 빼앗은 조코비치는 다시 나달의 도전을 받고 있는 형국이다. 파워와 스피드로 무장한 나달과 탄탄한 기본기를 바탕으로 지능적인 플레이를 펼치는 조코비치의 경기는 테니스의 진수를 보여주기에 안성맞춤이다.

예상대로 1세트부터 불꽃이 튄다. 타이 브레이크까지 가는 접전 끝에 나달의 7:5승리. 그러나 오른쪽 무릎 부상으로 붕대를 감고 나온 나달이 2세트를 4:6으로 내주면서 승부가 조코비치 쪽으로 기우는가 싶더니 아니나 다를까 3세트는 2:6으로 패하고 만다. 모두가 나달의 패배를 감지하는 순간이다. 그러나 나달이 누구던가? 그는 절대로 물러서지 않는다. 포기를 모르고 달려드는 야생마다.

4세트는 백미白眉였다. 강력한 포핸드 스트로크를 엔드라인 구석에 꽂아 넣으면 이를 백핸드 대각선 패싱샷으로 받아치고, 예리한 각도의 다운 더 라인 스트로크를 날리면 예측불허의 포핸드 역逆 크로스로 응수한다. 지능적인 조코비치가 구석구석을 찌르는 스트로크로 무릎이 안 좋은 나달을 이리저리 몰아 부치자 나달은 절묘한 슬라이스로 힘을 뺀다. 조금이라도 볼이 짧거나 떴다 싶으면 여지없이 네트로 뛰어들어 꼼짝할 수 없는 발리 샷으로 상대를 초토화시킨다. 서로에게 빈틈은 허용되지 않는다. 정교한 역학力學의 현장이다.

4세트 3:4로 뒤진 나달의 서비스게임에서 나달이 15-40까지 몰린 절체절명의 위기에서 끝까지 포기하지 않는 투혼과 칼날 같은 패싱샷으로 게임을 뒤집자 로드 레이버 아레나Rod Laver Arena는 완전히 흥분의 도가니로 변해 버렸다. 게임 스코어 4:4, 팽팽한 긴장감이 극에 달했다. 서로의 서비스게임을 지키며 다시 6:6 타이 브레이크. 그 운명의 게임에서도 나달은 위기를 기적같이 극복하고 승리를 따내며 세트 스코어 2:2, 경기를 파이널 세트로 몰고 간다.

파이널 세트는 인간의 한계와, 한계상황에서도 몸에 프로그래밍된 기술을 본능적으로 보여준 감동의 클라이맥스였다. 팽팽한 접전이 이어지다가 잠시 승부의 추가 기우는 듯하고, 다시 접전 양상을 띠다가 또 미세한 틈을 보이기도 한다. 그 와중에 벌어지는 두 선수의 기氣 싸움과 경기장의 열기는 말로 형언키 힘들다. 현장에 있지 못한 아쉬움이 이는 대목이다. 어떤 순간에도 냉정함을 잃지 않는 평정심과 극한의 고통 가운데서도 포기하지 않는 투지는 인간의 한계가 어디까지인지를 곰곰이 생각하게 한다. 세계랭킹 1, 2위가 보여주는 명불허전이다.

상대 코트를 노려보는 날카로운 눈빛, 턱 밑으로 쉴 새 없이 떨어지는 땀방울이 카메라에 잡힐 때마다 형언할 수 없는 스포츠의 묘미가 가슴을 두들긴다. 땀으로 온몸에 짝 달라붙은 셔츠와 자신만의

식이食餌로 지참한 간식을 아주 절제되게 섭취하면서 게임의 수를 계산하는 복잡 미묘한 표정을 읽는 재미도 쏠쏠하다. 조금이라도 더 좋은 샷을 하기 위해 중간 중간 라켓을 교체하며 결의를 다지는 프로의 모습까지 6시간여 동안이나 이를 지켜볼 수 있다니 이건 스포츠가 주는 엄청난 감동이요 행복이다. 잠시도 눈을 뗄 수가 없다.

불과 이틀 전 준결승전에서 앤디 머레이(영국)와 5시간여의 혈전을 마치고 파김치가 된 조코비치는 스트로크를 하고 다리가 꼬여 비틀거리더니 마침내 코트에 쓰러지고 만다. 이 틈을 놓치지 않고 매의 눈을 하고 덤벼드는 나달도 고통을 이겨내느라 얼굴이 일그러져 있다. 균형 잡힌 탄탄한 몸매는 기본이고, 크고 작은 근육들이 수축과 이완을 반복하며 그들은 코트에서 혼을 불사르고 있는 것이다. 이기기 위해서, 천문학적인 상금을 얻기 위해서, 사람들의 인기를 차지하기 위해서이기도 하겠지만 그렇게만 보는 것은 그들에 대한 모독이 될 것이다. 그들은 세계인의 이목이 집중된 최고의 무대에서 극한상황의 경쟁을 하면서도 자신들의 본업인 테니스 자체를 즐기며, 어느 누구도 흉내 낼 수 없는 최고의 경기를 관중들에게 선사하고 있는 것이다. 샷을 할 때마다 온 몸의 기를 한데 모아 포효하는 날카로운 소리는 원시의 황야에서나 들렸을 법한 자연음이다. 나는 이 두 명의 건장한 짐승돌들을 '테니스의 종결자'라 칭하겠다.

결승전은 경기 외적인 부분에서도 감동과 재미를 선사하기에 충분했다. 선수들의 일거수일투족을 놓치지 않고 캡처해 내는 카메라도 한 몫을 톡톡히 한다. 선수들의 역동적인 동작은 물론이고, 마시고 난 물병의 로고가 정면을 향하도록 가지런히 놓은 것을 선명하게 클로즈업하는가 하면, 관중석에서 애절하게 남친을 응원하며 파이팅스피릿을 충동질하는 여친의 모습과 원정 온 자국민들의 기기묘묘한 응원 장면, 심지어는 코트를 기어가는 곤충들의 움직임까지 섬세하게 잡아내 보여주는 카메라 기술은 가히 '기술'을 넘어 '예술'에 가깝다.

경기장을 가득 메운 엄청난 인파의 숨이 일제히 멎은 듯 정적이 감돌다가도 믿기 힘든 선수들의 동작 하나하나에 탄성을 지르는 관중들, 틈틈이 자기가 좋아하는 선수의 선전을 바라며 질러대는 응원의 소리, 경기장에 입장하지 못한 채 밖에서 자리를 펴고 대회를 즐기는 극성팬들, 그야말로 선수와 팬이 함께 펼치는 최고의 스포츠 제전이다.

파이널 세트까지 숨 막히는 접전이 이어지고 드디어 6시간여의 경기가 끝났다. 마침내 우승자가 된 조코비치는 한동안 코트에 드러누워 하늘을 쳐다보더니 벌떡 일어나 나달과 뜨거운 포옹을 하며 동업자의 진한 우정을 보여준다. 둘이서 만들어낸 각본 없는 한편의 드라마를 자축自祝하며 서로를 축복하는 의미리라. 이어서 조코비치가 괴성을 지르며 자신의 셔츠를 찢어 벗어던지는 우승 세리모니는 치열했던 승부에 종지부를 찍는, 또 다른 감동을 선사하는 장면이다. 우레와 같은 박수가 터져 나온다. 아무도 그 행동을 거칠고 무례하다 할 수 없을 것이다. 오히려 기나긴 고통 뒤에 찾아온 환희를 가장 실감나게 표현한 역동성의 극치라 할 것이다.

이들의 고통에도 아랑곳없이 시상식에서는 다시 권위와 경제의 그림자가 스포츠를 지배하고 있었다. 각종 스폰서를 소개하며 일일이 고마움을 전하는 의례적 멘트와 주요 인사들의 일장연설이 이어진다. 충분히 이해는 간다. 경제와 조직의 힘이 없이는 이런 거대한 스포츠 축제는 애당초 불가능하다. 그러나 남아있는 1%의 에너지마저 고갈시키고 서있기조차 힘든 두 선수를 세워 놓고 장황한 인사말을 늘어놓는 속없는(?) 인사들의 말잔치는 그다지 유쾌하지 않다. 결국은 두 선수에게 의자가 제공되고 선수가 앉아서 시상식 순서를 지켜보는 보기 드문 광경을 연출하고 말았다.

그럼에도 불구하고 그들은 그 지루한 순서들을 웃음으로 잘 견뎌내고 서로를 축하하며 유머러스한 인사말로 좌중을 유쾌하게 하는 프로정신을 보여주었다. 조코비치의 우승소감은 진정한 스포츠맨의 가슴에서나 나올 수 있는 문학이었다. "오늘 우리는 새로운 역사를 만들었다. 우승 트로피가 두 개였으면 좋을 텐데. 두 명의 승자가 있을 수 없는 현실이 안타깝다." 죽을 것만 같은 피로가 밀려오지만 서로의 기량을 인정하면서도 자신의 성취를 만끽하는 그들이야말로 진정한 스포츠맨이다. 그들을 지켜보는 우린 그저 행복할 뿐이다. 멋진 그들이 있어 행복하고, 명품 승부를 볼 수 있어서 행복하고, 그 감동의 분위기 속에 있음이 행복하다. 스포츠, 그 아름다운 인간의 몸짓에 소름이 돋는다. 나달과 조코비치의 소감 첫 마디가 이채롭다. "Good morning!" 새벽이 온 것이다. _2012년 1월 30일

## 유행의 진실

중고등학생들 사이에서 '제2의 교복'이라 불리는 노스페이스 Northface(이하 노페) 점퍼가 학생들한테서 서서히 외면당하고 있다 한다. 반가운 일이다. 사실은 '노페 신드롬'에 대해 진작부터 말하고 싶었다. 도대체 노페가 뭐기에 남녀노소 할 것 없이 온통 '북쪽 얼굴'을 달고 다닌다. 아니 세상에 옷이 노페 밖에 없나? 등산복이든, 외출복이든, 학생의 등하교 복이든 가리지 않는다. 패셔너블 코디네이션에서도 노페는 빠지지 않는다. 가히 '노페공화국'이다.

여가생활이 확대되면서 아웃도어 제품 시장이 급속도로 성장하고 있다. 그런데 얼마 전 보도에 의하면 성능실험 결과 유명 아웃도어 제품의 품질이 실제로 우수하지 않은 것으로 드러났다. 오히려 중저가中低價 제품의 품질이 더 우수한 경우가 많았다. 그럼에도 불구하고 너도 나도 앞 다투어 유명 브랜드만 선호하는 현상은 이해하기 힘들다. 그 중에서도 노페만을 고집하는 현실은 더더욱 이해할 수 없다. 개성을 살리려고 하는 짓이 결과적으로는 줏대도 없고 개성도 없는 행태로 귀결되고 만다. 모두가 하는 짓을 따라 하면 이미 '차별화'는 아니다. '개성'과도 거리가 멀어진다. 그저 남들 따라 우르르 몰려가는 '몰개성沒個性'의 극치를 보일 뿐이다.

각설하고, 중고등학생들의 노페 선호도에 관한 얘기다. 조사에 의하면 그동안 학생들이 시대의 흐름을 쫓아가지 못하면 무시당할 것 같은 불안감에, 자신의 '계급'을 올리기 위해, 왕따를 당할까 봐

노페를 입어왔지만 이제는 부끄러워서, 유행이 지나서, 개성 있게 보이려고, 일진의 표적이 될까봐 이 옷을 입지 않는 학생들이 늘고 있다는 것이다. 노페가 엄청나게 고가高價인데도 불구하고 부모를 졸라서 사 입는 탓에 부모의 등골을 휘게 한다는 뜻에서 '등골 브레이커'로 불리자, 학생들 사이에 부끄럽다는 반성이 나오기 시작한 것이다. 지난해 말까지만 해도 한 반에서 절반가량이 노페를 입었지만 요즘은 5~6명 정도만 입는다고 한다.

청소년기에 유행하는 옷을 입는 것은 또래집단에서 외면당하지 않으려는 욕구의 표현이다. 어른도 마찬가지다. 보편화된 현상을 따라 하지 않는 것은 그것의 중요도나 고유한 가치에 관계없이 시대에 뒤떨어지는 일이라고 생각한다. 그러나 이러한 현상의 저변에는 유행을 쫓는 심리가 깔려 있다.

유행은 시대의 흐름이라지만 유행을 만들어내는 사람은 그 분야에 종사하는 극소수의 사람들이다. 다시 말하면 그것의 타당한 이유나 그럴 수밖에 없는 당위성보다는 몇 사람의 지극히 주관적인 기준에 의해 창조된 라이프스타일을 따라가는 것이다. 이를 추종하는 사람들이 생기면 그에 대한 후속 추종자가 계속해서 생기는 메커니즘이 바로 유행이다. 한마디로 유행의 진실은 '다른 사람을 흉내 내는 것'이다. 확고한 신념을 바탕으로 나의 기준에 의해서, 내가 좋아서 하는 것이면 '유행'이라는 말 자체가 성립하지 않는다. 왜냐하면 유행은 외부 요인에 의해 '흘러流가는行' 것이기 때문이다.

유행의 위험성은 그 안에 '내'가 없다는 데 있다. 유행은 한마디로 남을 흉내 내는 것일진대 그 안에 '자아ego'가 있을 리 만무하다. 그런 의미에서 지금 일고 있는 '탈脫 노페 현상'은 불행 중 다행이다. 유행의 거친 물살에 휩쓸려 들어갔다가 정신을 차리고 서둘러 빠져나온 형국이다. 실제로 해보니 의미가 없다는 것을 알아차리고 자기 주관과 자신의 고유성을 되찾은 것이다.

그러나 한편으로는 노페를 포기하는 이유가 앞의 조사결과와 같다는 데 문제가 있다. '이제는 부끄러워서, 일진의 표적이 될까봐'라니 이게 무슨 말인가? 그렇게 금방 깨달을 걸 왜 그리도 집요하게 따라 했단 말인가? '유행이 지나서 또는 개성 있게 보이려고'라니 이건 또 무슨 말인가? 그럼 정신없이 빈번하게 도래하는 유행을 또 따라 하겠다는 건가? 노페를 포기하고 또 남들을 따라 (다른 브랜드를 선택)하면 또 다른 개성이 생긴단 말인가? 이런 이유로 노페를 포기하는 것은 불과 얼마 전까지 자신이 그토록 집요하게 추구하던 가치를 금세, 전면적으로 부정하는 것이나 다름없다.

그러고 보면 유행은 허무하기 그지없는 것이다. 금방 부끄러워하고, 후회하고, 포기할 것을 일시적인 분위기에 도취되어 집요하게 추구하는 것은 사려 깊은 행위라고 보기 어렵다. 대신에 확고한 철학을 갖고 신념을 지키면서 자신의 멋을 추구하는 것이 진정으로 개성 있는 삶이 아닐까? 획일적 '흉내 내기'를 과감히 벗어던지고 진정한 용기를 발휘할 때다. 현대인에게 요구되는 가장 절실한 삶의 덕목은 용기다. _2012년 2월

## 현대사회의 우울한 키워드

재독在獨 철학자 한병철 교수가 쓴 책 중에 『피로사회』가 있다. '피로사회'는 현대사회를 단적으로 표현한 대표적인 예다. 정신없이, 앞만 보고 달리는데 삶은 그다지 만족스럽지 못하다. 만족은커녕 오히려 우울하고 스트레스는 점점 증가한다. 그럼에도 불구하고 '난 할 수 있어!'라며 스스로 억지 긍정을 하면서 끊임없이 '무한 성공'을 독려한다. 그러니 피로할 수밖에 없다.

화이트 헤드는 '피로'를 '이성'과 상반된 개념으로 파악하였다. 이성이 삶의 엔트로피를 줄여주는 역할을 한다면, 피로는 사람을 죽음으로 몰아가는 독약이라고 본 것이다. 그런 관점에서 현대사회는 이성적 사회가 아니라 피로를 생산하는 사회다.

피로사회의 또 다른 이름은 '성과成果사회'다. 무한 성공을 독려하는 성과사회의 부정적 측면이 피로사회인 것이다. 성과사회는 인간의 삶을 진정으로 풍요롭게 하기보다는 우선의 성과를 내는 데만 관심이 있다. 지난날 인간을 피로하게 한 것이 타인의 강제와 규율이었다면, 현대는 스스로 자신을 피로하게 하는 성과사회로 변모한 것이다.

우울증은 성과사회가 초래한 '시대의 질병'이다. 한병철은 '죽을 때까지 일하다가 쓰러지면서도 스스로를 피로하게 한다는 인식조차 못하고, 오히려 성과에 도달하지 못한 자신을 자책하는 현상이 우울증이다.'라고 했다. 그러므로 우울증은 성과사회에 대한 스스로의 반성과 자각이 있어야만 극복할 수 있는 시대병이다.

'소비사회'도 현대사회의 별명이다. '나는 소비한다. 고로 존재한다'는 소비지상주의는 마케팅의 전제가 되었다. 소비사회란 사고 싶은 것을 사는 사회, 즉 욕망이 극대화된 사회를 말한다. 요즘 젊은이들이 사용하는 말 중에 '지름신'이라는 은어가 있다. 이 용어는 동사 '지르다'의 명사형인 '지름'과 '신神'의 합성어로 '충동적으로 물건을 구매하기 좋아하는 사람'을 일컫는다. 우리네 삶이 풍요로워지면서 많은 사람이 계획되지 않은 소비행위를 한다.

소비사회의 특징은 소비를 할 때 이성보다는 욕망에 의해 판단한다는 것이다. '욕망'이란 '욕구'와는 달라서 필요로 하는 것이 일단 충족이 되더라도 끝없는 소비를 요구한다. 소비사회 이전에는 욕구에 의해 필요한 것을 필요한 만큼 소비했다면 소비사회는 욕망에 의해 끝없이 소비하며 이를 통해 만족을 얻으려 한다. 그러나 인간에게 만족이란 애당초 없을 뿐더러 만족을 얻는다 해도 일시적일 뿐 곧 다른 욕망에 의해 갈증을 느끼게 된다.

소비사회의 또 다른 특징은 돈으로 살 수 없는 것조차 돈으로 사려고 한다는 것이다. 예전에는 돈으로 살 수 없던 것조차 이제는 가격이 매겨지고 거래되는 시대가 되었다. 물질만능주의가 팽배하여 '돈으로 못할 것이 없다'는 믿음이 생겨난 것이다. 또한 소비사회는 이 세상에 존재하는 유 · 무형의 모든 존재들은 비쌀수록 품질이 좋을 것이라는 '가격-품질 연상효과'까지 널리 인식시켜 양극화를 부채질하고 있다.

현대사회의 또 다른 표현으로 '닫힌 사회'도 있다. 우리는 대개 현대사회를 모든 것이 공개되어 있는, 유리알처럼 투명한 사회라고 한다. 그러나 투명한 사회가 '열린사회'는 아니다. 자유로운 비판과 토론이 자연스럽게 이루어지지 않는 사회는 열린사회가 아니다. 비판과 토론을 개방적으로 받아들이지 못하는 사회는 닫힌 사회다. 인터넷에는 엄청난 정보와 뉴스가 넘쳐 나지만 그들에 대한 토론과 비판은 너무 극단적이거나 제한되어 있다. 현대사회가 닫힌 사회임을 보여주는 대표적인 예다. 닫힌 사회에서는 이구동성으로 '소통'이 안 된다고 난리다. 소통의 모양은 있으나 진정한 소통이 없다.

'위험사회'도 현대사회를 예리하게 꿰뚫는 표현이다. 과학기술의 발전은 물질적 풍요를 가져다주었지만 사회생활의 위험성은 그만큼 커졌다. 과거에는 없었던 각종 새로운 질병과 사고, 범죄, 그리고 상식을 파괴하는 이상한 사상들이 우리를 위협하고 있다. 그러나 우리는 위험한 사회에 살고 있다고 느끼기보다는 오히려 물질적 풍요에 사로잡혀 허둥대며 문명의 이기利器와 혜택을 만끽하고 있다. 그래서 더 위험하다.

피로사회, 소비사회, 닫힌 사회, 위험사회는 모두 현대사회의 우울한 키워드다. 이들은 다른 듯 같은 뿌리를 갖고 있다. 그 안에 일, 욕망, 성과, 과학, 기술, 풍요, 이기심 등이 복합적으로 내재되어 있다. 우리의 삶에서 이들을 완전히 제거할 수는 없는 노릇이다. 이들을 적절히 활용하고 충족시키되 이성을 좇아 절제하는 것만이 피로와 위험에서 벗어나는 길이요, 필요한 것만 소비하면서도 만족을 누릴 수 있는 길이요, 열린 마음으로 건강한 비판과 토론을 하며 타인과 소통할 수 있는 길임을 깨달아야 한다.

_2012년 5월31일. 전국교수공제회보

## 이제부터 진짜 공부다

오늘도 어김없이 침묵이 흐른다. 까치발을 하고 마음에 드는 곳을 찾아 자리를 잡는다. 가방을 열고 책과 필통을 꺼내 가지런히 놓으니 이내 마음의 평정이 찾아온다. 명예퇴직을 한 후 강의가 없는 날에는 특별한 일이 없는 한 도서관에 가는 일이 일상이 되었다. 오랫동안 동경해 온 일이다. 지자체마다 앞 다투어 조성한 마을 도서관이 참으로 훌륭하다. 그동안 드나들던 대학도서관에 전혀 손색이 없다.

통로를 지나가며 언뜻언뜻 보이는 바로는 공부하는 사람들의 연령도 다양하지만 공부하는 분야도 다채롭다. 언어, 기술 자격증, 부동산 공인중개사, 교양뿐 아니라 성경과 만화책에 이르기까지 펼쳐놓은 책의 내용도 각양각색이다. 내 공부를 하는 것도 좋지만 다른 사람의 공부하는 모습도 보기 좋다. 차라리 '아름답다'는 표현이 더 잘 어울린다. 모든 사람이 이렇게 살 수만 있다면 얼마나 좋을까 하는 행복한 상상을 해본다.

나도 그렇게 해왔지만 우린 대부분 구체적인 목적을 가지고 공부한다. 시험에서 좋은 성적을 얻기 위해, 상급학교에 진학하기 위해, 원하는 직장에 들어가기 위해 전투하듯이 공부에 매달린다. 내 경우도 꼽아보니 이런 이유로 공부한 햇수만 무려 28년이다. 더구나 요즘은 자격증 시대다, 국제화 시대다 해서 젊은이들은 스펙을 쌓기에 여념이 없다. 그 결과 스펙은 많은데 스토리가 없다. 선택은 자유지만 이 거센 시대의 흐름을 거역하기가 쉽지 않다. 인구밀도가 높고 자원이 부족한 우리의 현실에서 공부가 이룩한 '업적'은 의심할 여지없이 실로 지대하다. 하지만 공부의 재미를 느끼지도 못하고 목적을 이루기 위해서 경쟁만을 하는 현실이 안타깝다.

우리가 익히 알고 있듯이 공부工夫란 학문과 기술을 배우고 익히는 것이다. 원래 '공부'라는 말은 불교용어다. 불교에서 공부는 '도를 깨우치기 위해서 열심히 노력한다'는 뜻이다. 그렇기에 우주와 생명의 본질을 깨닫기 위한 노력, 마음을 관조觀照하는 수행을 공부의 핵심으로 본다. 서양에서의 공부는 '학문'을 뜻하는 '스콜라scholar'다. 이 말은 고대 희랍어의 '여유'에서 유래하였다 한다. 그러니까 공부의 본질은 우주와 생명을 이해하고, 자신의 마음을 읽어서 삶의 여유를 찾는 데 있는 셈이다.

노인인구가 급격히 증가하고 있다. 의학기술의 발달로 수명은 연장되었지만 조기퇴직과 그 후속대책으로 2차 취업, 그리고 부부간 갈등과 여가활용의 문제 등 노후의 과제가 한둘이 아니다. 편안히 쉬면서 인생을 정리할 나이에 여전히 경제적 어려움과 미숙한 노후대처로 어려움을 겪고 있는 빈곤계층이 엄청나게 많다. 그런가 하면 경제적 여유가 있는 퇴직자들은 새로운 소비계층으로 부상하고 있다. 빈곤계층은 삶 자체가 버거워 기쁨이나 마음의 여유가 없고, 소비계층은 그들 나름대로 소비를 통하여 1차적 욕구는 해결하지만 소비 뒤에 찾아오는 허전함과 황혼기의 본질적인 외로움을 달랠 길이 없다.

이때 가장 필요한 것이 공부다. 퇴직 후의 공부는 시험을 보기 위해서도, 상급학교에 진학하기 위해서도, 좋은 직장을 얻기 위해서도 아닌 진정한 의미의 공부다. 공부를 통하여 자신의 마음을 읽고 삶의 여유를 찾으면 되는 것이다. 물론 도저히 의식주를 해결할 수 없는 경우라면 얘기가 다르지만 그렇지 않다면 욕심을 비우고 조용히 마음을 관조하며 공부 삼매경에 빠져보는 실험(?)이 필요하다. 삶의 온갖 풍파에 시달리며 살아오다가 어렵사리 찾아온 자신만의 시간을 공부하면서 인생을 조용히 정리하는 시간으로 만드는 작업이다. 흔히 '사람은 죽을 때까지 공부해야 한다'고 할 때 '공부'란 바로 이런 공부를 두고 하는 말이다. 이제는 어떤 목적을 달성하기 위해서 공부하고, 그 목적이 이루어지면 끝내버리는 얄팍한 공부가 아니라 삶을 관조하고, 우주의 원리를 음미하며, 삶의 여유를 즐기는 본질적인 공부에 천착해 보는 것이다.

우리는 대개 젊음을 예찬하면서 나이 들고 늙어 가는 것을 한탄하는 경향이 있다. 물론 신체기능이 저하되고, 지적인 능력도 떨어지니 개운하지는 않을 테지만 곰곰이 생각해 보면 좋은 점도 있다. 그동안 살아온 삶의 경험으로부터 얻은 마음의 여유와 세상을 보는 안목, 그리고 무엇보다도 치열한 삶의 소용돌이에서 살짝 비켜 서있는 편안함이 있지 않은가? 생 · 노 · 병 · 사가 인생의 기본적인 프로세스라는 사실을 분명히 깨닫기만 한다면 나이 듦이 결코 서글프지만은 않을 것이다. 거기에 노년의 공부까지 더해진다면 '피할 수 없으면 즐기는' 지혜를 터득하게 될 터이다. 깨달음은 언제나 현실보다 늦게 온다. 이제부터 진짜 공부다! _2012년 6월

## 스포츠는 왜 하는가

지금 이 순간에도 세계 곳곳에서 각종 스포츠가 거행되고 있다. 한 순간도 쉬는 법이 없다. 축구, 육상, 테니스처럼 규칙이 잘 다듬어지고 매우 정교하게 정형화된 스포츠뿐 아니라 생소하거나 매우 이색적인, 놀이와도 비슷한 스포츠에 이르기까지 엄청나게 다양한 스포츠가 행해지고 있는 것이다. 스포츠가 뭐기에 사람들이 그토록 몰입하는가?

네덜란드의 역사학자 호이징가Johan Huizinga는 인간의 본성을 '호모루덴스Homo Ludens'로 규정하였다. '놀이하는 인간', '유희遊戲 인간'이라는 얘기다. 정말 그런가? 이에 대한 수많은 연구와 실험이 있었지만 인간의 삶의 모습을 관찰하는 것만으로도 충분히 유추할

수 있다. 예로부터 인간은 일만 하고 살지 않았다. 언제 어디서나 주변 환경을 이용하여 다양한 놀이를 만들어 즐겼으며, 놀이를 정형화하여 각종 축제와 운동경기를 개발하였다.

그러니까 스포츠는 인간이 개발한 다양한 놀이들 중의 한 형태인 셈이다. 원래 '스포츠sport'의 어원은 중세 라틴어 'disportare'로써 '자기를 즐겁게 하다', '노동에서 벗어나 기분전환하다', '휴식하다' 등의 의미를 갖고 있다. 이처럼 스포츠는 인간의 본성에서 비롯된 매우 자연스런 활동이 점점 제도화되고 정교하게 다듬어져서 오늘날의 경기 형태를 띠게 된 것이다.

그렇다면 우리는 왜 스포츠를 하는가? 스포츠를 통하여 무엇을 얻는가? 스포츠가 인간의 삶에 기여하는 바는 무엇인가? 스포츠의 가치는 무엇인가? 이러한 질문은 체육철학의 주제로서 스포츠에 대한 본질적인 질문이다. 우리는 스포츠를 하기 전에 반드시 이 같은 질문을 해야 한다. 그렇지 않으면 스포츠 자체가 무의미하다. 자기가 하는 행위를, 그것도 시간과 비용을 들이고 힘든 노동력을 사용하면서 하는 행위를 뚜렷한 이유나 목적도 없이 한다는 것은 참으로 어이없는 일이다. 스포츠가 갖는 가치와도 맥을 같이 하는 스포츠의 이유 또는 목적은 다음과 같이 요약할 수 있다.

첫째, 스포츠는 무엇보다도 생생한 신체적 체험Vivid Physical Experience을 하는 것이다. 요컨대 우리는 스포츠를 통하여 '체험적 신체'을 경험할 수 있다. 스포츠라는 행위를 몸소 경험해 봄으로써 자신의 신체적 가능성과 더불어 한계를 깨닫게 된다. 몸을 스스로 움직여서 극한의 경계에 도달할 때 의식 속에 자신의 참모습이 뚜렷이 드러나게 된다. 최선을 다했을 때 할 수 있는 것과 아무리 노력해도 되지 않는 것을 깨달은 경험이 인간의 삶에 연관되어 자신의 능력과 한계를 올바르게 인식함으로써 온전한 인간으로 살아갈 수 있는 기초를 제공한다. 이는 또한 인간의 가능성의 영역을 넓히고 잠재력을 계발하는 계기로 삼을 수 있다.

둘째, 스포츠를 통하여 신체와 정신이 별개가 아님을 터득하게 된다. 스포츠를 하면서 순간순간 '정신은 신체에 깃들어 있고, 신체는 정신의 지배를 받아 움직이게 된다'는 사실을 깨닫게 된다. 말하자면 스포츠는 단순히 이기기 위한 경쟁이나 체력을 기르기 위한 수단이 아니라 자기를 대면하는 가장 극적인 장치다. 따라서 스포츠는 심신일체의 세계관을 형성하여 '몸'에 대한 올바른 이해와 건강한 시민으로 살아갈 수 있는 길잡이가 된다.

셋째, 스포츠를 통하여 타인을 이해하고 배려하는 법을 배우게 된다. 우군에 대한 이해와 배려 없이는 상대를 이길 수 없을 뿐더러, 상대에 대한 이해와 배려 없이는 정상적인 경쟁이 곤란하다. 결국 타인에 대한 이해와 배려는 스포츠의 전제가 되는 셈이다. 이를 위해서는 협동심, 준법성을 발휘해야 하며, 이런 과정을 통하여 우리는 사회성을 함양하게 되는 것이다.

넷째, 스포츠는 '분노 없는 경쟁strife without anger'이며 '악의惡意 없는 기술art without malice'임을 체득하게 된다. 스포츠는 분노를 충족시키기 위한 마구잡이 싸움이 아니고, 악의에 찬 기술의 발현도 아니다. 선의의 기술을 개발하여 분노를 전제하지 않은 정정당당한 경쟁을 펼치는 것이다. 경기에서 악의나 분노를 전제한 경쟁으로는 상대를 이길 수도 없으며, 스포츠의 진정한 묘미를 경험할 수 없음을 알게 된다. 부단히 기술을 개발하고, 분노나 악의를 전제하지 않은 경쟁을 통하여 스포츠의 묘미와 승리의 기쁨을 맛볼 수 있게 된다.

마지막으로, 스포츠는 그 자체로써 '즐거움'이고, 삶의 질을 향상시키는 수단이 된다. 스포츠의 어원에서 짐작할 수 있듯이 인간이 노동에서 해방되어 스포츠라는 놀이를 하면서 휴식을 취하고, 삶에 다시 도전하는 에너지를 얻게 된다. 그렇기에 스포츠는 즐거움 자체이면서 삶의 질을 향상시키는 수단인 것이다.

스포츠에 대한 프로와 아마추어의 표피적 이유나 목적은 다르더라도 우리는 스포츠를 하기 전에 반드시 이러한 질문을 하고 나름대로의 정당성을 확보할 필요가 있다. 그렇지 않으면 스포츠 행위의 주체인 우리 몸을 단지 '운동하는 기계'로 전락시킬 뿐만 아니라, 스포츠의 가치도 모른 채 무의미한 노동을 하는 것이나 진배없다.

스포츠는 노동이 아니다. 스포츠는 궁극적으로 인간으로 하여금 건강한 신체에 건강한 정신을 깃들게 하여 완전한 인간Whole Person을 지향한다. 이것이 스포츠의 진정한 가치다. _2012년 6월

## 흔적과 여운

언젠가 목회를 하는 동생으로부터 CD 한 장을 받았다. 신학대학 입학 30주년을 맞아 동기들이 은사님을 모시고 사은회를 하면서 기념음반을 낸 것이다. 찬양음반이 너무도 흔한 데다 아마추어들의 노래를 수록했으니 그저 그러려니 하고 별 기대감 없이 CD플레이어에 얹었다.

몇 곡이 지나가고 익숙한 목소리가 흘러나온다. 음악 교사인 아내는 동생이 노래를 잘한다며 듣기에 아주 편하단다. 곡의 흐름이 아주 평범하고 편안하다. 그런데 한 소절, 두 소절이 지나가면서 내 가슴이 뛰기 시작한다.

*주와 함께라면 가난해도 좋아*
*참된 부요함이 내 맘에 가득하니까*
*때로는 날 유혹하려고 세상바람 휘몰아쳐 와도*
*나는 결코 잊을 수 없어*
*자비로운 주의 음성을*

*주와 함께라면 병들어도 좋아*
*참된 강건함이 내 맘에 가득하니까*
*때로는 날 넘어뜨리려 거친 파도 휘몰아쳐 와도*
*나는 결코 놓을 수 없어*

*따사로운 주의 손길을*

처음 들어보는 찬양인데 가사가 너무 감동적이다. 세상을 초월한 믿음의 자세와 결연한 다짐이 가슴을 울린다. 어느새 내 마음은 울고 있었다. 아내가 눈치 챌까봐 얼굴을 마주치지 않으려고 딴청을 부리며 귀를 기울이고 있었다. 그런데 이번에는 천둥 같은 울림이 내 가슴을 사정없이 후려친다.

*"친구들아, 불꽃처럼 살다가 바람처럼 가자꾸나*
*향기나 흔적 따위 남기려 하지 말자*
*어차피 우리 산 만큼 역사의 여운이 남을 테니까"*

간주 중에 흘러나오는 동생의 내레이션에 난 기어코 눈물을 흘리고 말았다. 짧지만 너무도 강력한 임팩트가 나를 뒤흔든다. 불꽃처럼 살다가 바람처럼 가자니. 이어지는 호소는 더 구체적이다. "향기나 흔적 따위 남기려 하지 말자. 어차피 우리 산 만큼 역사의 여운이 남을 테니까." 감동적이다.

인간은 반드시 죽는다. 죽음이 있기에 삶이 있다. 결국 삶은 곧 죽음인 셈이다. 삶과 죽음이 하나인데도 우리는 얼마나 죽음을 두려워하며 피하고 싶어 하는가? 우리의 삶이 아침이슬이나 안개와 같이 허무해 보일 수 있지만 그래서 오히려 더 소중하지 않은가? 삶이 무한하다면 소중하기는커녕 오히려 세상에 짐이 될 수도 있지 않겠는가? 유한하기에 소중한 인생을 최선을 다해, 의미 있게 살면 되는 것이다. 향기나 흔적은 후세에 역사가 평가할 것이다.

그런데 우리는 살면서 향기나 흔적을 남기기 위해 얼마나 몸부림치는가? 하지만 '이름'은 인위적으로 노력해서 남길 수 없다. 남기려 해서도 안 된다. 이름을 남기려고 무리를 하다가 오히려 오점을 남기게 되기 때문이다. 우리 주변의 수많은 명망가들이 그것 때문에 그렇게 추태를 부리고 있지 않은가? 가슴을 울리는 내레이션이 끝나자 3절이 이어진다.

*내 맘 아시는 주 항상 함께 계셔*
*약한 내 영혼에 위로와 능력 주시네*
*가난해도 병이 들어도 시련의 밤 어둡고 깊어도*
*나는 결코 떠날 수 없어*
*아름다운 주의 나라를*

흐르는 눈물을 주체할 수 없다. 가난해도, 병이 들어도, 시련의 밤이 어둡고 깊어도 아름다운 주의 나라를 결코 떠날 수 없다니. 동생이 아닌 성숙한 성직자가 어른거린다.

며칠 후 강의시간에 학생들에게 동의를 구하고 음반을 틀었다. 순간 학생들은 나와 똑같은(?) 목소리에 잠시 놀라더니 이내 분위기가 숙연해진다. 소감을 물었더니 이구동성으로 감동적이라 한다. 우리도 이렇게 살 수 있겠는가 물었다. 침묵만이 흘렀다. 사실 대답은 필요치 않다. 나도, 학생들도 실천하기에는 벅차지만 신선한 도전을 받은 시간이었다. 그날의 감동이 되살아난다. 그리고, '흔적'과 '여운'의 차이를 생각한다. _2012년 7월 14일 한국기독공보

## 그라시아스!

딸이 멀고 먼 나라 중미中美의 엘살바도르El Salvador로 떠난 지 1년이 지났다. 가난하고 치안이 매우 불안한 그곳에서 'KOICA(한국국제협력단)' 단원으로 봉사(태권도)를 하고 있다. 자랑스럽기도 하지만 때로는 안쓰럽고, 때로는 불안하여 걱정이 되지만 너무 먼 곳이기에 쉽사리 가 볼 수도 없다.

다행히 3주 휴가를 준다기에 기꺼이 상봉을 하기로 했다. 이때가 아니면 일부러 가기는 힘든 그곳을 여행하기로 한 것이다. 딸은 페루의 수도 리마를 경유하여 비행기로 16시간을 내려오고, 우리 내외는 캐나다 밴쿠버와 토론토를 경유하여 칠레 산티아고로 들어가는 루트를 택했다. 가는 데만 31시간이 소요되는 머나먼 여정이다. 하지만 얼마나 기다리고 설레었던가? 독한 맘먹고 들이대는 수밖에. 가슴이 뛴다!

남미 대륙 서쪽 중·하단으로 남태평양 연안에 왼쪽으로 길게 남북 총연장 길이 4,300km에 이르는 칠레가 걸쳐 있고, 바로 그 오른

칠레 산티아고 아르마스 광장. 현지인과 강남스타일~ _2013.3

쪽에 아르헨티나가 붙어 있다. 공히 가톨릭 국가로서 스페인의 식민지로부터 출발한 나라들이지만 낙천적인 남미답게 조급하지 않고 여유 있게 문화와 예술을 생활화하고 있었다. 또한 전혀 생각지도 못했던 엄청난 친절과 상대를 배려하고 기다려주는 그들의 인내심은 정말 대단했다. 물건을 살 때도 세 번, 네 번 고르고 흥정해도 여전히 선한 눈빛과 친절한 미소를 잃지 않는가 하면 사지 않고 돌아서는데도 '차우Chao(안녕~, 또 만나요)'를 잊지 않는 그들의 친절정신에 절로 기분이 좋아진다.

우리가 피상적으로 알고 있던 남미. 그들은 우리가 생각했던 것처럼 가난하지도 구차하지도 않으며, 매우 여유가 있고, 이해할 수 없을 만치 친절하며, 각자 자신의 삶을 즐기고 있었다. 선한 눈매를 가졌으면서도 말끝마다 단호하게 '씨Si(네, 그렇습니다)'를 연발할 때의 그윽한 눈빛이 참으로 매력적이다. 여기 와서 들은 말 중에 가장 매력적인 말이 바로 이 간단한 말이다. 얼마나 쿨하고 단호한지, 그러면서도 그윽한 정이 담겨 있어 난 이 말이 아주 맘에 든다. 씨!

얼마 전 딸이 힘들다며 SNS에 글을 올려 우리를 근심케 했지만 얘기를 들어보니 그런대로 잘 극복하고 있었다. 너무 힘든 상황이라 우리가 도착하던 바로 그날 급기야 동기 여섯 명 중 두 명이 중도 포기하고 귀국하는 사태가 벌어지고 말았지만 다행히 본인은 오히려 태권도를 가르치는 방법론 때문에 가장 고민이 되고, 그것 때문에 힘이 든단다. 특히 어린아이들이 말을 듣지 않고 장난을 치는데 어떻게 그들을 집중시키고, 효율적으로 그들을 이해시키고, 기술을 전수할 수 있는지가 힘이 든다고 한다. 그러니까 교육의 고충 때문에 고민이 많은 거고, 지쳐있는 거였다. 다행이다. 오랫동안 교육에 종사해 온 엄마 아버지가 참 대단하다는 생각이 든단다. 부모의 입장을 이해해주고 인정해 주니 고맙다. 세상에 뭐든지 수월한 일은 없다. 중요한 것은 직접 경험해 보지 않고는 알 수 없다는 것이다. 그걸 깨닫기 위해 이 힘든 길을 자처하지 않았던가? 그러고 보면 딸이 지금 하고 있는 일은 인생의 탁월한 선택인 셈이다.

사실은 너무 먼 여정인 데다 여러 가지 사정상 쉽지 않은 여행이었지만 어떻게든 힘들어하는 딸을 직접 만나 위로해 주고 싶고, 함께 있어 주고 싶었다. 함께 손을 잡고 드리는 간절한 기도에 가족의 정과 우리가 누리는 축복에 대한 감사가 고스란히 전해온다. 돌아보니 모두가 감사한 일뿐이다. 이 먼 곳까지 안전하게 올 수 있어 감사하고, 딸이 힘든 현실을 잘 극복하고 있어 감사하다. 여행일정도 순조롭게 진행되어 감사하고, 위대한 자연 앞에 겸손을 배울 수 있어 더 감사하다. 무엇보다도 멈춤과 쉼을 통한 사색의 시간이었음에 무한 감사하다. 그라시아스Gracias(감사합니다)!

출발 전 잘 다녀오라며 누군가 보내왔던 문자처럼 그동안 교육에만 몰두하느라 제대로 된 쉼이 없었던 우리에게 멈춤과 휴식이 필요했다. 특히 아내에게는 소위 '힐링'이 필요했다. 누구나 일에 함몰되어 자신을 발견하지 못하고 시간의 흐름 속에 묻혀가는 현실에는 삶의 향기가 없다. 멈춤과 휴식을 동반한 사색적 삶이 필요한 것이다. 근대 이후 '활동적 삶'이 절대화되면서 '사색'이 우리 곁에서 사라졌다.

정신적 피로가 과잉인 현대사회에는 시간의 혁명이 필요하다. 일에만 투자해온 시간을 사색과 휴식에 양보하고, 온통 나만을 위해 사용해온 시간을 남을 향해 돌려놓는 작업이 필요하다. 실은 사회 전체를 치료해야 하는데 모두 개인이 문제인 것처럼 '힐링'에만 천착하고 있는 게 현실이다. 과격하게 말하자면 '킬링'이 필요하다. 지금까지의 '잘못된 시간을 죽이라'는 의미에서다. 달콤한 힐링보다 과격한 킬링이 시급하다.

그런 관점에서 딸을 만나러 간 그 먼 여정도 의미 있지만 우리에게 은총처럼 주어진 휴식과 사색의 멈춤이 더 소중했는지도 모른다. 위대한 자연 속에 미약한 자신을 이입시켜 겸손의 미덕을 고양한 것도 이번 여행이 준 소중한 가치였다. 인간의 가치는 다양한 요소들에 의해 결정된다. '일'이라는 기본적인 인간의 활동뿐 아니라 멈춤과 휴식을 동반한 사색적 삶, 그리고 타인을 향한 이타적 시간의 투자는 인간이라는 브랜드의 가치를 제고提高하는 중요한 요소다. 인간이 '브랜드Brand'라면, 인생은 '브랜딩Branding'이다. _2013년 4월

## 친구를 보내고

금요일 오후 초등학교 동기 총무한테서 문자가 왔다. 안동의 요양병원에 가 있던 ○○ 친구가 고향으로 와서 중환자실에 있다고, 친구들을 그리워한다고, 시간 내서 방문하여 힘을 실어 달라고. 바로 전화를 했다. 상황을 들어보니 많이 안 좋은가 보다. 곧 올라가 보겠노라 약속을 했다. 일정을 보니 다음 주 화요일에는 갈 수 있겠기에 그리 마음을 먹고 있었다.

그런데 바로 그 전날인 월요일, 친구가 사망했다는 문자가 왔다. 가슴이 철렁 내려앉았다. 다른 일정을 취소하고라도 진즉에 가볼걸, 하는 아쉬움과 죄책감이 밀려왔다. 더욱이 그의 슬픈 사연을 알고 있었기에 고통만 당하다가 마친 그의 짧은 생애가 통탄스러웠다.

그 친구는 사실 나와 아무런 친분이 없었다. 단 한 가지 아득한 옛날 초등학교를 같이 다녔다는 사실 외에는 함께한 시간이나 추억도 없다. 6년 동안 같은 반을 했던 기억도 없고, 얘기 한번 나눈 적도 없다. 다른 친구들도 대부분 그 친구를 잘 알지 못한단다. 워낙 숫기가 없었던 데다 어느 것 하나 밖으로 드러나는 것이 없는, 그야말로 '존재감'이 없었던 친구다. 그런데도 왜 이리 슬프고 안타까울까?

우리 동기들은 언제부턴가 여름에 야유회를 간다. 2년 전으로 기억되는데 멀리 강원도 양양으로 야유회를 갔을 때 아주 오랜만에 그가 초췌한 모습으로 나타났다. 고향에서 개인택시를 한다는 얘기를 얼핏 들었을 뿐이었는데 몸이 정상이 아니라는 걸 한눈에 알 수 있었다. 몸의 중심을 잃은 듯 보였고, 말도 어눌했다. 그러나 그의 마음가짐은 달랐다. 적극적으로 친구들에게 말을 걸고, 자신의 아픔을 토로하는 것이다.

사연인즉 이렇다. 과묵한 그 친구는 두 아들과 아내를 위해 열심히 일을 해서 돈을 벌었다. 어느 날부터 아내는 주점을 하나 차려달라고 졸랐다. 일 밖에 모르는 순진한 친구는 그 청을 이기지 못해 결국 주점을 차려 주었고, 그것이 사단이 될 줄이야. 주점에서 만난 다른 남자와 눈이 맞은 아내는 결국 상당한 돈을 챙겨 도망을 가고, 이에 충격을 받은 친구는 쓰러지고 말았다. 그 순간 견디기 힘든 배신감과 아직 공부도 마치지 못한 두 아들을 생각하면서 억장이 무너졌을 것이다. 그 길로 시작된 투병생활은 가뜩이나 소심한 그를 일과 세상으로부터 완전히 격리시켜 놓고 말았다.

작년 여름 제부도 야유회에도 그가 나타났다. 고향 친구들의 얘기에 의하면 버스가 출발하려는데 그가 지팡이를 짚고 나타나 같이 가고 싶다고 해서 함께 올 수 있었다는 것이다. 난 처음으로 그와 얘기를 나눌 수 있었다. 정확히는 알아들을 수 없지만 대충 그간의 고통을 짐작할 수 있었다. 평생을 외롭게 살아온 그는 쉽사리 고칠 수 없는 질병과 아내의 배신, 그리고 아직도 끝나지 않은 가장으로서의 무거운 책임감 등으로 힘들어 하고 있었다.

그가 죽은 다음 날 아내와 함께 빈소로 갔다. 그의 영정 앞에 섰다. 무표정한 그의 얼굴이 어딘가를 물끄러미 쳐다보고 있다. 여기저기서 아직도 흐느끼는 소리가 이어지고 있다. 아버님은 현실을 비교적 차분히 받아들이고 있지만 형제들과 두 아들, 그리고 누구보다도 가슴이 미어질 어머니의 통곡은 처절하다. 야무지게 생긴 두 아들, 뛰어난 미모의 여동생들, 그리고 우리의 2년 선배 형 모두가 그의 죽음 앞에 넋을 잃었다. 그러면서도 이렇게 많은 친구들이 와줄 줄은 정말 몰랐다며 거듭거듭 고마워한다. 친구의 삶의 방식을 가족들도 익히 알기에 무척 놀랍고 고마운가 보다. 형은 바보 같은 놈이라고 만시지탄을 하지만 그의 죽음을 되돌릴 수는 없다. 동생의 죽음이 너무나 안타깝고 슬퍼서 하는 얘길 거다.

다음 날 아침 영안실 문이 열리고 운구를 위해 흰 장갑을 낀 친구들이 관 옆에 죽 늘어섰다. 나는 난생 처음으로 직접 운구에 참여했다. 하필 난생 처음 하는 운구가 평소 아무 친분이나 특별한 사연도 없는 사람의 주검이라니 참 묘하다. 하지만 마음속에 엄숙함이 깊이 찾아들면서 만감이 교차한다. 인생 100세 시대라는데 너무나 짧게, 그것도 병마와 싸우며 외롭게 살다간 친구의 고달팠던 삶 앞에 가슴이 아려온다. 한 걸음 한 걸음 내딛을 때마다 마음으로 용서를 구했다. "친구야, 잘 몰라서 미안해. 잘해 주지 못해 미안해. 도와주지 못해 미안해. 그리고……. 지켜 주지 못해 미안해. 누구나 한 번은 갈 길 네가 먼저 갔다고 생각해. 고통도, 슬픔도 없는 하늘나라에서 삶의 고단한 짐 다 내려놓고 편히 쉬시게!"

집으로 돌아오는 길에 아내와 많은 얘기를 나눴다. 아내는 친구가 그렇게 좋은 건지 미처 몰랐단다. 아무런 친분도 없는 친구였고 가까운 거리도 아니건만 가족들이 그의 힘겨웠던 삶을 안타까워하며, 와준 것에 대해 그토록 고마워하는 걸 보면 가길 참 잘했단다. 친분에 관계없이 힘들어하고 위로가 필요한 사람들과 더불어 살아가는 인정이 우리네 삶을 훈훈하게 한다. 친구의 죽음 때문에 또 하나의 깨달음을 얻게 된다. 옛 성현의 말씀대로 '세 친구가 길을 가면 그 중에는 반드시 스승이 있다'는 가르침처럼 그는 우리의 인생길을 함께 걸어간 스승이었다. 5월의 첫 날 저만치 사라져가는 친구의 뒷모습이 종일 사라지지 않는다. 오늘은 슬프지만 참 따뜻한 날이다. 친구야, 잘 가. 고마워! _2013년 5월 1일

# 엄마를 보고 오는 길

평일이라 그런지 경부고속도로 하행선은 한산하다. 도로변엔 화려한 봄의 향연이 찬란하다. 늦게 피는 꽃들이 저마다 자태를 뽐내고 있고, 꽃을 떨어뜨린 나무들은 잎사귀를 내기에 분주하다. 파릇파릇 연둣빛 잎사귀도 화려한 꽃들에 결코 뒤지지 않는다. 사람이나 식물이나 아름다움의 모습이 다를 뿐 각기 나름대로의 매력을 지니고 있다. 아내는 연신 탄성을 지르며 봄빛 감상에 여념이 없다.

엄마를 보러 가는 길이다. 결혼하자마자 함께 살다가 지난 달 형님네가 확장 이전한 울산의 요양원으로 가신 엄마를 만나러 간다. 89세, 엄마는 힘들어하지만 곰곰이 생각해보면 아직도 살아 있어서 내겐 다행이다. 함께 살 때는 힘이 떨어지고 쓸쓸해 보이는 엄마를 보면서 마음이 짠했지만 생각의 차이로 가끔 부대꼈다. 그 순간이 지나면 돌이킬 수 없는 나의 언행에 후회를 하며 마음으로 울면서도 그게 마음대로 잘 안 되었다. 하지만 엄마가 집에서 도저히 돌볼 수 없는 지경이 되어 요양원에 들어가면서부터 마음이 훨씬 쓰인다. 진한 외로움과 지나온 삶의 회한이 더 분명하게 보이기 때문이다. 난 스스로를 꽤 영민하다 여기며 살아 왔지만 이제야 엄마의 마음을 조금씩 읽어내는 우둔한 감성의 소유자임을 뉘우치면서 말이다.

4시간여 만에 도착한 노인복지센터는 특별한 곳이다. 형이 교회를 개척하여 32년간 목회를 하다가 조기은퇴하고 도시 외곽의 공기 좋은 곳에 복지센터를 지어 지난 달 개원하였다. 형 내외는 물론 조카 내외까지 가족이 다 매달려 일하는 이 센터는 우리 형제들에게 큰 선물을 한 셈이다. 긴 세월 우리 집에 같이 살던 엄마를 작년 연말부터 집 앞의 요양원으로 모셨었다. 우둔하고 불효막심한 이 자식은 그때서야 엄마의 남은 생애가 머지않았음을 깨닫게 되었다. 늙고 병들면 요양시설로 가는 것이 아무리 대세라지만 우리가 돌보기 힘들다고 엄마를 남의 손에 맡기는 마음이 편치는 않았다. 그러던 차에 형네 복지센터가 완공되고, 그리로 엄마를 모셔다 놓으니 한결 마음이 놓인다. 아들과 며느리, 게다가 손녀와 손녀사위까지 한 집에 기거하면서 그들의 보호를 받으며 남은 생애를 보내게 되었으니 얼마나 다행인가? 우리에게 큰 선물이 아닐 수 없다.

엄마는 아무 연락 없이 나타난 우리 내외를 보자 깜짝 놀라며 어찌나 반가와 하는지, 얼굴에 화색이 돈다. 한눈에 보기에 살이 많이 빠지고 몸이 가벼워 보인다. 기실 엄마는 연세에 비해 너무 비대해서 훨씬 더 힘들어 하였다. 나이가 들수록 관절은 약해지는데 체중은 젊을 때보다 오히려 훨씬 늘었으니 무엇보다 관절이 힘들었다. 과체중에서 발병률이 훨씬 높은 고혈압이나 당뇨 같은 성인질환들도 (심하진 않았지만) 엄마를 귀찮게 했다. 게다가 선천적으로 약한 치아가 엄마를 얼마나 힘들게 했는지 모른다. 아프단 소리를 입에 달고 살았으니 당신은 얼마나 힘들었으며, 그걸 노래처럼 듣는 우린 또 얼마나 듣기 싫어했던가?

다음 주가 어버이날인데 우리 내외가 중국에 가기로 돼있어서 미리 보러 왔노라 말씀을 드리니 그 먼 중국엔 왜 가느냐며 걱정을 한다. 사실 엄마 세대에서 외국은 매우 위험하고 돈이 많이 드는 낭비적인 곳이다. 꼭 갈 수밖에 없는 이유를 설명하니 엉뚱하게도(?) '돈 아껴 쓰라' 한다. 중요한 건 당신을 보러 온 우리가 고맙고 반가운 기색이 역력하다는 사실이다. 살이 많이 빠지고 몸이 훨씬 가벼워졌다고 해도 인정을 하지 않는다. 그래도 우린 마음이 편하다. 형네가 직접 돌보니 그렇고, 건강이 좋아 보이니 말이다.

그곳에서 정기적으로 예배를 드리며 기도하는 엄마를 상상하는 것만으로도 안심이 된다. 창문 너머로 보이는 앞산의 풍경이 장관이다. 자주 내다보며 맑은 공기를 마신단다. 종종 방문하는 목사님들로부터 기도를 받고 큰 위로와 치료가 된단다. 참 다행이다. 처음 여기 왔던 4월 초 우리와 헤어지며 슬피 울던 엄마의 모습에 내심 걱정이 됐었다. 시설로 따지면 대전의 요양원도 그에 못지않지만 하루 종일 침대에만 누워 있던 엄마와는 대조가 된다.

누구나 때가 되면 저렇게 되는 것을 우리는 왜 그런 생각조차 안 하고 사는 건지 때로는 이해가 안 된다. 좋아진 엄마의 모습을 보고 돌아오는 길은 안심과 연민이 교차하는 묘한 길이다. 이제 남은 일은 엄마가 평안한 마음으로 여생을 보내는 일이다. 하늘나라의 소망을 갖고 조용히 생을 정리하며 좋은 죽음을 맞이하는 일이야말로 잘 살아온 전 생애 못지않게 중요하다. 그걸 위해 기도해야 한다. 엄마, 슬퍼하지 마. 엄만 큰 복을 받았어. 8남매를 남부럽지 않게 키웠잖아? 그 자녀들 지금 다 잘 살고 있잖아? 복을 받을 자격이 있어. 엄마의 평안한 여생을 위해 기도할게.

간신히 시간을 맞춰 집에 도착했다. 엄마의 얼굴이 다시 맴도는데 서둘러 축구교실을 나가야 한다. 학교 언덕에 올라서자 꼬마 친구들이 '감독님~' 하며 달려와 안긴다. 어리광을 부리며 서로 관심을 끌려 한다. 노인과 어린이는 매한가진가 보다. 아이들 눈 속에 엄마가 와 있다. 엄마~ _2013년 5월 3일

요양원에서 엄마(92세), 아내, 딸. 날이 갈수록 마음이 짠하다! _2016.6

## 소통인가, 불통인가

열심히 청소를 하고 있는데 친구에게서 전화가 왔다. 왠지 목소리가 평소보다 차분해 약간은 심각하다는 느낌이 든다. 아니나 다를까, 아버님이 별세하셨다는 것이다. 최근에 특별히 편찮으시다는 소식을 듣지 못했으나, 한 달 전부터 안 좋으셔서 입원치료를 받으셨다 한다. 애경사가 있을 때 대개는 한두 사람을 통해서 직장동료들이나 친구들에게 집단적으로 연락을 하는 게 상례이기에 직감적으로 친구의 의도를 알아차릴 수 있었다.

얼른 친구들에게 문자를 보냈다. "○○○ 친구의 부친상을 알려드립니다. 빈소 : ○○병원 장례식장, 발인 : 4일(토), 010-○○○○-○○○○. 저한테 연락처 있는 친구들에게 연락드리니 양해바랍니다." 수신할 친구들을 선정하면서 잠시 고민을 했다. 이 친구는 연락을 원치 않을 수도 있을 텐데. 이 친구는 어떻게 생각할까? 나름대로 심사숙고해서 수신인을 지정했다. 인간관계라는 게 내 생각이나 보편적인 상식과는 다른 경우가 있기 때문이다.

40여 명한테 문자를 보냈는데 전화로든 문자로든 반응이 온 건 5~6명에 불과했다. 평소 내 생각이 또다시 확인되는 순간이다. 직장이나 모임 등에서 어떤 필요에 의해 단체문자를 보내면 응답을 잘 하지 않는다. 아니 정확하게는 종종이 아니라 그게 당연시되고 있다. 이 무슨 논리인가? 주지하는바 요즘 휴대폰 없는 사람이 없다. 어린 아이부터 노인에 이르기까지 휴대폰은 이제 생활의 일부가 되었다. 우리 어머님은 89세인데도 휴대폰을 사용하신다. 소통이 그만큼 우리 삶의 중요한 요소가 되었다는 방증이다. 휴대폰도 진화를 거듭하여 이제는 엄청나게 스마트해졌다. 전화나 문자는 물론 카메라, 컴퓨터 기능에 실시간 대화가 가능한 각종 SNS 기능으로 무장한 신통방통한 존재다. 이름 하여 '스마트폰'이다.

문제는 온 사회가 '소통'을 부르짖고 있고, 바로 그 소통에서 소외될까 봐 엄청난 비용과 시간을 투자하여 폼을 잡아 보지만 정작 급할 때, 꼭 필요할 때 소통이 안 돼 답답할 때가 많다는 사실이다. 대표적인 게 단체문자를 보내는 경우다. 여러 사람을 상대로 업무상 이유든, 다른 목적으로든 단체문자를 보내면 대부분 응답이 없다. 나름대로 이유를 댄다. 하도 많은 '스팸'이 들어와 짜증이 난다는 것이다. 그럴 듯하게 들리지만 사실 이건 이유가 안 된다. 억지 변명에 불과하다. 물론 선택은 자유라지만 몸담고 있는 조직에서, 아니면 지인이 보낸 문자가 '스팸'이란 말인가? 원치 않는 광고업체가 물건을 홍보하기 위해 무차별적으로 보내는 광고문자도 아닌데 뻔히 아는 사람이 어떤 이유가 있어서 보낸 문자를 스팸이라면 그 사람은 이미 휴대폰을 사용할 자격이 없는 사람 아닌가? 소통하려고 휴대하고 다니는 전화기로 들어온 메시지가 귀찮다는 말인가? 진정으로 소통을 하겠다는 건지 의문이 간다. 그러냐고 '알았다'는 간단한 반응만 보여도 문자를 보낸 사람의 수고에 보답이 되고, 수신인의 상황이 파악될 것을 자기중심적으로 생각하고 마는 것이다.

소통이 뭔가? 소통은 모두가 똑같아지자는 게 아니다. 서로 다른 생각과 가치관을 전제하고, 그 가운데서 공통점을 찾아 살아가는데 필요한 것들을 공유하자는 것이다. 소통이란 적어도 나와 관계를 맺고 있는 존재들과 막히지 않고 서로 통함이 아니던가? 그러기 위해서는 덮이거나 막힌 것을 열어 트이게 해야 하지 않는가? 그런데 친구가, 지인이, 직장에서 보낸 알림사항을 귀찮은 '스팸' 정도로 보고 응답하지 않는 것은 오히려 열리고 뚫려 있는 것을 덮어버리고 막아버리는 '불통'의 행위가 아니던가?

대개 단체문자를 보내는 사람은 정해져 있다. 크든 작든 어떤 조직의 총무나 아니면 그 조직에 열정을 갖고 앞장서서 일하는 사람이다. 정직하게 말하면 문자 보낸 사람에게 수고한다고, 알려줘서 고맙다고 해야 하는 것 아닌가? 받는 사람이 귀찮다고 여기는 그 문자도 보낸 사람은 참석인원이나 불참이유, 내용에 대한 의견, 제안 등 반응을 기다리며 신경을 쓰고 있다. 굳이 답이 필요 없는 경우라 하더라도 어떤 형태로든 수신확인을 해주는 것은 소통을 위한 기본 예의가 아니던가?

연말연시나 명절 같을 때 보내는 안부나 기원祈願 문자도 마찬가지다. 자기는 다른 사람에게 축하나 축원을 해주지도 않으면서 특별히 생각해서 보내주는 그 고마운 문자를 시쳇말로 '씹어버리는' 교만함을 무엇으로 정당화할 것인가? 이런 생각들이 결국은 필요하면 온갖 아양을 떨며 처세하고, 불리하면 상대의 입장도 아랑곳하지 않고 외면해버리는 교활한 사회풍조를 만들어 낸다.

그렇지 않아도 스마트폰이 나온 이후, 아니 이미 휴대폰이 대중화된 이후 면대면面對面 소통이 단절되어 심각한 사회문제가 되고 있다. 앉으면 너도 나도 모두가 전화기를 들여다본다. 심지어는 길을 가면서도, 운동을 하면서도 들여다본다. 옆에서 무슨 말을 하든, 무슨 일이 일어나든 알 바 아니다. 소통의 도구가 되어야 할 전화기가 불통의 강력한 도구로 작용하고 있는 것이다. 생각해 보라. 이렇게 심각한 사회문제까지 감수하면서도 편리한 소통의 도구라고 사용하는 그 전화기로 의미 있는 소통을 하자고 보내는 신호에 침묵하는 일은 어처구니가 없지 않은가? 변명의 여지가 없다.

너도 나도 소통이 중요하다고 외친다. 심지어는 대통령이 불통이라고 난리다. 자신은 그 간단한 문자도 밥 먹듯이 씹어대면서 실타래같이 얽힌 국정에 동분서주하는 대통령을 거두절미하고 '불통'이라고 간단하게 까버린다. 내가 좀 귀찮아도, 때로는 마음에 안 들어도 상대가 보내온 신호에 성의껏 반응하는 진정한 소통이 요원해 보인다. 오늘도 소통과 불통 사이에서 혼미한 우리네 삶을 생각한다.
_2013년 5월 4일

## 한여름 밤의 추억

아내가 리코더 연수를 간다고 했을 때 그의 순진함에 또 한 번 놀랐다. 퇴직을 하여 현직에서 떠났는데도 적지 않은 시간과 비용을 지불하고 3일씩이나 음악 관련 연수를 신청하는 것은 분명 예사롭지는 않다. 워낙 음악을 좋아하고, 배우는 것을 즐겨하지만 순간순간 새삼스럽게 다가온다. 하지만 좋아하는 것을 하겠다는데, 또 그것이 매우 건전하고 정서적인 터라 기꺼이 마음을 담아 응원하기로 마음먹었다.

아내를 픽업하여 치악산 아래 펜션에 내려주고 홀로 떠난 자유여행은 낚시와 유람, 그리고 또 다른 펜션에서의 독수공방으로 이어졌다. 뜨거운 한낮의 낚시는 공치는 일이라는 건 기정사실이지만 빼어난 주변 경관과 분위기만 조성되면 즐기곤 한다. 목적지를 정하지 않고 여기저기 기웃거리며 배회하는 것도 즐기는 편이라 문제가 없다. 독수공방도 오랜 연구실 생활에 익숙한 터라 때로는 즐긴다.

내가 가는 길가의 개울과 강줄기는 모두 나의 낚시 포인트다. 전문성이라곤 거의 없이 분위기에 도취되어 낚시를 즐기는 나에게 조황釣況은 그저 보너스일 뿐이다. 그늘이 있고, 어느 정도 수량水量이 되면 던져 본다. 되면 좋고, 안 돼도 상관없다. 원주를 벗어나 주천, 수주, 영월에 이르도록 나름대로 몇 군데의 포인트를 찾았지만 다 허탕이다. 역시 낚시계의 속설은 예외를 허용하지 않았다.

배회의 시작은 밥을 먹는 일부터 시작되었다. 밖에 나오면 가급적 한적하고 허름한 시골풍의 식당을 선호하는 편이어서 주마간산走馬看山 격으로 탐색을 해보는데 영 눈에 띄질 않는다. 머피의 법칙이 여지없이 들어맞는다. 이런 국도변에 평소엔 그 흔하던 시골풍 식당이 막상 찾으면 왜 안 보이는지 참 묘하다. 배고픈 걸 참지 못하는 성질머리마저 작용하여 이내 포기하고 길 가 허름한 휴게소 같은 곳에서 산채비빔밥을 시켰더니 이게 웬 떡인가? 내가 원하던 맛에 근접한 밥상을 받았다. 밥 두 그릇을 마파람에 게 눈 감추듯 해치웠다.

또 다시 지나가면서 나타나는 낚시 포인트(?)마다 낚싯대를 드리워 보지만 오늘낚시는 물 건너갔다. 가다 보니 어느새 영월 서강까지 당도했다. 고향에 대한 향수가 서서히 찾아든다. 30분만 더 가면 내 고향 제천이다. 하지만 고향까진 가지 않으리라. 유람의 취지에 어긋나기 때문이다. 오래 전에 가족여행 때 다녀간 적이 있는 한반도 지형이 있는 곳에 이르렀다. 그때는 분명히 주차장이 따로 없고, 정해진 통행로도 없었는데 널찍한 주차장과 깔끔한 통행로가 마련되어 있었다.

날이 어둑어둑해지니 나그네 마음은 자연스럽게 오늘밤 잠잘 곳을 생각하게 된다. 주차장에 있는 간이식당 겸 매점에서 손쉽게 소개받은 펜션에 묵기로 했다. 바로 그 아주머니네 펜션이다. 저녁을 가볍게 해결하고, 아주머니를 태우고 꼬불꼬불한 비포장 숲 속으로 들어갔다. 주변 경관과 멋진 외관에 기대를 부풀리고 있는데 방문을 여는 순간 한없는 후회가 밀려온다. 하지만 어쩌랴? 눈 질끈 감고 하룻밤 머물기로 했다. 객지에서 어떤 상황이 닥치면 곤란해도 그냥 받아들이는 특유의 오기가 순간 발동한 것이다.

실은 이 불편한 숙소를 기꺼이 수용한 까닭은 어제 못 이룬 '꿈'을 이루기 위해서다. 기가 막힌 낚시 포인트가 숙소 바로 옆에 있다는 아주머니의 유혹을 받은 터이다. 평화로운 백사장에서 서강의 아침 운치를 느끼며 낚싯대를 드리울 생각에 밤은 짧기만 했다. 소리 없이 흐르는 강물과 물안개가 고요히 피어오르는 서강의 아침 분위기는 소문대로 압권이다. 하지만 낚시는 또 허탕이다. 에고~ 시끄러운 도심에서 살던 속인이 심산유곡에서 자연을 즐감하며 수양한 것에 의미를 부여하기로 했다.

일찌감치 철수하여 한반도 지형이나 다시 보기로 했다. 오늘이 마침 광복절이어서인지 한반도 지형을 보기 위해 많은 사람들이 무더위에도 아랑곳없이 줄지어 산을 오른다. 아기를 업거나 손을 잡은 엄마들도 아기에게 기어이 애국심을 주입하고야 말겠다는 의욕으로 넘치는 듯하다. 예의 그 한반도는 동해, 남해, 서해에 휩싸인 채 의연하게 자리를 지키고 있다.

옥수수 하나로 아침을 대신한 여파로 허기가 밀려온다. 이번엔 제대로 된 점심을 먹으리라. 그러나 머피의 법칙은 이번에도 여지없이 들어맞아 먼 곳까지 차를 몰아야만 했다. 결국은 영월읍내에 진입하기 직전 칼칼한 찌개와 맛깔난 반찬으로 통쾌한 점심을 먹을 수 있었다. 개운하다.

어제 어스름 무렵 발견한 뗏목체험 차례다. 꼭 하고 싶었다. 한낮의 작열하는 태양을 머리에 이고 옛날을 회상하며 뗏목에 앉아 서강에 발을 담근 채 동해를 출발하여 남해와 서해를 돌아오는 이 뱃놀이는 이번 여행의 백미였다. 바로 위로 보이는 한반도 지형 전망대의 사람들과 주고받는 소통이 마치 광복의 의미를 함께 나누며 통

영월 서강에서 뗏목체험. '유유자적'이 딱 어울린다. _2013.8

일을 염원하는 듯하다. 강바람을 맞으며 마시는 음료수 한 모금이 그렇게 시원할 수가 없었다.

1박 2일을 자유롭게 쏘다니며 여유를 즐기다 무더위에 지친 심신을 이끌고 도착한 치악산 밑의 펜션은 온통 리코더 소리 천지다. 큰 연필만한 것부터 나팔처럼 큰 것에 이르기까지 크기도 다양하고 소리도 다양하다. 혼자 또는 둘이, 아니면 그룹으로 연주연습을 하느라 분주하다. 취학 전 꼬맹이부터 중년의 어른에 이르기까지 계층도 다양하다. 밤에 있을 연주회를 준비하느라 바쁘지만 어느 누구도 힘들어 하거나 짜증스러워 하지 않는다.

줄잡아 70~80명은 모인 리코더 연수는 세파에 찌든 사람들을 피안의 세계로 안내하는 듯하다. 우선 사람들의 표정이 맑고 순수하다. 오가는 얘기가 모두 리코더 또는 음악 얘기다. 어디에서도 돈이나 성적, 직장과 같은 얘기는 없다. 어린이로부터 나이 든 어른에 이르기까지 모두가 음악을 사랑하고, 고달픈 현실을 잊은, 행복한 모습이다. 특히 마음에 드는 것은 어느 누구도 휴대전화를 들여다보지 않는다는 것이다. 요즘 가장 문제가 되는 어린이 스마트폰 사용에 대한 우려가 말끔히 해소된 형국이다. 아무도 스마트폰을 꺼내지 않는다. 아예 소지 자체가 금지된 것인지, 사용이 금지된 것인지 알 수는 없지만 그 짜증나는 광경을 보지 않는 건 최근 들어 실로 처음이다.

조금이라도 잘해 보려고 안간힘을 쓴다. 독주든 합주든 혼자 또는 선생님의 지도를 받아가며 연습과 리허설을 반복하는 그 모습이 천사 같다. 어른들은 그들대로 한적한 곳에서 화음을 맞추기에 여념이 없다. 우리네 삶도 이러면 얼마나 행복할까? 어리석은(?) 상상을 해본다. 발버둥을 치며 아귀다툼을 해도 하루 세 끼 밥을 먹고, 반 평 남짓한 곳에 몸을 누이며, 한 벌 옷을 걸치고 사는 우리네 삶이 무엇 때문에 그리도 복잡하고 고달픈지 성찰해 볼 일이다.

펜션 마당에 단출하게 마련된 무대는 뒤쪽의 현수막 한 장과 그 옆에 자리한 음향기기가 전부다. 드디어 연주회가 시작되자 나는 무아지경에 빠져들고 말았다. 내가 어린 시절에는 '피리'라고 부르며 악기로도 치지 않았던 '리코더'가 이렇게 아름다운 소리를 낸다는 사실만으로도 그저 경이로울 따름이다. 게다가 아주 쉬운 동요나 불던 이 피리로 위대한 음악가들의 대곡을 연주하다니 더욱 놀랍다. 리코더의 종류도 소프라노부터 베이스까지 다양할 뿐더러, 크기와 모양이 각기 다르다는 것도 신기하다. 거기서 나는 소리 또한 다양하다.

더러는 경력이 꽤 있는 참가자도 있지만 대다수가 초보자들이어서 연주회는 어설프다. 하지만 거기에 더 매력이 있다. 언젠가 대학에서 하는 아마추어들의 음악회에 진한 감동을 받아 글을 쓴 적이 있었는데 그때처럼 다시 아마추어들에게 갈채를 보낸다. 계획된 절제미와 숨이 끊어질 듯한 긴장감이 덜한 아마추어들의 연주는 자유로움과 빈틈이 있다. 이것이 보는 이로 하여금 여유를 갖게 한다. 오늘의 연주회가 그렇다. 실수와 어설픔이 군데군데 보이지만 풋풋함이 그것들을 상쇄하기에 충분하다. 이 시간 난 참 행복하다. 아내를 픽업하러 왔다가 이런 행복감을 누리다니 이만 한 횡재가 없다.

연주회 뒤에 서비스로 마련된 프로 연주자의 연주는 또 다른 매력을 선사한다. 듣기로는 강원도 산골에서 자라면서 농경, 수렵, 채취를 생활화하고 극복하기 힘든 자연재해까지 당하며 살아온 그가 뿜어내는 소리에는 아이러니가 배어있다. 외모나 투박한 강원도 사투리와는 전혀 딴판인 프로페셔널은 분명 미스매치다. 저 단순한 악기로 저렇게 기묘한 소리를 뽑아내는 원천은 무엇인가? 그저 궁금할 뿐이다. 더구나 격식을 갖추지 않고 반바지에 운동화, 그리고 백 팩에 악기를 넣어 메고 다니는 모습은 영락없는 자연인이다. 그런데 몸매와 다리 근육은 내 눈을 피해 갈 수 없다. 운동도 잘할 것 같다. 특히 축구를. 틀림없다. 내 눈에 그는 은근히 매력적으로 보인다.

여행은 인간에게 상상력을 선물한다. 집을 나오면 많은 생각을 하게 된다. 여행의 가치는 거기에 있지 않을까? 계곡을 따라 울리는 청아한 리코더 소리는 삶의 걱정과 근심을 저 멀리 날려 보내는 천사다. 아내를 따라 왔다가 만난 산 속 리코더 연주회는 나에게 많은 생각을 하게 한 한여름 밤의 추억으로 오래오래 기억될 것이다. 살다 보면 우린 종종 이런 경험을 하게 된다. 그래서 삶은 참 좋은 게다. 여보, 고마워요! _2013년 8월

## 가난한 마음

우리 집 수저통엔 여러 가지 숟가락이 꽂혀있다. 모양도 조금씩 다르지만 품질도 각기 다르다. 나는 그 중에서 가장 볼품없는 숟가락을 좋아한다. 자루가 좀 길쭉하고 두께가 얇아서 보기에도 부실

해 보인다. 좀 심하게 말하면 요즘 세상에 어디 내다버린 걸 주워온 것 같은 느낌이 들 정도다. 출처는 알 수 없지만 언제부턴가 우리 집 수저통에 꽂혀 있다. 색깔은 다르지만 어릴 적 시골에서 쓰던 놋숟가락을 닮았다. 밥을 먹는 데도 쓰였지만, 엄마가 감자를 긁고 간단한 재료를 자르는 데도 사용하는 걸 보며 자랐다.

아내가 상차림을 할 때면 가장 좋은 수저를 내게 주지만, 간혹 혼자 식사를 할 때는 나는 예의 그 볼품없는 숟가락을 집어 든다. 밥을 한 술 떠서 그 위에 김치나 깻잎을 얹어 먹으면 왠지 모르게 마음이 편해지고 소소한 행복감이 밀려온다. 어렵게 살던 어릴 적 추억과 가난한 마음이 주는 평온함 때문일 게다. 그렇기에 반찬이 부실해도, 혼자 하는 식사라도 마냥 기쁘고 감사하다. 밥은 입으로도 먹지만, 마음으로도 먹는가 보다.

나는 마태복음에 나오는 예수님의 산상수훈山上垂訓 중에서 첫 번째 가르침을 제일 좋아한다. 그래서 그렇게 살려고 애쓴다. "마음이 가난한 자는 복이 있나니 천국이 그들의 것이다." 이 간단한 구절에도 복잡한 신학적 해석이 붙긴 하지만, 나는 그냥 본문을 그대로 받아들인다. 마음이 가난하다, 이는 마음이 비어있다는 게 아닌가? 신학을 공부하지도 않았고, 믿음이 부실한 나로서는 이렇게밖에 이해하지 못한다. 불필요한 욕심이 배제되어 있는, 그래서 마음이 그냥 편안한 상태에 있을 때 천국은 이미 우리 마음속에 와 있다고 믿는 것이다.

결혼식 주례를 할 때는 빠짐없이 이 구절을 인용한다. 부부가 부지런히 일하고 열심히 노력해서 풍요를 누리라고. 그러나 절대로 불필요한 욕심을 부리지는 말라고. "잎새에 이는 바람에도 나는 괴로워했다. 별을 헤는 마음으로 모든 죽어가는 것을 사랑해야지. 그리고 나에게 주어진 길을 나는 걸어가야겠다. 오늘 밤에도 별이 바람에 스치운다." 아카펠라로 노래도 불러준다. 이어서 야고보 사도의 경고도 일러준다. "욕심이 잉태한즉 죄를 낳고, 죄가 장성한즉 사망을 낳는다."

흔히 하는 말로 '마음을 비운다'는 것은 말로는 쉽지만, 실천하기는 참으로 어려운 일이다. 그러나 마음을 비우지 않으면 언젠가 반드시 그 대가를 치러야 한다. 반면에 마음을 비우면 그렇게 마음이 편하고 가뿐할 수가 없다. 곰곰이 생각해 보자. SNS를 통하여 친구들이나 지인들이 하루가 멀다 하고 보내오는 '잘사는 법'을 아무리 실천해도 가난한 마음 없이는 행복을 보장할 수 없을 것이다. 마음을 비우는 것만이 우리 마음속에 천국을 이루는 길이라고 되뇌면서 나는 오늘도 산상수훈을 펼쳐 든다. _2013년 10월

## 테크놀로지의 멍에, 다함께 홀로

버스나 지하철을 타면 승객 대부분이 거의 예외 없이 스마트폰을 들여다본다. IT 강국답다. 엊그제 보도에 따르면 삼성전자는 반도체와 스마트폰의 위력으로 3분기에 10조 원이 넘는 사상 최고의 영업이익을 돌파한 데 이어 4분기에도 갤럭시 노트3의 본격적인 판매에 힘입어 역시 10조 원을 돌파할 것으로 예상된단다. 스마트폰이 실로 국가경제의 견인차牽引車라 할 수 있다.

문제는 스마트해지려는 우리의 욕망에서 비롯된 어두운 그림자가 있다는 사실이다. 내 앞에 누가 서있는지, 아는 사람이 나와 눈을 맞추려고 계속 시선을 주고 있는지, 나의 도움을 필요로 하는 사람의 간절한 눈빛이 있는지 읽을 길이 없다. 더구나 우리네 삶에 대한 사색이나 관찰은 너무나 멀리 있다. 버스나 지하철을 타기 전이나 내린 후에도 크게 다르지 않다. 걸으면서도, 타고 내리는 중에도 스마트폰에서 눈을 떼지 못한다. 가히 중독이라 할 만하다.

모임이나 약속된 만남에서도 상대방 얘기는 귓전으로 들으며 검색이나 SNS를 하기에 여념이 없다. 심지어는 연인끼리 데이트를 할 때도 예외가 아니다. 별 대화 없이 인터넷이나 SNS에 접속을 하기에 바쁘다. 왜 만났는지 의아할 정도다. 하지만 그걸 문제 삼았다간 다툼이 일어난다. 함께 있지만 생각은 따로 하는 희한한 상황이다.

길거리에서 싸움이 일어나거나 강도사건 같은 위급한 상황을 목

폴더 폰이 가끔은 그립다. _2007.8

도해도 그 문제에 개입하여 해결하려 하기보다는 사진을 찍거나 동영상을 촬영하려 든다. 기본적인 인간의 도리보다 SNS가 먼저 떠오르는 환영幻影이 드리워져 있는 것이다. 이 같은 우리의 모습은 아무리 봐도 인간적이지 못하다.

사회심리학자 셰리 셔틀은 그의 저서 『Alone Together』에서 컴퓨터와 스마트폰, 로봇 등 디지털 기기로 네트워크화한 사회가 테크놀로지에 열광하는 인류의 자아를 어떻게 변화시키는지, 인간관계에 어떤 영향을 미치는지 밀도 있게 탐색하면서 우리가 만들어낸 테크놀로지가 이제 우리의 자아와 인간관계를 적극적으로 조종한다고 분석한다. 그 결과는 책 제목대로 '다함께 홀로'다.

인류의 역사는 어차피 상반되는 생각과 현상들이 번갈아 일어나지만 결국은 합을 이루는 '정반합正反合의 원리'로 굴러간다. 하지만 '다함께 홀로'가 우려스러운 건 사람에 대한 무관심 때문이다. 인간사회가 '사회'인 이유는 서로에 대한 '관계' 때문일진대 서로에 대한 무관심이 보편화되어 있다면 이건 심각한 위기상황이다. 인간이 개발한 테크놀로지가 인간사회의 관계를 심각하게 저해한다면 문제가 아닐 수 없다.

지나쳐서 좋은 건 없다. 편리하자고 발달시킨 테크놀로지가 인간관계를 단절시키고 무관심을 증폭시키는 결과를 초래한 이상 이제는 현명한 처방이 필요하다. 이를 극복하지 못한다면 결과적으로 배보다 배꼽이 큰 우를 범하는 꼴이 될 것이다. _2013년 10월 7일

## 자기선언을 하자

5월 17일자 중앙일보에 ○○도청 모 국장이 '나는 낙하산을 타지 않겠습니다'라는 제하의 기고를 했다. 중앙 일간지에 현역 공무원이 이런 '자기선언'을 하는 건 처음 보는 일이다. 적어도 내 경험으로는 그렇다. 대단히 용기 있는 선언이 아닐 수 없다. 더구나 상식적으로는 국장이면 2급(이사관) 공무원이어서 낙하산을 타는 일이 머잖아

여반장如反掌이 될 터이기에 더욱 그렇다. 이러한 선언이 용기 있는 행위로 평가받는 현실이 슬프다. 불법적인 관행과 폐단이 횡행하는 세상이다 보니 이 같은 선언을 매우 용기 있는 일로 여기는 지경에 이르게 되었다.

한 달 전 인천을 출발하여 제주로 가던 '세월호'라는 배가 진도 해역에서 침몰하여 300여 명의 사망자가 발생한 이해할 수 없는 사고가 일어났다. 아직도 찾지 못한 실종자들이 남아 있고, 가족들은 물론 온 국민이 피를 말리는 고통의 시간을 보내고 있다. 한 달간 온 나라가 세월호 침몰사고 관련 뉴스와 화제로 들끓고 있다. 실종자를 수색하고 사고를 조사하는 과정에서 그동안 숨어 있던 온갖 권력형 비리와 결탁이 민낯을 드러냈다. 해피아(해양마피아), 교피아(교육마피아), 관피아(관료마피아) 등 해괴한 용어들이 난무했다.

나도 대학에 근무하면서 수없이 들어온 얘기가 있다. 교육부 고위직 인사는 퇴직 후 현업에서 선선히 물러나지 않는다는 소문이다. 그들은 퇴직 후 전국에 산재해 있는 대학, 아니면 중고등학교에라도 재취업한다는 것이다. 그것도 권력은 막강하되 업무상 큰 부담은 없는 실권자로 말이다. 그 자리는 통제도, 책임도 비켜가는 자리다. 그야말로 유아독존이다. 거기서 교육부 재정지원사업을 따내거나 인사, 건설 업무 등에 절대적인 영향력을 행사하며 중앙 및 지방정부와의 관계증진에 혁혁한(?) 공을 세움으로써 전관예우의 위력을 유감없이 발휘한다. 자연히 그는 엄청난 권력의 중심에 서게 된다. 아니 그 자체가 곧 권력이다.

특정 권력을 이용하여 이득을 보는 행위 자체가 불법이요 페어플레이가 아닌데도 사람들은 그를 존경하며 그에게 줄을 대기 위해 몸부림을 친다. 불빛을 보고 부나비들이 몰려들 듯이 계속 사람들이 꼬여든다. 그는 돈과 권력, 그리고 많은 사람들을 얻고, 갈 때까지 간 다음 자리에서 물러난다. 그리고는 그때 얻은 재물과 권력, 사람들의 힘에 의지하여 화려한 노후를 보낸다.

문제는 그 다음이다. 권력자가 물러난 자리는 너무도 크고 허전하다. 이때 다시 권력을 탐하는 신흥세력이 등장한다. 그는 내부인사일 수도 있고, 재단에 줄을 댄 외부인사일 수도 있다. 조직을 구원하겠다는 이 동아줄은 얼마간 쉬지 않고 이어진다. 그러나 변함없이 튼튼할 줄만 알았던 동아줄이 서서히 썩어가고, 마침내 참모습을 드러내는 날이 다가오고 나서야 비로소 위기감을 느낀다. 하지만 이미 조직은 썩고 병들어 돌이킬 수 없는 상황에 이르렀고, 구성원들은 하나둘 분개하기 시작한다. 그 와중에도 끊임없이 권력을 지향하는 구성원들과 개혁을 원하는 구성원들 간의 갈등이 심화되면서 이합집산이 본격화된다. 결국 조직은 쇠퇴의 길을 걷게 되거나, 아니면 산고産苦의 고통을 겪으며 가까스로 회생되지만 그동안의 상처와 서로간의 적개심을 치유하기에는 이미 너무 먼 길을 달려온 것이다.

조직 내의 낙하산 인사도 여전하다. 멀쩡하게 공개채용을 하다가도 어느 날 보면 낙하산을 타고 내려온 사람이 종종 있다. 조직 내의 다른 부서에서 합당한 절차도 없이, 전혀 관계없는 사람이 대개

영전榮轉의 형태로 전보발령 난다. 그걸 언급하거나 지적하는 날에는 당사자와는 철천지원수가 되고, 조직 내에서는 까다로운 사람이라는 누명을 쓰고 불편과 손해를 감수하고 살아야 한다. 네 말은 옳지만 현실은 그게 아니라고 은연중에 웅변하고 있다. 참으로 힘든 상황이 벌어진다.

세월호 침몰과 관련하여 책임져야 할 사람이 계속 늘어나고 있다. 선장, 항해사는 물론 그 배에 타고 있던 선원들, 선박 회사와 소유주, 해경, 해양수산부, 국가의 안전과 재난대책을 담당한 안전행정부, 국무총리와 대통령에 이르기까지 실로 엄청나다. 게다가 조사과정에서 드러난 특정 종교의 비리와 권력과의 유착까지 그 난맥상은 그야말로 풀리지 않는 실타래 같다. 아직도 책임의 소재가 모호하다. 범위도 오리무중이다. 책임져야 할 사람들은 많은데 다들 없는 듯한 '부재중'의 태도로 일관하고 있다.

이제 차분히 생각해 보자. 이미 일어난 일은 되돌릴 수 없다 치더라도 어떻게 하면 이러한 사고의 재발을 막을 수 있을 것인가? 조직의 입장에서는 물론 효율적이고 합리적인 시스템을 만드는 것이 매우 중요하다. 사람에 따라 일의 방식이 달라지는 게 아니라, 시스템에 의해 움직이는 조직이 절실하다. 그러나 확신컨대 아무리 좋은 시스템을 갖추더라도 그것 자체만으로는 근본적으로 사고를 예방할 수 없다. 조직을 구성하고 있는 사람 중 어느 한 사람이라도 부정을 저지르거나 욕심을 부리면 사고는 언제나 다시 일어날 수 있다. 시스템을 만드는 것도 사람이고, 시스템을 운영하는 것도 사람이기 때문이다. 그렇기에 구성원 각자가 철저한 자기검열을 하고 자기선언을 하는 것이야말로 사고를 미연에 방지하는 가장 정직한 방법이다.

이것이 모 국장과 같은 자기선언이 필요한 이유다. 우선 나부터 낙하산을 타지 않겠다고 선언하자. 사사로운 욕심을 버리고 정직하게 하겠다고 선언하자. 불편하더라도, 손해를 보더라도 불의와는 타협하지 않겠다고 선언하자. 자신이 속한 조직의 불합리한 점이 있으면 고민하고 연구하여 개선하겠다고 선언하자. 주변에 그런 사람이 있으면 그를 피하거나 불이익을 주지 말자고 선언하자. 오히려 그에게 힘을 실어 주고 도와주자고 다짐하자. 그래서 힘을 합해 사회를 개선시켜 나가야 한다. 선진국은, 안전한 세상은 절대 거저 되지 않는다. 그만한 대가와 희생을 치러야 한다.

꼼수와 자기기만, 불의와 타협하는 과정에서 떨어지는 떡고물을 포기하자. 떡고물을 버리면 자유가 올 것이다. 덤으로 명예도 얻을 것이다. 작은 결심 하나하나가 소중하다. 작은 결심과 실천이 모여 사회를 개선하는 큰 변화를 일으킬 수 있다. 작은 결심이 큰 물결을 이루도록 해보자. 모 국장의 용기 있는 자기선언에 우레와 같은 박수를 보낸다. _2014년 5월 18일

## 자본주의의 마술

자본주의는 기본적으로 노동자보다 자본가에게 유리한 체제다. '노동력'이라는 상품을 가진 노동자보다 '자본'을 가진 자본가의 우월함이 보장된다는 얘기다. 자본가는 노동자를 고용하여 상품을 만들고 자신의 자본으로부터 그 대가를 지불하기 때문이다. 그렇기에 대개의 경우 자본가는 '갑'의 위치에, 노동자는 '을'의 위치에 있게 된다.

그러나 노동자가 소비자가 되는 순간 입장은 바로 역전된다. 소비자가 갑, 자본가는 을의 입장으로 전환된다. 순간적으로 노동자는 상품을 구매할 수 있는 돈을 가지고 있고, 자본가는 팔아야 할 상품을 갖고 있기 때문이다. 노동자는 자본가보다 우위에 있게 될 뿐 아니라 자유도 부여받는다. 상품을 사도 되고, 안 사도 된다. A사의 제품을 사도 되고, B사의 제품을 사도 된다. 생필품을 사도 되고, 사치품을 사도 된다. 가방을 사도 되고, 냉장고를 사도 된다. 완전한 자유다. 노동자가 소비자인 한 자본가보다 우위에 있게 된다.

하지만 자본가는 노동자의 이런 자유와 우월함을 견딜 수가 없다. 그렇다고 노동의 대가로 자신이 준 돈을 억지로 빼앗을 수는 없는 노릇이기에 점잖게 그 돈을 회수하기 위한 방법을 찾는다. 방법은 두 가지다. 하나는 더 새롭고 다양한 상품을 만들어내는 것이고, 다른 하나는 갖은 방법을 동원하여 상품을 구매하도록 유혹하는 것이다. 자본가는 유형의 상품만이 아니라 음악, 연극, 영화, 스포츠, 축제 등 다양한 문화상품을 끊임없이 개발하고 대중매체를 통하여 지속적으로 광고함으로써 마침내 노동자가 지갑을 열게 하고야 만다.

노동자는 그것도 모르고(?) 노동의 대가로 받은 돈으로 자본가가 만들어낸 각종 상품을 꾸준히 구매함으로써 자본가의 우월적 지위를 회복시켜 준다. 결과적으로 자본가가 노동자에게 임금을 지불한 이유는 자신이 만든 상품을 구매하게 하기 위해서였다. 자본가의 잉여가치가 발생하고 자본이 증식되는 순간이다. 돈의 시간적 가치 Time Value of Money를 잘 아는 자본가는 벌어들인 돈을 그냥 보관하지 않고 생산과 유통에 적극적으로 투자하여 자본을 계속적으로 불려 나간다.

노동자는 다시 열심히 일을 해서 수입을 늘리고 일시적으로 갑의 위치를 빼앗아 보지만 또다시 주도권은 넘어간다. 자본가가 끊임없이 만들어내는 각종 제품과 문화상품에 현혹되고 만다. 온갖 대중매체가 내지르는 화려한 상품들의 자태에 마음을 빼앗긴다. 문화비평가인 기 드보르Guy Emest Debord는 이러한 현대사회를 '스펙터클 사회Spectacle Society'라고 명명하였다. 황홀하고 매력적인 볼거리들로 넘쳐나는 사회라는 말이다. 상품도 스펙터클하지만 대중매체가 만들어내는 이미지들은 훨씬 더 스펙터클하다. 착시錯視를 한 소비자는 또 다시 소비를 함으로써 자본가와 노동자의 주도권 싸움은 반복된다.

자본주의 사회에서는 '시간'의 사용에 있어서도 마찬가지 논리가 적용된다. 인간의 시간은 두 가지로 나눌 수 있다. 하나는 노동시간이고, 다른 하나는 여가시간이다. 노동시간은 자신의 일터에서 생산 활동에 종사하는 시간이고, 여가시간은 일터를 떠나서 노동을 하지 않는 자유로운 시간이다. 대중매체는 우리의 여가시간마저 내버려두지 않는다. 여유롭게 휴식을 하거나 자유로운 창조를 하며 개인이 누려야 할 여가시간에도 자신이 만든 상품에 대한 소비욕구를 충동질하는가 하면, 온갖 볼거리로 우리를 붙들어 놓는다. 여가시간조차 결코 자유롭지 않은 것이다.

자본주의에서 결국 노동시간은 일하는 시간이요, 여가시간은 소비를 하는 시간이 되는 셈이다. 때로는 노동시간과 여가시간이 구분되지 않거나 양자의 입장이 수시로 바뀌어 혼란과 피로를 가져온다. 여가시간에 접하게 되는 화려한 볼거리들 또한 소비를 촉진하는 결정적 기회를 제공함으로서 계속해서 생산과 소비가 순환되는 구조를 띠게 된다. 자본주의를 지탱하는 기본적인 틀이다.

대중은 상품을 구매하고 대중매체의 볼거리에 몰입하느라 주변에서 일어나는 정치적 현상이나 권력의 행태에 무관심하게 된다. 대중은 현실에 대하여 점점 방관하게 되고 정치와 권력은 독점된다. 권력을 가진 계층은 이를 적절히 활용하면서 사회는 점점 더 양극화의 길로 접어들게 되는 것이다. 자본주의의 어두운 그림자를 느끼게 하는 대목이다.

자본주의는 자본가와 노동자의 입장을 수시로 바꾸어 놓는가 하면 일하는 시간과 휴식하는 시간을 혼동케 하는 마술을 부린다. 그런데 면밀히 따져보면 이러한 현상은 모두 인간의 시각에 의존한다. 기 드보르가 주장하는 스펙터클한 사회도 인간의 시각적 감각을 집중적으로 자극하여 다른 감각을 무력화시킨 결과이다.

따라서 자본가의 논리와 자본주의의 현상에 사로잡혀 있는 속박의 굴레에서 벗어나는 길은 의외로 간단하다. 시각에만 현혹된 생각을 현실세계와 지속적으로 접속하여 균형 잡힌 현실감각을 키우면 된다. 그 길만이 자본주의의 마술로부터 벗어나는 길이다. 공부가 필요하다. 그래서 자기철학을 만들어야 한다. _2015년 5월. 사학연금

## 스포츠로 보는 실패 매커니즘

많은 사람들이 힘들어하고 있다. 경제적인 문제, 취업, 결혼, 출산, 자녀교육, 인간관계, 업무 스트레스 등 수없이 많은 문제들이 우릴 옥죄고 있다. 힘들다는 데에는 불안심리가 내재되어 있다. 이런 불안 심리의 배후에는 실패한 경험이나 닥쳐올 실패에 대한 두려움이 숨어 있다. 불행히도 인간사 전체를 놓고 보면 성공보다는 실패가, 편안함보다는 불안함이, 수월함보다는 어려움이 더 많다.

우리의 일상이 되다시피 한 스포츠도 따지고 보면 실패 메커니즘이다. 왜냐하면 스포츠는 제도화된 신체경쟁인데, 그 제도라는 것

이 성공의 조건을 극히 제한시켜 놓고 있기 때문이다. 여기서 제도는 경기규칙을 뜻한다. 그렇다고 항상 성공하는 조건으로 경기규칙을 정해 놓는다면 재미도 없을 뿐더러 그건 스포츠라 할 수도 없다. 스포츠에서는 어떤 시도trial를 하면 성공success 또는 실수error라는 결과가 나오게 마련이다. 실수는 곧바로 실패failure로 이어지기도 하고, 실수가 쌓여서 실패가 되기도 한다. 실수는 '잘못하여 일을 그르치는 것'을 의미하고, 실패는 '목적을 이루지 못하는 것'을 뜻하기에 그렇다.

농구경기의 슛 성공률이나 배구의 공격 성공률, 축구의 슈팅 성공률을 보면 종목별로 다르고, 또 매번 편차가 있긴 하지만 전반적으로 50%를 넘기기가 쉽지 않다. 배구나 테니스의 서브에이스(서브로 단번에 득점에 성공하는 것) 성공률은 극히 희박하다. 한 경기에서 성공하는 경우는 손에 꼽을 정도다. 특히, 배구의 경우 대부분의 선수가 경기 내내 단 한 개의 서브에이스도 달성하지 못한다. 그렇다고 그들을 형편없는 선수라고 하지 않는다.

수비 측면에서의 성공률도 크게 다르지 않다. 농구의 블록슛Block Shoot 성공률, 배구 리베로의 디그Dig 성공률, 축구 골키퍼의 선방善防, Super Save 비율은 극히 저조하여 그 가치를 매우 높이 평가한다. 한 경기에서 몇 개밖에 안 나오는 그러한 수비성공이 승리를 판가름하는 결정적인 요소가 된다.

스포츠를 유심히 관찰해 보면 이들 성공과 실패가 결정되는 순간의 차이가 극히 미세하다는 사실을 발견할 수 있다. 뿐만 아니라 운

fortune도 상당히 작용한다. 우리네 삶도 그러하리라. 성공과 실패의 차이가 미세한 데다 운도 상당 부분 작용한다. 더구나 스포츠에 비하면 삶은 비교할 수 없을 만큼 제도와 변수가 많으니 순간순간 성공적으로 살아 내기가 훨씬 어려운 것이 어쩌면 당연하다.

그러므로 실패했다고 좌절하거나 기죽을 필요가 없다. 실수를 줄여 나가면서 목적을 이루기 위한 새로운 전략을 수립하고 다시 도전하면 언젠가는 뜻한 바를 이루는 성공에 도달할 수 있으니 희망이 있다. 시간이 문제라고? 그렇다. 인간의 성정性情으로 시간의 조급함을 이기기란 쉽지 않다. 하지만 거기에도 위안은 있다. 시간도 대개는 상대적인 개념이어서 나만의 시간으로 살면 된다. 물론 독한 마음가짐이 필요하다.

이런 삶의 자세를 견지하는 것은 결코 쉽지 않다. 공부가 절대적으로 필요하다. 공부하지 않고는 자신의 삶을 자신 있게 부리는 주인공이 될 수 없다. 이도 저도 자신이 없으면 오로지 목표를 향하여 독하게 노력하라. 그래서 빨리, 남보다 더 성공하라. 그 길밖에 없지 않는가? 그래도 행복은 별개의 문제이긴 하지만 말이다. 성공에 우쭐대거나 실패에 좌절하지 않으면서 당당하게 나만의 삶을 살 것인가, 성공과 실패에 일희일비하며 버겁게 살 것인가는 결국 각자 선택할 문제다. _2016년 2월 1일

## 나침반 인생,
## 내비게이션 인생

자동차 없는 삶을 상상하기 어려운 시대다. 진화를 거듭한 자동차는 이제 단순한 기계장치가 아니라 정교한 전자장비가 되었다. 수동변속기는 거의 자취를 감추고 자동변속기 차량이 대부분이어서 운전자가 특별히 신경 쓸 게 없다. 게다가 운전 중 이리 갈까 저리 갈까 고민이 되면 내비게이션Navigation(차량 자동항법장치)의 지시를 따르면 된다. 언제나 방향을 알려 주고 장애물까지 척척 일러 주는 내비게이션 탓에 운전자들은 생각이 없어진다. 나도 길눈이 워낙 어두워 내비게이션에 주로 의존하다 보니 점점 더 '길치'가 되어가고 있다.

옛날에는 어떤 목적으로 탐험을 할 때나 길을 잃었을 때 방향을 알려 주는 나침반이 아주 유용한 도구였지만 이제는 내비게이션만 있으면 된다. 나침반은 무용지물이 될 지경에 이르렀다. 또 굳이 내비게이션이 아니어도 방향뿐 아니라 주변 환경까지 온갖 지리정보를 제공하는 스마트폰 어플리케이션을 활용하면 길을 찾아가는 데 큰 어려움이 없다. 말하자면 어플리케이션이 방향과 속도, 주변 환경까지 사람과 차량의 진행에 필요한 정보를 모두 제공하고 있는 것이다.

덕분에 사람들은 길을 헤매는 일이 거의 없어졌지만 대신 머리를 쓰지 않는 '똑똑한' 바보가 되어 가고 있다. 나침반 하나에 의존하여 콜럼버스는 대서양을 항해하다가 아메리카 대륙을 발견하였고, 탐험가들은 남극과 북극을 탐험하였으며, 산악인들은 에베레스트를 정복하였다. 내비게이션이 디지털의 상징이라면, 나침반은 아날로그의 상징이다. 내비게이션이 길을 직접 안내하는 가이드라면, 나침반은 대략적인 방향만 알려주는 '큰' 스승 같다.

인생도 마찬가지다. 남들이 하는 대로 따라 가는 내비게이션 인생이 있는가 하면, 삶의 의미를 찾아서 묵묵히 나아가는 나침반 인생도 있다. 내비게이션이 삶의 지름길을 가르쳐 준다면, 나침반은 삶의 방향을 일러 주고 수시로 점검하게 한다. 말하자면 내비게이션 인생은 속도를 더해 가며 질주하지만, 나침반 인생은 의미를 부여하고 계속해서 삶을 성찰하게 한다. 나침반 인생은 더디고 불안해 보이지만 빠르고 안전해 보이는 내비게이션 인생보다 삶의 본질에 충실한 인생이리라. 우리는 피할 수 없는 내비게이션의 시대를 살아가지만 삶의 나침반을 활용하는 지혜가 필요하다. 인생의 핵심은 속도가 아니라 방향이기 때문이다. _2016년 4월 13일

· 02 ·

# 나의 삶

칼럼 형식의 글들 외에 다양한 삶의 흔적들에 관한 기록도 있다. 편지, 주례사, 일기, 건의서 등 잡다한 기록들이 내 삶을 둘러싸고 있다. 그 중 남아있는 몇 편을 골라 정리하였다. 약간의 프라이버시가 개입되어 있지만 솔직한 내 삶의 단편들이다.

# 선생님들께

〈편지〉

7월의 무더위에 장마까지 겹쳐 혼자만의 생활도 자칫 힘들어지기 쉬운 때입니다. 오늘도 철없는 아이들의 손과 발이 되어주시는 선생님들의 값진 희생에 박수를 보냅니다.

대학에서 성년을 전후한 젊은이들과 생활하면서도 때론 이해할 수 없는 불평이 누적되어 자신도 모르게 표출되는 것을 보면서 선생님들의 대가도 없는 헌신적인 삶의 모습에 부끄러움을 느꼈고 아울러 진한 감동을 받았습니다. 극단적 이기주의와 물질주의가 만연한 세태에서 '나'를 버린 봉사의 삶은 대부분의 사람들의 입에서만 회자하는 이상론에 가깝습니다. 그런데 복잡한 정련精鍊의 과정 없이 선뜻 실천에 옮기신 선생님들의 행위는 대단한 귀감이 되었습니다.

말보다 쉬운 것은 없으며 실행에 옮기기보다 어려운 것은 없을 것입니다. 제가 이 글을 쓰기까지도 상당한 시간이 흘렀으니까요. 어쩌면 이성을 가졌다는 인간에게 있어서 가장 모순된 현상인지도 모를 일입니다.

그 뛰어난 학력에도 불구하고 이목耳目과 개인의 구구한 사정을 뒤로 하고 그토록 힘들고 번거로운 탁아託兒 일에 뛰어드신 용기의 원천은 무엇입니까? 두 아이의 아버지로서 까다롭고 힘겹게 커가는 요즘의 아이들을 보면서, 힘든 일을 도무지 꺼려하는 우리네 젊은이들을 보면서 선생님들의 고귀한 삶은 어떤 종교적 행위보다도, 어떤 철학적 사상보다도 훨씬 더 값지게 보입니다. 우리가 사는 세상은 어차피 사회 속에서의 개인의 행동이 가장 중요한 변수로 작용하는 것이므로 개인의 행위는 극단의 선일 수도, 극단의 악일 수도 있을 것입니다.

장황하게 표현된 수식구들은 제가 평소에 생각과 말로만 뇌까렸던 참된 삶의 모습을 발견한 데 따른 보상심리 때문일 겁니다. 생각과 말을, 그리고 이론적 학습의 실체를 전공과 무관하게 삶의 현장에 옮기신 선생님들께 끝없는 갈채를 보냅니다. 용기를 잃지 마십시오. 계속 응원하겠습니다. 늘 건강하시고, 소망이 이루어지기를 기도합니다.

_1993년 6월
최동순 올림

*1993년 6월 17일 방영된 [KBS 현장기록, 요즘사람들]을 보고 쓴 편지

# 나는 널 믿는다

〈편지〉

아들~

웹에서 오랜만에 불러본다.

부산에 흰 눈이 몹시도 내리던 날, 택시를 타고 ○○병원에 도착하여 엄마를 분만실에 들여보내 놓고는 초조하고 기대되는 마음으로 복도를 어슬렁거리던 때가 벌써 만 18년이 다 돼 가는구나. 어느새 너는 훌쩍 자라 대학 입학을 준비하고 있으니 감회가 새롭다.

난 요즘 너를 보면 그저 대견스럽기만 하다. 기본적인 양육 외에 별다른 신경을 쓰지 않았는데도 알아서 공부하고 미래를 착실히 준비하는 걸 보면 너는 역시 내 아들이다. 너도 알다시피 사실 난 정체성이 강해서 내가 옳다고 믿으면 그대로 밀고 나가는 편이라 혹시라도 너희들이 잘못되면 어쩌나 하는 염려를 하면서도 끝까지 너희들을 믿었다. 아직 다 끝난 건 아니지만 아직도 그 믿음은 변함이 없다. 너희 삶의 끝까지 자기 생활을 스스로 책임지는 주체적인 인간으로 살아갈 것을 믿는 믿음 말이다.

내 진정으로 가슴 깊이 너를 인정하고, 자랑스럽게 여긴다. 지금 이 순간에도 가슴이 찡해 오는구나. 사랑한다. 이제 남은 대학선택도 슬기롭게 잘할 것으로 믿는다. 항상 그래 왔듯이 나는 너에게 조언자이지 내가 너를 책임질 순 없다. 결정은 네가 해라. 하지만 아버지의 큰 뜻은 지켜 줬으면 좋겠다. 인생은 의욕만으로는 안 되는 거다. 선배의 경험도 무시할 수 없는 소중한 자산이다. 나도 사실은 네 할아버지가 돌아가신 뒤에야 그 사실을 제대로 깨닫게 되었단다. 장례식 때 그 생각이 나서 한없이 울었단다.

그래, 공부가 결코 인생의 전부가 될 수는 없다. 그래도 중요하다. 이 말의 깊은 뜻을 너는 알리라 생각한다. 내가 너희들에게 공부는 강요하지 않지만 인간에게 기본이 되는 덕목들은 누구보다도 중시하며 강조해 왔던 걸 마음에 깊이 새겨주길 바란다. 요는 공부도 주체적으로 수행해야 할 삶의 과제라는 것이다. 앞으로도 그건 변함이 없다. 우리 가족은 자기 할 일을 스스로 거뜬히 수행하며, 서로의 능력을 믿는 성숙한 구성원들이었음 좋겠다. 물론 하나님께서 보호하고 도우신다는 믿음도 (말로는 표현하기 힘들지만) 중요하다.

승호야, 요즘 고민이 많을 줄 안다. 하지만 고민하지 않는 인간은 없다. 고민한 자만이 행복의 열매를 딸 수가 있는 법이다. 로버트 칼라힐이 말했던가? "눈물로 빵을 먹어보지 않은 사람은 인생을 논하지 말라!" 의미심장한 말이라 생각한다. 요즘 젊은이들이 도무지 생각을 깊이 하지 않고 조급하고 단순한 것이 흠이라고 기성세대는 걱정을 한다. 다 사람 나름이겠지만 틀린 말은 아닌 것 같다. 유쾌하고 낙천적으로 살되, 중요한 일에 있어서는 깊이 고뇌하는 '호모 사피엔스'가 그립다.

이번 학기 정말 정신없이 지나갔다. 도저히 낼 수 없는 시간과 끝없이 밀려오는 과제, 발표, 아직도 끝나지는 않았다. 그것도 다 살아있음의 증거 아닌가? 오랜만에 너에게 편지를 쓰고 있으니 마음이 한가해지고, 행복감이 밀려온다.

나의 자랑 승호야, 이제 대사大事를 앞두고 분석하고 준비하는 널 보며 난 행복하다. 그동안의 염려와 고생 이제 좀 내려놓고 크게 웃어라. 여유 있고 당당한 너의 모습을 보고 싶다. 남을 배려하는 관용과 당당하고 여유 있는 표정은 사람을 매력 있게 한단다.

내일 모레면 난 말레이시아 여행길에 오른다. 가족들과 함께 가지 못해 아쉽지만 여행은 늘 새로운 경험과 안목을 갖게 한다. 이번에도 내 삶의 소중한 경험이 될 것으로 기대한다.

승호야, 난 널 믿는다! 사랑한다!!

_2004년 12월 8일

아부지가

* 대학선택을 앞둔 아들에게 쓴 편지다. 당시 나는 체육을(정확하게는 축구를) 더 깊이 공부해 보고 싶어서 체육과 대학원에 입학하여 한 학기를 막 마쳐가는 상태였다. 주 · 야간 강의를 하고, 학생지도와 회의, 기타 잡무에 정신없이 뛰어다니다가 전주에서 대전으로 대학원 강의를 들으러 분주히 오가던 때다. 대학원 과제와 강의준비를 하느라 밤늦도록 씨름하다 아들 방에 가보면 공부하다 책상에 엎드려 잠이 든 아들을 보며 마음이 짠했다.

## 주차 고충

〈건의서〉

주 소 : ○○광역시 ○구 ○○동 ○○○A. ○○○동 ○○○호

성 명 : 최동순

차량번호 : ○○러 ○○○○

단속일시 : 2006. 12. 5, 20:09

단속장소 : 대전 ○구 ○○동 ○○○○ 부근

스티커번호 : ○○○○○○

본인은 상기 일시 · 장소에서 주차위반으로 스티커를 발부받았습니다. 이유야 어떻든 교통 흐름에 불편을 초래할 개연성을 제공하고, 공무집행에 불편을 드린 점 사과드립니다. 제가 범한 법규 위반에 대한 대가는 당연히 받아들이겠습니다.

그러나, 그 주변에는 많은 상점들이 있지만 주차장을 갖춘 업소는 거의 없어 상점을 이용하는 차량들이 주차를 할 수가 없습니다. 그 결과 항시 많은 차량들이 도로변에 주차돼 있습니다. 더구나 야간에는 주차단속을 하지 않는 것으로 알아 잠시 주차하였습니다.

잘못 알고 있었다면 추후 시정할 것이며, 이 기회에 그곳 상점들이 연합주차장을 구비하여 고객과 시민들이 불편을 겪지 않도록 해 주시면 상인들과 시민이 불편을 겪지 않고 상생하는 길이라 생각되어 건의 드리는 바입니다. 아무튼 불편을 드려 죄송합니다.

_2006년 12월 6일

주차 위반인 최동순

* 나 외에도 많은 사람들이 그 상가 주변의 주차 불편에 대하여 엄청난 민원을 제기했다는 사실을 뒤늦게 알았다. 그 후 공영주차장이 두 개나 생겨 지금은 아주 편리하다. 가끔 아내와 재래시장을 구경하며 쇼핑을 하는 즐거움을 누리고 있다.

## Carpe Diem

〈편지〉

*"아유 추워! 으흐!(덜덜덜)", "이 정도 가지고 뭐가 춥나? 제군들은 장교가 될 후보생들이다. 사병들을 지휘할 간부가 될 후보생이며, 우리는 현재 전쟁을 준비하는 군인으로 훈련 중이다."*

어젯밤 네가 힘들게 훈련받는 광경을 그리며 밤잠을 뒤척이다 깜빡 잠이 든 사이 꿈을 꾸었다. 늦가을쯤 돼 보이는데 후보생들이 팬티 차림에 물이 흘러내리는 언덕에 등을 붙이고 얼차려(?)를 받고 있는. 그래도 꿈이기에 안심을 했다.

옛날에 비하면 훈련환경이 훨씬 좋아졌다지만 네게 훈련은 여전히 고달프고 힘들 거라 생각된다. 인간은 원래 자신의 의지와 관계없이 움직이는 것을 싫어하기 때문이지. 나의 군대 생활을 생각하니 힘들었던 순간들이 주마등처럼 스쳐 지나가면서 너에 대한 안쓰러움과, 함께 할 수 없는 불가항력적인 아픔이 밀려온다. 무더위와 싸우며 훈련 중인 너를 생각하면 편안한 환경에서 생활하는 우리가 미안하기만 하다.

그러나 한편으론 뿌듯하기도 하다. 약하고 소심하던 네가 어느새 이렇게 건강하게 성장해서 장교후보생이 된 것이 신기하기도 하다. 머지않아 대한민국의 장교가 되는 상상을 하면 자랑스럽다. 힘든 훈련도 잘 이겨 낼 줄 믿는다. 너의 체력과, 약한 듯 보이지만 마음만 먹으면 독한 데가 있는 너의 의지력을 알기에 마음이 놓인다. 이 세상 모든 일은 마음먹기에 달려 있다. 생각해보면 힘든 훈련도 아무나 할 수 없는 축복이요, 인생을 기름지게 할 연단의 기회다. 나도 특별한 군 생활을 하면서 육체적으로, 정신적으로 '정말로' 견디기 힘든 상황이 수없이 있었지만 무한한 자부심을 붙잡고 내 생의 엄청난 무언가를 얻고 있다는 그 어떤 '충만감'이 있었다.

그랬기에 최선을 다해 군 생활에 임할 수 있었고, 그러한 노력의 산물로 아무나 할 수 없는 훈련소 최우수 졸업, 연대 대표 축구선수, 유격장 조교, 보병 분대장 차출 등 색다른 경험과 이력을 쌓을 수 있었다.

나의 자랑스런 아들 승호야, 이번 훈련을 너의 체력을 한층 강화시키는 특별훈련 정도로 여기고 훌륭한 장교가 되기 위한, 나아가서 지덕체를 겸비한 인간으로 성숙하기 위한 과정으로 생각해라. 아버지가 분대장 후보로 차출되어 말년에 새삼스럽게 훈련소에서 하사관 훈련을 받을 때 중대장님이 편지를 보내왔다. 그 편지 중에 다음과 같은 글귀가 있다.(내가 보관하고 있는 편지를 꺼내 그대로 옮긴 것)

*"촌보寸步의 성장을 위해 부단한 노력을 필요로 하는 인간이라면 흐르는 물에 취하고 떠도는 구름에 취해 하나의 진리를 깨닫고, 닦고 닦아도 흘러내리는 땀방울에 앞날의 서광瑞光을 읽는 법을 배울 수가 있을 것이다. 흐르는 물은 소리를 내어도 그 물이 연못을 이룰 때는 소리 없이 이루어지는 것이다."*

ROTC 출신으로 장기복무를 지원한 분이었는데 국문과를 졸업하고 문단에 데뷔도 한 작가라고 들었다. 문장이 썩 논리적이지는 않은 것 같은데 그래도 뭔 뜻인지는 충분히 알 수 있었다. 그 당시 나에게 참으로 적절한 조언으로 큰 힘이 되었다.

바라기는 이번 훈련이 너의 인내심과 자기 절제력, 그리고 리더십을 배양하는 좋은 기회가 되기를 바란다. 적극적인 마음가짐과 솔선수범을 견지해라. 조금 귀찮아도, 수고스러워도 그것이 자신을 위한 길이며, 동료를 살리는 길이다. 매사를 네게 유익한 것이라 생각해라. 이동국이 입대할 때 남긴 축구계의 명언(?) 기억하지? "피할 수 없으면 즐겨라." 너희들이 좋아하는 말도 있잖아. "Carpe diem." 힘든 일이 있을 때는 이런 낙천적인 사고가 굉장히 도움이 된다. 늘 염두에 두고 잘 이겨 내길 바란다.

엄마는 병원 정기검진(8.4) 결과 이상이 없단다. 다행이다. 늘 감사의 제목이다.

아 참, 특보 하나! 승민이가 이번에 장학생이 되었다. 등록금을 무려 103만원이나 감면받는 쾌거(?)를 이루었다. 축하해 주렴. 내가 늘 생각하듯이 공부하는 스타일이 느리고 답답하지만 대학 공부에 잘 어울리는 승민이의 잠재력이 드러나는 것 같아 기분 좋다. 특히, (TV 휴먼다큐멘터리를 함께 보다가) 이 장학금 전체를 형편이 어려운 그 주인공에게 쾌척하기로 한 결단에 얼마나 감동을 받았는지 모른다.

나는 평소 이렇게 생각한다. "가족에게 있어서 가장 중요한 것은 각자 자기 본분을 너끈히 감당하고, 서로를 배려하는 것이다." 이렇게만 되면 문제가 없고, 충분히 행복하다고 믿는다.

승호야, 네가 훈련을 들어간 지 벌써 열흘째가 되는구나. 가족들 걱정일랑 말고 훈련에 열중해서 너 자신의 소중한 경험을 만들기 바란다. 고등학교 때 영어 교과서에 나왔던 'The Father's Letter'라는 단원에 객지에 나가 있는 아들에게 아버지가 들려준 어드바이스가 생각난다. "고개를 들어라. 허리를 곧게 펴라." 사랑해!

_2008년 8월 13일

아버지가

아들 ROTC 입단식 마치고. 사병으로 군 생활하면서 그렇게도 부러워했던 장교를 아들이 대신하게 됐다.

_2008.2

## 버리고, 보내고

〈일기〉

아들도 보냈다. 새벽공기를 가르며 전용차로를 신나게 달리는 공항버스는 내 마음을 아는지 모르는지 거침이 없다. 어제까지 난리를 치던 태풍이 언제 그랬냐는 듯 선명하게 떠 있는 둥근 달이 나를 뚫어져라 쳐다본다. 게다가 오늘은 아내가 34년간 몸담아온 교직에서 명예 퇴직하는 날이다. 그런 아내가 옆자리에 앉아 있고, 또 한 쪽에는 중국으로 유학을 가는 아들이 앉아 있다. 기분이 묘하다. 하루에 두 가지 큰 사건을 너무도 가볍게 해치운다는(?) 생각이 든다.

작년 이맘때 나는 교수직에서 명예퇴직을 했고, 6개월 뒤 딸은 멀고 먼 나라 엘살바도르로 봉사활동을 떠났다. 2년간은 볼 수가 없다. 버리고 보내는 일을 일상사처럼 부담 없이, 그것도 아주 짧은 시간에 하고 있는 것이다. 아들이 나직이 말을 건넨다. 몇 해 전 어학연수 갈 때는 두려움이 없었는데 이번에는 벌써부터 긴장이 된단다. 멋모르고 가던 때와 해외에서의 외로운 생활을 알고 난 지금은 아주 다르다며 걱정을 한다. 그 말을 듣자 가슴이 아려온다. 그래도 내색할 순 없다. 마음을 다잡아 보지만 살짝 슬픔이 밀려온다. 간간이 대화가 오가지만 설명할 수 없는 침묵이 흐른다. 가슴 한 쪽이 텅 빈 것 같다. 우리는 왜 이 짓을 하는 건가? 이별은 분명 슬픈 것인데.

눈을 감는다. 고요한 새벽만큼이나 차분한 생각이 비집고 들어온다. 내 나이 50대 중후반, 때가 된 것이다. 그동안 정신없이, 앞만 보고 달려왔다. 일에 매달려 살아왔고, 자식들은 껴안고 살아왔다. 하지만 이제는 버려야 한다. 그리고 보내야 한다. 우리네 정서로 보아 좀 이르다는 생각이 없지 않지만 언젠간 닥쳐올 일이다. 언제까지 일만 붙들고 살 수도 없고, 언제까지나 자식을 껴안고 살 수는 없다. 버리고 보내야 한다면 결단의 순간이 필요하리라. 그렇게 생각하니 마음이 좀 편해진다.

출국절차를 마치고 이별의 순간이 다가오자 오히려 담담해진다.

그러나 출국심사대를 벗어나서 차츰 멀어져가는 아들의 뒷모습을 지켜보자니 마음이 짠하다. 그래도 보내야 한다. 그곳에 아들의 꿈이 있고, 미래가 있다면 미련 없이 보내야 한다. 가서 꿈을 키우고, 꿈을 이루어야 한다. 어차피 부모가 영원히 책임질 수 없다면 따뜻했던 부모의 품을 떠나보내야 한다. 그동안의 삶이 너무 편안했다면 나태와 사치가 사정없이 무너지는 쓰라린 경험도 해야 한다. 그것이 인간이 성숙해가는 과정이리라.

아들을 보내고 돌아서는 길은 오히려 마음이 편안하다. 눈앞에 있을 때는 가련하기도 하고, 안쓰럽기도 하더니 시야에서 멀어져가니 왠지 모르게 차라리 안심이 된다. 아내에게 한마디 건넨다. "결국은 우리 둘이 남는구먼. 키워 놓으니 다들 먹튀네.(크크)" 건네 잡는 아내의 손이 따뜻하다. 순간 생각해 본다. 부모와 자식의 관계는 무엇일까? 그 끝은 어디인가? 따뜻하면서도 질긴 인연의 끝은 없을 거라는 생각에 금세 도달하고 만다.

우리는 너무 많은 것을 안고 산다. 알몸으로 태어났으면서 분에 넘치는 재물과 편안한 안식처, 눈에 넣어도 아프지 않은 자식에 적당한 명예까지. 그것도 모자라 끊임없는 소비를 하면서도 늘 부족하다는 생각을 하는 것이 인간이다. 우리를 창조하신 그분이 볼 때 너무도 가소로운 광경이 아닐 수 없다. 흙덩이로 빚어 놨더니 재물과 명예 타령에, 자식 타령까지……. 끝도 없는 불만의 파노라마가 이어지는 이 어이없는 현상을 어찌 하랴.

언제부턴가 간소한 삶을 자주 생각한다. 꼭 필요하지 않은 것은 과감하게 버리고 몸과 마음을 가볍게 하자고 다짐을 해본다. 하버드대학을 나왔지만 월든 호숫가에 오두막집을 짓고 생명을 유지하는 데 꼭 필요한 것만을 추구하며 소박하게 살았던 헨리 데이비드 소로우의 간소한 삶이 자꾸 위대하게 다가온다. 버리고 보내는 것에 의연할 수 있다면 우리의 삶도 한결 가벼워지리라. 그런데 어쩌지? 멀어져가는 아들의 뒷모습이 자꾸 눈에 밟힌다. 나도 어쩔 수 없는 '아버지'인가 보다. 오늘은 유난히 가슴이 허전하다.

_2012년 8월 3일

## 주례사 2

아프리카 속담에 '빨리 가려면 혼자 가고, 멀리 가려면 함께 가라'는 말이 있습니다. 결혼은 함께, 멀리 가려고 하는 것입니다. 그런데 결혼은 그렇게 쉬운 일이 아닙니다. 서로 다른 가문에서 태어나, 각기 다른 환경에서 성장하고, 남자와 여자라는 생태적 차이를 가진 두 사람이 연합하여 한 가정을 이룬다는 것은 매우 어려운 일입니다.

*"사람을 아는 것보다는 이해하는 것이 어렵고, 이해하는 것보다는 사랑하는 것이 어렵습니다. 왜냐하면 아는 것은 머리로 하*

*고, 이해하는 것은 가슴으로 하지만, 사랑하는 것은 온몸으로, 삶으로 해야 하기 때문입니다."*

그러나 한편으로 결혼은 매우 흥미 있는 일이기도 합니다. 산소와 수소가 만나 물이 되고, 염소와 나트륨이 만나 소금이 되듯이 서로 다른 성향을 지닌 두 사람이 만나 부부가 되고 한 가정을 이룬다는 것은 참으로 흥미진진한 일입니다.

어렵든, 흥미진진하든 이제는 돌이킬 수 없습니다. 두 사람이 오늘 결혼을 하기까지는 오랜 사귐과 준비가 있었을 것입니다. 희로애락을 같이할 인생의 반려자로서, 동반자로서 이제 출발선에 서 있는 것입니다. 결혼은 행복의 시작인 동시에 일치를 위한 노력의 출발이기도 합니다.

저는 주례자로서, 인생의 선배로서 오늘 결혼하는 두 사람이 먼 길을 함께 걸어갈 때 이렇게 가라고 당부하고자 합니다.

첫째, 확고한 자기철학을 갖고 살기를 바랍니다. 자기철학을 갖고 산다는 것은 옳다고 생각하는 가치를 일관되게 실천하며 사는 것을 뜻합니다. 이를 위해서는 용기가 필요합니다. 용기는 매사에 두려움을 갖지 않는 기개를 말합니다. 진정한 용기는 홀로 외롭게 실천할 수 있어야 하는 것입니다. 토인비는 '역사는 도전과 응전을 계속하는 소수의 용기 있는 사람들에 의해 발전 된다'고 했습니다. 확고한 자기철학을 용기 있게 실천하다 보면 자기만의 개성도 발현됩니다.

현대는 개성의 시대입니다. 국가나 기업의 경영도 개성이 없이는 경쟁에서 결코 이길 수 없다는 사실을 인식하고 차별화 전략에 여념이 없습니다. 개인의 행동양식이나 삶의 방식도 개성이 있을 때 더욱 힘이 있고, 그 인생이 빛납니다. 남의 눈치를 보기보다는 양심과 순리를 지키면서 철학이 있는 삶을 살기를 바랍니다.

둘째, 곡선적 삶을 살아가기를 바랍니다. 직선적 삶이 도로road를 질주하는 것이라면, 곡선적 삶은 길way 위를 걸어가는 것입니다. 도로에는 '질주'와 '경쟁'이 있을 뿐이지만, 길에는 '의미'와 '성찰'이 있습니다. 앞만 보고 정신없이 달려가다가 어느 날 나는 누구인지, 왜 사는지, 무엇을 위해 일하는지, 어디로 달려가는지를 몰라 후회하며 허둥대는 경우가 얼마나 많은지 모릅니다. 인생에는 의미가 있어야 합니다. 뉴스가 있어야 합니다. 아무리 돈을 많이 벌어도, 높은 지위를 얻어도 의미가 없는 삶은 허무하기 그지없습니다. 아무리 바쁘더라도 자신을 성찰하며 의미를 찾는 삶을 살기를 바랍니다. 그것이 삶의 이유요, 결혼의 더 큰 가치입니다.

마지막으로, 가난한 마음으로 살아가기를 바랍니다. 마음이 가난하다는 것은 늘 궁색하거나 빈곤한 생각을 한다는 뜻이 아닙니다. 꿈이 없다는 것도 아닙니다. 그것은 바로 필요 이상의 욕심을 갖지 않는 것을 뜻합니다. 기독교에서 말하는 '마음이 가난한 자는 복이 있다'는 가르침이나 불교에서 말하는 무소유 정신은 소유 자체를 하지 말라는 뜻이 아닙니다. 소유에 대한 집착을 버리라는 것입니다. 또 에리히 프롬이 말하는 존재형 인간은 세계를 소유하려고 하지 않고, 존재적 상태로 삶에 임하는 사람을 가리킵니다. 소유한다는 것은 어떤 것을 자기 관념의 세계로 끌고 들어와서 가두어 버리는 것이기에 결국은 스스로를 가두어 버리는, 그래서 스스로를 제한하는 결과가 된다는 것입니다. 보십시오. 툭하면 나라를 온통 떠들썩하게 하고 국민들을 분노케 하는 권력형 비리도 결국은 지나친 욕심의 소산이 아닙니까? "욕심은 죄를 낳고 죄는 사망을 낳는 법입니다." 열심히 일하고, 일한 만큼 소유하고, 소유한 만큼 누리는 소탈한 행복이 진정 아름다운 것입니다. 셰익스피어는 '만족은 최대의 소유'라고 했습니다. 부디 열심히 일하고, 일한 만큼 소유하고, 소박한 행복을 누리면서 살아가는 부부가 되기를 바랍니다.

영국속담에 이런 말이 있습니다. "A house is made of block, a home is made of love." '집은 벽돌로 만들고, 가정은 사랑으로 만든다'는 말입니다. 비록 벽돌로 된 집에 살지언정 사랑으로 가정을 만들어서 무너지지 않는 사랑의 보금자리에서 일생을 함께 손잡고 행복의 찬가를 부르는 부부가 되기를 소망합니다.

* 이건 최근 나의 주례사다. 그동안 약간의 수정은 있었지만 나는 대체로 이 주제를 놓지 않는다. 우리 사회의 학력이 전반적으로 엄청나게 높아져서 대학을 나오지 않은 젊은이가 거의 없는 현실에서 부부 금슬과 효도, 형제 우애를 주례사로 내놓기는 좀 그렇다. 그건 너무나도 당연한 도리이기에 그렇다. 결혼을 통하여 인간의 근본적인 가치를 실현하고, 나아가서 진정한 행복과 성취를 이루기를 바라는 마음에서다. 40여 차례의 주례에서 한 번도 이 주제를 벗어난 적은 없다.

# | 에필로그 |

내 삶의 주제는 자유, 효용, 낭만으로 요약할 수 있다. 나는 자유를 추구하며 효용과 낭만을 지향하는 호모루덴스(놀이하는 인간)다. 나는 삶이 놀이여야 한다고 믿는다. 논다는 것은 결코 낭비적이며 비생산적인 것이 아니다. 물론 놀기만 해서 인생을 원활하게 살 수는 없다. 그러나 죽지 못해 공부하고, 일을 하고, 돈을 벌고, 결혼을 한다면 이는 삶의 목적에 크게 위배되는 것이다. 비록 있는 힘을 다해서, 열심히 살더라도 노는 재미가 있어야 한다. 이게 인간의 솔직한 '존재적' 고백이다.

나는 또한 호모루덴스가 되기 위해 합리성과 실용성을 철저히 추구하는 호모쿵푸스(공부하는 인간)다. 노는 것도 아무나 할 수 없다. 적어도 노는 것이 방종이나 시간낭비가 되지 않기 위해서는 합리성과 실용성이 전제되어야 한다. 잘 정립된 합리성과 실용성은 삶의 여백을 만들어 주어 삶을 놀이로 인식하는 여유를 갖게 한다. 합리성과 실용성은 끊임없는 공부를 통해서만 획득할 수 있다. 물론 세상의 모든 공부를 다 할 수는 없다. 하지만 필요한 공부를 꾸준히 하다 보면 삶의 길이 보이는 법이다.

나는 또 호모루덴스가 되기 위해 명분보다 실리를 더 가치 있게 여기는 호모사피엔스(생각하는 인간)다. 명분을 쫓다 보면 자유로운 호모루덴스가 될 수 없다. 인간의 삶에서 명분을 완전히 배제할 순 없지만 실리는 명분보다 더 시급하고 필수적이다. 실리가 필수품이라면 명분은 사치품이다. 실리적 사고는 합리적 사고와 실용적 정신과도 닿아 있다. 자유로운 호모루덴스로 살기 위해서는 합리적 사고와 실용적 정신으로 무장하고, 실리의 후순위로 명분을 추구해야 한다. 물론 인간의 삶이 칼로 무 자르듯이 재단할 수 있는 것은 아니지만 굳이 표현하자면 그렇다.

그동안 써 놓았던 나의 글들을 찬찬히 읽어보면 자유와 낭만, 그리고 효용으로 점철되어 있다. 참 다행스럽다. 그것은 적어도 내 삶이 나의 생각과 맥을 같이 해 왔음을 증명하는 것이기에 그렇다. 때로는 치열하게, 때로는 유쾌하게 살아온 내 삶의 궤적이 고스란히 배어 있는 것이다. '때로는 치열하게, 때로는 유쾌하게'는 내 삶의 모토다. 나는 치열한 가운데서도 끊임없이 자유와 낭만을 추구해 왔으며, 유쾌한 가운데서도 효용을 생각했다. 인생은 길지 않다. 일할 때가 있으면 놀 때도 있어야 한다. 조기은퇴를 결심한 것도 이 모든 정신과 맞닿아 있다. 일이 나에게 궁극적인 자유를 주지 못하고, 신나는 놀이가 되지 않는다는 생각이 고착화될 때 정년이 보장된 교수직을 내려놓았다. 남은 기간이 많았지만 미련 없이 던져 버렸다. 그래도 다행인 것은 크든 작든 권력과 재물로부터 거리를 유지하며 끝까지 그걸 탐하지 않은 일이다.

그 후로 나는 자유롭게 살고 있다. 삶에는 탐색이 필요하다. 배우기만 하면 나의 생각이 안 생긴다. 나의 길은 끝없이 배우는 데 있지 않다. 나의 길은 탐색을 동반한 내 생각과 삶 속에 있다. 그동안 '배우는' 공부를 해 왔다면 이제는 삶을 '탐색'하며 나의 길을 가고있다. 가벼운 마음으로 운동을 하는가 하면 어린이들에게 축구를 가르치고, 언제라도 여행을 떠날 수 있으며, 가끔 주례와 강연을 하다 보면 무한한 해방감과 더불어 적당한 긴장감을 느끼며 행복을 누린다. 내 인생의 하프타임, 나는 지금 행복하다!